# 歌德谈话录

——湖北省教育科学研究院　组织编写——

(德) 爱克曼　著　　朱光潜　译

长江出版传媒｜长江文艺出版社

# 《语文名著引读丛书》编委会

# 编写说明

阅读是一个民族的核心文化行为。阅读的规模和质量是衡量一个民族和民众个体文明程度的重要指标。倡导全民阅读，发展全民阅读素养，对于提升国家民族和民众个体的生存力、发展力，具有重大的现实意义和长远的战略意义。

中学生群体是全民阅读的重要组成部分。中学生“读书少、不读书”已然是普遍存在的不可回避的事实。改革中学语文教学，特别是引导学生“好读书，多读书，读好书”，是社会诉诸语文教育的重大关切，也是全面提升学生语文素养的必由之路。

鉴于此，湖北省教育科学研究院组织编写《语文名著引读丛书》（下称《丛书》）。该书由长江文艺出版社出版，供各地中学生选择使用。

**《丛书》从中学生实际出发，引导学生读恰当的书。**

依据《九年义务教育语文课程标准（2013版）》《高中语文课程标准（2017版）》，以及初中语文教科书“名著阅读”推荐篇目，高中语文教科书“整本书阅读”确定篇目，《丛书》选定44部经典作品作为“引读”内容，其中初中阶段36部，高中阶段8部。根据不同阶段中学生实际，44部经典作品在各年级分秋季、春季推荐阅读，秋季、春季各安排22部作品。

推荐这44部经典作品，不是要求每位学生都读完，而是为了确保学生阅读的经典性和可选择性，帮助学生解决“读什么”的问题。44部作品分为人文社科、文学、自然科学和艺术等4种类别，学生阅读这些作品，有助于加强中华优秀传统文化、革命文化和社会主义先进文化教育，提升科学素养，开阔国际视野，进一步增强语文综合素质。

**《丛书》着力于为学生“引读”，引导学生恰当地读书。**

《丛书》一方面呈现完备的作品原著文本，目的是追求真实的完整的学生名著阅读过程。同时，《丛书》立足于教师指导下的学生自主阅读，在学生“读前”“读中”“读后”给予了一些必要的实时的阅读指导。

【走近名著】从背景或作品的精要精华入手介绍作品，目的是帮助学生初步了解作品，激发学生阅读兴趣。【阅读建议】包括“阅读规划建议”“阅读方法建议”“研讨交流建议”。“阅读规划建议”主要是就阅读内容和时间的安排为学生提供多种建议供学生选择。“阅读方法建议”依据作品体裁、内容实际就阅读方法进行具体指导，目的是引导学生完成充实的有效的自主阅读过程。“研讨交流建议”一是提供若干阅读作品的研讨专题，供学生自主选择探究学习；二是给学生提供一些恰当的探究活动建议以及探究过程中应注意的问题，帮助学生形成并交流探究成果。【阅读分享】提供了“名师品读”“同学品读”方面的范例，并就“我的分享”在内容和方式方面提出相应的建议，目的是提示学生应该有分享，如何去分享。

需要特别指出的是，《丛书》在每部作品的部分章节设置有正文旁批形式呈现的“引读”区域。“引读”区域一般是能体现作品结构特点的，与作品主要人物、主题关联密切的，最能体现作品写作特色、语言艺术的部分章节。一部作品选多少内容设置“引读”由作品实际确定。“引读”的内容，或提示本章节（回）在作品中的结构功能，或就作品的关键处作必要的解释、提示或点拨，或在作品的精彩处呈现精要赏析以激发学生的阅读体验；或就具体的语段、词句对学生提出自主旁批的要求……我们对经典作品心存敬畏，我们不是向学生阐释经典，不是把我们读出的结论呈现给学生，我们只是引导学生用自己的方式阅读经典，拥抱经典。

参加《丛书》研制的同志均是一线教研人员和学校教师。他们一方面扎进经典作品的文本世界，在一路的寻美探美历程中捡拾丰富的作品宝藏；另一方面又置身于学生的阅读过程，体察学生的阅读欢欣和困惑，尽力满足学生的经典阅读期待。他们致力于在经典作品与学生阅读之间铺路搭桥，希冀引导学生走上一条有效的愉悦的经典阅读学习之路。这套《丛书》就是这样的一座桥，就是这样的一条路。

尽管我们很努力，很审慎，书中自然还免不了出现错漏或不妥之处。若如是，敬请同志们、老师们、同学们批评指正！

《语文名著引读丛书》编委会

2020 年 5 月

# 目录
CONTENTS

**1830 年**



**1831 年**

# 名师引读

## 走近名著

“我来这里已有几天了，今天第一次访问歌德，他很热情地接待了我。我对他的印象很深刻，我把这一天看作我生平最幸福的一天。

“不多一会儿歌德就出来了，穿着蓝上衣，还穿着正式的鞋。多么崇高的形象啊！我感到突然一惊。不过他说话很和蔼，马上消除了我的局促不安。我和他一起坐在那张长沙发上。他的神情和仪表使我惊喜得说不出话来，纵然说话也说得很少。”

这是《歌德谈话录》的开头，作者爱克曼（即书中的“我”）首次登门拜访歌德，这注定是欧洲乃至世界文坛一次绝无仅有的历史性会晤。

歌德（1749—1832）是德国著名思想家、作家、科学家，与莎士比亚、荷马和但丁并称为世界四大诗人，代表作有《少年维特之烦恼》《浮士德》等，其中，《浮士德》和《荷马史诗》《神曲》《哈姆雷特》并称为欧洲文学的四大古典名著。

爱克曼（1792—1854）出生于德国贫民家庭，虽家境贫寒，却勤奋好学，求知欲旺盛，在当地一位要人的资助下学习了一些德文、拉丁文和音乐。爱克曼酷爱文学，特别是诗歌，对大诗人歌德更是崇拜得五体投地。不但以歌德为自己创作诗歌的楷模，还写了一部主要以歌德作品为范例的诗论寄给了歌德。这次他专程拜谒歌德，就是拿着自己的诗作登门求教。

1823 年 6 月 10 日，年近七十五岁的大诗人歌德在自己魏玛的家中，像无数次地接待他的仰慕者一样接待了年轻的爱克曼。一位是出身贵族的文学泰斗，一位是出身贫寒的晚辈后生；一位是偶像，一位是粉丝。这名粉丝用自己执着的研究，用自己不懈的努力，给他的偶像歌德留下了为人诚恳、勤奋踏实的好印象，这便决定了这位时年三十一岁的小伙子一生的命运。因为当时年事已高的歌德，已在考虑自己的身后事，正留意物色一名适合在将来编辑整理和出版他遗作的助手。爱克曼的人品、学识和文笔俱佳，在他看来是再恰当不过的人选。

从此爱克曼就留在歌德身边担任歌德的助手，编辑由歌德亲自审订的《歌德文集》，还激励、催促和帮助歌德完成了自己最重要的作品《浮士德》第二部，并直接参与了歌德晚年的全部创作，一直到歌德逝世。在这个过程中，他们由偶像、粉丝变成知己、忘年交。这名粉丝用一生追随自己的偶像，用一生研究自己的偶像，用一部《歌德谈话录》记录了自己的偶像。

《少年维特之烦恼》让歌德享誉世界，《歌德谈话录》让世界了解歌德。重读经典，理解歌德，就从《歌德谈话录》开始。

《歌德谈话录》由歌德的助手爱克曼辑录整理而成，真实地记录了歌德晚年（1823—1832 年）最成熟的思想和实践经验。书中处处可见歌德以高度凝练、概括和富有个性的语言，有声有色地谈论宇宙、自然、社会、人生、哲学、政治、军事、文学、艺术乃至为人处世等等，被学者们称为“智者之书”“歌德思想和智慧之宝库”：

1826 年 7 月 26 日，歌德称“莎士比亚是一个伟大的心理学家，从他的剧本中我们可以学会懂得人类的思想感情”。

1827 年 4 月 18 日，歌德说到“艺术家对于自然有着双重关系”。

1829 年 4 月 2 日，歌德对“古典”与“浪漫”进行了评论，“把‘古典的’叫作‘健康的’，把‘浪漫的’叫作‘病态的’”。

……

这本谈话记录与我国的《论语》类似，作品以“日记”和“谈话”的形式，更加灵活、多方面地体现歌德思想，不受时空体式的限制，也没有逻辑思维的束缚。此外，本书还对歌德做了细致而深刻的描绘，展示了一位阅历丰富、具有深刻洞察力的老年智者的形象，有助于读者，尤其是青年读者，全面了解歌德，走近歌德，提高文学修养，陶冶思想情操，领略人生真谛，是我们阅读歌德、理解歌德的最佳读本。

现代文艺理论家，我国现代美学的开拓者和奠基者朱光潜先生认为，歌德是资产阶

级文化高峰时期的典型代表，而《歌德谈话录》则是歌德晚年最成熟的思想和实践经验的记录。德国著名哲学家、语言学家、思想家、文化评论家尼采则断言：“如果把歌德的作品尤其是歌德和爱克曼的谈话录这本迄今为止最好的德语书排除在外，那德语的散文作品还有什么值得一读再读呢？”

亲爱的同学们，就让我们跟随爱克曼一道，走近歌德，和他一道聆听、体味歌德那娓娓道来的，既高深又通透的经典名句。读《歌德谈话录》犹如徜徉于一座盛大的闪耀着一串串光彩夺目的珍珠玛瑙的艺术殿堂，一定让你目不暇接、流连忘返。

# 阅读建议

## 一、阅读规划建议

凡是阅读，不能“三天打鱼，两天晒网”，应当有自己个人的阅读计划和安排。针对不同的读物，同学们可以有自己不一样的安排，这个安排应尽量具体可行，比如，用多长时间阅读，用什么时间阅读。

在制订阅读计划之前，可以向老师或者学长、学姐咨询阅读意见，让他们就如何阅读这部作品进行一些具体的指导。

下面的阅读建议可供同学们参考。

**◎建议一：每天读 5 篇日记，用一个月时间完成阅读过程。**

前 21 天完成 102 篇日记及译后记的阅读，后面的时间准备“研讨专题”内容，并完成阅读交流。

（特别提示：1.“前 21 天完成 102 篇日记及译后记的阅读”是一个总的阅读任务，并不等于每天必须读 5 篇或只读 5 篇，有的日记篇幅比较短，有的日记篇幅比较长，同学们可以依实际情况自主安排。2. 由于《歌德谈话录》涉及很多理论知识，可能需要查阅相关资料，这时，你可以向你的语文老师提出申请，把查阅资料作为当天的语文课外作业。大胆地有策略地提出申请吧，相信你的语文老师会答应的。）

**◎建议二：用 4 周时间完成阅读过程（阅读过程包括阅读文本和阅读交流两个环节）。**

《歌德谈话录》以纪年方式分节，共分 10 个篇章 102 篇日记以及 1 篇译后记，阅读过程可做如下具体安排：

第一周：阅读 1823-1826 年 4 个篇章。

第二周：阅读 1827-1829 年 3 个篇章。

第三周：阅读 1830-1832 年 3 个篇章及附录和译后记。

第四周：准备“研讨专题”内容，完成阅读交流过程。

◎建议三："6 + 3"阅读文本，再用一周时间完成研讨交流。

"6"是指三个星期的 6 天假日，"3"是指三个星期的每周一节阅读课（有的学校专门设置了每周一节的阅读课，这节课可以用来阅读）。

阅读这部作品历时三周，第四周针对"研讨专题"进行交流准备并完成阅读交流，完成整个阅读过程用时一个月。

## 二、阅读方法建议

方法对于阅读特别是名著阅读的重要性不言而喻，使用恰当的阅读方法可以事半功倍。就《歌德谈话录》而言，建议同学们尝试下面的方法完成阅读过程。

### （一）精读和快速阅读相结合

《歌德谈话录》虽然是研究歌德思想、文学理论的重要著作，但内容十分广泛，即使是朱光潜先生作翻译时也有一定的选择性，我们在阅读时也大可不必面面俱到。我们可以依据自己的阅读兴趣和阅读目的进行选择，有的内容可以泛读，有的内容就应该仔仔细细地精读。

浏览是一种粗略读书的方法。指对于与阅读目的无关或自己不感兴趣的内容或某些不甚精彩的章节，以一目十行、快速浏览的方式略观大意，加快阅读速度；也可以只抓住评论的关键性语句，弄清主要观点，在这个过程中捕捉自己感兴趣的内容进行精读。例如，《歌德谈话录》中有些涉及宗教、政治方面的内容，如果对宗教、政治不感兴趣，此时就可以快速浏览。如果对文艺思想方面做研究，则可以放慢阅读速度，边读边思考。

精读意味着在阅读过程中要细读精思：一是要仔细地读，反复地读，并且边读边做些标记或笔记，尽量丰富和强化自己的阅读感受；二是对阅读内容要有全面的把握、透彻的理解，尤其是要能捕捉到阅读内容的"感触点"，发现阅读内容的"美点"；三是在阅读过程中能有些分析、对比或者联想，让自己的阅读发现更加丰富，阅读体验更加真切。

精读的过程往往也是做读书笔记的过程。读书笔记一般分为摘录式笔记、批注式笔记、心得式笔记三种：

1. 摘录式读书笔记

摘录式读书笔记，是在读书时把相关语句、段落等按原文准确无误地抄录下来。要注明出处，包括题目、页码等，便于引用和核实。摘录的内容当然是有选择的，以自己的阅读兴趣或阅读目的作为摘录标准。

2. 批注式读书笔记

批注是常用的最简单的读书笔记方法。阅读的时候把遇到的问题、书中重要的地方、自己的读书结论以及体会最深的地方等，或用笔在字句旁边的空白处做上记号（如横线、圈点等），或在空白处及时记录自己的分析、疑问、提示，或是折页、夹纸条，等等。这种笔记方法不但可以促进对书中内容的深入理解，也为日后查阅提供了方便。

3. 心得式读书笔记

在阅读过程中或完成作品阅读之后，读者及时写出自己的某些认识、感想、体会以及得到的某些启发等，这一类的记录都可称之为心得式读书笔记。就同学们而言，常见的心得式读书笔记有“读书随记”和“读后感”。

下面的精读示例供同学们在阅读《歌德谈话录》时借鉴。

精读示例一：1823 年 9 月 18 日，《对青年诗人的忠告》片段批注示例

| 原文片段 | 批注 |
| --- | --- |
| 歌德一开始就问我今年夏天写过诗没有。我回答说，写了一些，但是总的说来，我对作诗还缺乏兴致或乐趣。歌德就劝我说：“你得当心，不要写大部头作品。许多既有才智而又认真努力的作家正是在贪图写大部头作品上吃亏受苦，我在这一点上也吃过苦头，认识到它对我有多大害处。……如果作者每天都抓住现实生活，经常以新鲜的心情来处理眼前事物，他就总可以写出一点好作品，即使偶尔不成功，也不会有多大损失。”<br>……<br>“世界是那样广阔丰富，生活是那样丰富多彩，你不会缺乏作诗的动因。但是写出来的必须全是应景即兴的诗，也就是说，现实生活必须既提供诗的机缘，又提供诗的材料。一个特殊具体的情境通过诗人的处理，就变成带有普遍性和诗意的东西。我的全部诗都是应景即兴的诗，来自现实生活，从现实生活中获得坚实的基础。我一向瞧不起空中楼阁的诗。”<br>“不要说现实生活没有诗意。诗人的本领，正在于他有足够的智慧，能从惯见的平凡事物中见出引人入胜的一个侧面。” | 以切身体验谆谆告诫——别盲目写“大作品”，抓住现实，趁热打铁，以切身感受为题材，有感而发，即兴发挥，用智慧从丰富生活中挖掘提炼诗意。 |
| 尾批 | 上面这段文字是歌德对爱克曼及一代文学青年的忠告，观点分明，语重心长，情真意切。 |

精读示例二：1825年4月20日《学习先于创作，集中精力搞专业》片段批注示例

| 原文片段 | 批注 |
| --- | --- |
| 但是另一方面，每个人对他那一专业所必不可少的知识也应努力避免狭隘和片面。 | 要对自己所研究的专业掌握更多的知识。 |
| 写剧本的诗人应该有舞台方面的知识，才能衡量他可以利用的手段，尤其是知道什么事该做，什么事不该做。为歌剧作曲的人也应该懂诗，才能分别好坏，不致用不合适的东西来糟蹋他那门艺术。<br>……<br>画家也应有区别题材的知识，因为他那门艺术也要求他懂得什么该画和什么不该画。 | 掌握更多的知识才能衡量自己的作为。 |
| 歌德说过："说到究竟，最大的艺术本领在于懂得限制自己的范围，不旁驰博骛。" | 要专，不要博。 |
| 因此，自从我和歌德接近以来，他一直要我提防一切分心的事，经常力求把精力集中在一门专业上。如果我表现出一点研究自然科学的兴趣，他总是劝我莫管那些闲事，目前且专心致志地在诗方面下功夫。如果我想读一部他认为对我的专业没有帮助的书，他也总是劝我不要读，说它对我毫不实用。 | 集中精力做一件事。 |
| 他有一天对我说："我自己在许多不属于我本行的事物上浪费了太多的时间。我一想到维迦写了多少剧本，就觉得自己写的诗作实在太少了。我本来应该更专心搞自己的本行才对。" | 不要在不相干的事情上浪费时间。 |
| 尾批 | 上面这段主要是针对"学习要专还是要博"的辩证思考，对于自己研究的专业来说，要广博地学习；对于不属于自己研究范围的东西，不要浪费时间，要专心致志。 |

精读示例三：《歌德谈话录》读书随记

歌德曾说，不要过早醉心于大作品的创作，从描绘日常生活提供的、熟悉的小题材开始，循序渐进，既能随时享受创作的喜悦，也是成就一个优秀作家的最佳捷径。其实，在我眼里面，不管是否要成为一个优秀的作家，从日常之中吸收素材，了解世事，最终掌握经验，都是每一件事成功的基础。我也不赞成一开始盲目地进行练习，因为一个优秀的作家，除开拥有让人惊叹的想象力，以及无法言说的天才外，更具备优秀的观察能力。没有观察，哪里来的好作品？我们一直宣扬，最好的作品就在人民之中，只有深入生活，才能创作出高于生活的作品，才能创作出让生活着的人喜欢的作品。

近年来，随着网络小说的兴起，似乎深入生活已经成为了过去式。君不见，千千万万作者，每天能写出上万字的文章，并且一年可以超过百万字的数量，尽管这些作品备受追捧，备受关注，但到头来，过了5年，过了10年，这些作品是否还有存在的必要和价值？这点很让人质疑。究其原因，这些标榜新、奇、特的网络小说，更多是脱离了生活，远离了实际。没有细致的观察，没有熟悉的生活环境和背景，这些作品固然写得让人兴奋，可就像烟火一般，绽放时美则美矣，到最后却空留烟尘。

（选自《〈歌德谈话录〉随感》，作者：佚名，有改动）

什么时候精读，什么时候跳读，这应该是因人而异的。建议同学们在开始阅读前先看看后面的【研讨交流建议】内容，这也许对你确定自己的阅读重点、选择自己的阅读方法有帮助。

## （二）比较阅读

比较阅读是指把内容或形式相近的或相对的两篇文章或一组文章放在一起，对比着进行阅读。在阅读过程中将其有关内容不断进行比较、对照和鉴别，这样既可以开阔眼界，活跃思想，使认识更加充分、深刻，又可以看到差别，把握特点，提高鉴赏力。

《歌德谈话录》非常适合比较阅读，因为这部著作是以日记的形式记载歌德的谈话，歌德在不同时期谈话中有时涉及了相同或相似的内容。这样自己在阅读的过程中可以找到联系，也可以全面理解歌德的思想。

比较阅读示例：1830 年 3 月 21 日《"古典的"和"浪漫的"：这个区别的起源和意义》和 1829 年 4 月 2 日《"古典的"与"浪漫的"之区别，评贝朗瑞入狱》

| 原文片段 | 批注 |
| --- | --- |
| "古典诗和浪漫诗的概念现已传遍全世界，引起许多争执和分歧。这个概念起源于席勒和我两人。我主张诗应采取从客观世界出发的原则，认为只有这种创作方法才可取。但是席勒却用完全主观的方法去写作，认为只有他那种创作方法才是正确的。为了针对我来为他自己辩护，席勒写了一篇论文，题为《论素朴的诗和感伤的诗》。他想向我证明，我违背了自己的意志，实在是浪漫的，说我的《伊菲革涅亚》由于情感占优势，并不是古典的或符合古代精神的，如某些人所相信的那样。施莱格尔弟兄抓住这个看法把它加以发挥，因此它就在世界传遍了，目前人人都在谈古典主义和浪漫主义，这是五十年前没有人想得到的区别。" | 什么是古典诗和浪漫诗？<br>从客观世界出发的原则实际上就是现实主义。完全主观的方法实际上就是浪漫主义。<br>这段引文主要提出古典主义和浪漫主义的一个基本分别，即前者从客观世界出发，后者从主观世界出发。 |
| 歌德说："我想到一个新的说法，用来表明这二者的关系还不算不恰当。我把'古典的'叫作'健康的'，把'浪漫的'叫作'病态的'。这样看，《尼伯龙根之歌》就和荷马史诗一样是古典的，因为这两部诗都是健康的、有生命力的。最近一些作品之所以是浪漫的，并不是因为新，而是因为病态、软弱。古代作品之所以是古典的，也并不是因为古老，而是因为强壮、新鲜、愉快、健康。如果我们按照这些品质来区分古典的和浪漫的，就会有所适从了。" | 这段引文主要提出歌德认为的古典和浪漫的区别。<br>古典：健康、有生命力、强壮、新鲜、愉快、健康。<br>浪漫：病态、软弱。 |

### （三）团队阅读

顾名思义，团队阅读，就是由若干个同学组成一个阅读小团队，在阅读过程中相互通报阅读进度，互相交流自己的阅读发现和阅读体会，在这个互学互促的氛围中每个同学都能很愉悦、很实在地完成整本书的阅读过程。

阅读小团队的形成，既可以是同学们的自主组合，也可以在老师指导下组合编队；既可以是阅读兴趣趋同的同学联合组队，也可以是由阅读兴趣不同的同学混合组队。

建议同学们自制一份类似下面的《阅读进度表》。有了这份表，同学们可以及时记录自己的阅读进度，还可以及时简要记录自己的阅读发现（例如：71 页“歌德谈他如何挑选演员，现实中导演选择演员是不是可以参考？”102 页“仔细观察自然是艺术的基础，有道理！”153 页“歌德和黑格尔谈辩证法真是‘大家’的对话！”……），这样既可以保证自己实实在在完成阅读过程，同时也方便同学之间的交流。

阅读进度表（供参考）

姓名：　　　　　　阅读作品《　　　　》

| 时间 | 进度 | 简要记录 |
|---|---|---|
| 第一周 | | |
| 第二周 | | |
| 第三周 | | |
| 第四周 | | |
| 第五周 | | |

（你也可以制作一个组合阅读进度表，小组同学都可以在这份表上标明自己的阅读进度，这样就能形成好的阅读习惯了。）

## 三、研讨交流建议

### 1. 研讨专题

读完了《歌德谈话录》这部谈话日记，相信同学们还意犹未尽。请同学们根据自己的兴趣，选择自己喜欢的专题（也可以自己另外设置专题），自己独立地或加入某个小组进行专题探究。

## 专题一：欣赏品味歌德与爱克曼的忘年之交

作品中“我”作为一名文学青年从首次登门拜访文坛大家歌德时的诚惶诚恐、崇敬爱戴，到越来越感受到歌德对自己由衷地喜爱乃至欣赏，以致相处和谐、融洽，谈吐自如，由虔诚地聆听谆谆教诲到相互无拘无束平等对话，成为忘年之交。请就他们之间的关系发展与大家交流。

要求：

（1）根据自己的读书笔记，找出“我”与歌德初见时，深交时及告别时对“我”和歌德的心理活动的描述，以“我”的身份、语气带着感情读给大家听。

（2）从聆听歌德谈话到与其自如对话，是二人关系的升华，亦是《歌德谈话录》价值的升华，选出几段最感兴趣的对话与同学表演、交流。

## 专题二：分析歌德对他人的评价

《歌德谈话录》中歌德除了谈自己的创作，还更多地以同时代人和文学同行的身份，近距离评价了一系列欧洲作家。对席勒、莎士比亚、拜伦、莫里哀、雨果、但丁、司汤达等等，他不但具体地分析他们创作的特点和成功之处，还指出其创作及性格之不足。在当时的文坛也只有像歌德这样学识渊博、视野开阔、目光犀利、高瞻远瞩的世界级大家才能做到。这也为我们打开了一扇走近欧洲文坛世界级大家之大门。

请你选择其中的一个自己熟悉的对象，结合自己的理解，分析歌德的评价。

要求：

（1）“知人论世”，结合歌德的生平经历。

（2）“时代特征”，结合时代的现实特点。

（3）“辩证分析”，对歌德的评价辩证分析。

## 专题三：探索歌德的文艺思想

歌德的文学生涯长六十余年之久，这在世界文学史上是罕见的。长期创作实践中积累的极为丰富的艺术经验，加上异常渊博的文艺知识和敏于思考的深邃智慧，使得歌德在文艺理论方面造诣精深。

请你选择歌德文艺思想的某一个方面进行研究。

要求：

（1）依据你的读书笔记（阅读标记），结合整本书对歌德文艺思想的某一个方面进行研究，并撰写小论文。

（2）要有一定的概括，并且要有自己的看法。

【提示：可以研究“文艺与现实”“文艺与自然”“古典与浪漫”“特殊与一般”“民族文学与世界文学”等。】

### 专题四：探索歌德的科学和政治思想

歌德是德国大诗人、戏剧家和思想家，这是广为人知的，但是歌德在诸多科学领域也有独到的研究与发现，比如他最著名的研究——颜色学。歌德曾说：“我自己在许多不属于我本行的事物上浪费了太多的时间。”你对此有什么看法？以歌德为例，分析自然科学对文学创作有没有价值。

在政治上，歌德一方面接受了资产阶级革命思想的影响，表现出反封建的叛逆精神。另一方面，他又将希望寄托于理想君主身上，主张改良，缺乏革命热情。恩格斯曾评价歌德：“在他心中经常进行着天才诗人和法兰克福市议员的谨慎的儿子、可敬的魏玛的枢密顾问之间的斗争；前者厌恶周围环境的鄙俗气，而后者却不得不对这种鄙俗气妥协，迁就。因此，歌德有时非常伟大，有时极为渺小；有时是叛逆的、爱嘲笑的、鄙视世界的天才，有时则是谨小慎微、事事知足、胸襟狭隘的庸人。”你对此有什么看法？结合社会背景，分析政治对歌德的影响。

### 专题五：感受歌德对青年的教益

《歌德谈话录》是一部凝聚着大诗人和大思想家歌德的思想和精神的“智者之书”，是由一老一少谈话形成，许多地方涉及青年的话题。其中“对青年诗人的忠告”“论天才和创造力的关系，天才多半表现于青年时代”“近代文化病根在城市，年轻一代受摧残”等章节更是集中谈青年，让我们紧随作者，仔细聆听歌德的“谈话”，认真体味胜读十年书的感觉。

要求：

（1）对以上几个章节内容潜心研读琢磨，领会其精髓。

（2）认真挖掘总结自己所受到的启迪。

## 2. 交流建议

◎确定了自己的研讨专题后，同学们应根据研讨的需要回头浏览（跳读）作品中的相关内容，对“定位”的内容进行再精读，并做些必要的阅读记录。

◎根据自己的专题选择加入某个小组，小组间相互交流，形成自己的成果。

◎在小组，在班级，将自己的成果大声说出来。还应该听听同学们、老师对你的成果的评说，明白自己好在哪里，需要改进的地方在哪里。

……

下面是一份阅读评价表，同学们据此可以大致判断自己在本次阅读过程中的表现。

## 阅读评价表

| 评价要素 | | 分值 | 自评 | 互评 | 师评 |
|---|---|---|---|---|---|
| 阅读过程（60分） | 阅读的主动性积极性 | 20 | | | |
| | 阅读的深入程度（阅读记录的丰富性） | 20 | | | |
| | 阅读方法的运用 | 10 | | | |
| | 阅读中与师生的交流 | 10 | | | |
| 研讨交流（40分） | 专题探究准备充分 | 15 | | | |
| | 有成果有质量 | 10 | | | |
| | 各项交流展示积极 | 15 | | | |
| 总体评价 | | | | | |

（说明："自评""互评""师评"用分数表示；"总体评价"用"总分加评语"的方式表示。）

# 阅读分享

## 一、名师品读

**选文一**

### 《歌德谈话录》导读（节选）

北京 帅才

歌德的文艺观是书中最重要的内容之一。首先，他认为艺术是源于自然而又高于自然的“第二自然”，是“自然事物的道德的表现”。他强调艺术应以自然和现实生活为基础，他说，诗人要做的事，是根据由现实生活提供的动机，把有待表现的要点组织成为一个优美的、生气勃勃的整体。其次，他强调文艺创作要遵循个性化和艺术想象的规律，认为艺术家只有借助想象，才能按照自己的意愿对自然加以重新安排，创造出完美的第二自然；才能为欣赏者提供优美可爱的、生气灌注的审美对象。第三，他认为艺术的特征在于通过特殊去反映一般，即通过富有特征性的具体的感性形象来显现蕴含在其中的丰富意蕴和理性内容。第四，他认为古典主义和浪漫主义的基本区别是前者从客观世界出发，后者从主观世界出发，但是二者又互相关联，单纯生硬地采用其中任何一种都是不妥的。第五，他相信“天赋”和“天才”是艺术创作所不可缺少的条件，提出了“精灵”说，但他特别强调“精灵只显现于完全积极的活动中”，“天才”只有在积极的创作活动中才能发挥作用。第六，歌德还十分重视文化的继承与发展。他非常崇拜莎士比亚等伟大作家，但又认为既不能让传统的大艺术家、大作家“压垮”了自己的创造精神，又不应该在学习时简单模仿，而是要有所创新，提供艺术的精品。他有一个生动的比喻，“莎士比亚给我们的是用银盘装的金苹果。我们通过学习他的作品得到了他的银盘，但我们装入银盘的只是土豆，这太糟糕了！”第七，歌德多次强调人格对艺术创作的重要的作用。他说，“作家本人的人格较之他的艺术才能对读者要起更大的影响”，“一些个别的研究者和作者人格上的欠缺，是我们当今文学界一切弊病的根源”。歌德主张用真正伟大和纯洁的东西去影响和教育读者，“凡是病态的、萎靡的、哭哭啼啼的、多愁善感的，以及恐怖的、令人毛骨悚然的、伤风败俗的东西，都一概排除”。第八，歌德强调用历史发展的眼光看待文艺和时代的关系，认为伟大的艺术家是由时代造就的，代表了那时代的最高水平而影响后人。伟大的艺术家自己的作品忠实而生动地反映所处时代的生活和自己的内心世界，所以后人对他的讨论可以是漫无止境的。第九，歌德非常重视各民族文化的交流，认为随着各民族的文艺发展的加快和相互交流的加强，“世界文学的时代已快来临”。第十，歌德对伟大人物（或者“天才”包括他自己）的评价是客观的，他认为伟大人物“无非是有一种把外界资源吸收进来，为自己的高尚目的服务的能力和志愿”，同时“单凭他们特有的内在自我去对待一切”，绝不会有多大成就。从这意义上说每个人包括伟大人物都是“集体性人物”，即社会生活的产物。第十一，歌德认为作家的才能不是天生的，而是认真学习的结果；素养就依靠平时的学习，素养越深厚越好，可以说是无止境的，但他须有一颗探求真理的心。

在哲学思想方面，歌德更强调了人的实践行为，反对用抽象的理念来认识事物。歌德特别重视从观察自然、认识事物、分析客观材料入手来进行科学研究的“综合法”，即有强调整体和辩证的意思。在道德思想方面，歌德表露出的人生观是非常积极的。他认为勇于行动、果敢坚毅等等是人生良好的品质。一个人道德上不断完善起来，就会有一种坚强、充实而富有魅力的人格。那些伟大的艺术作品正因为充满了这种人格魅力，才会熠熠闪光。在教育思想方面，歌德觉得教育应该以培养完全的人为目的。一方面要具有丰富的知识，另一方面要具有实践的能力，这样才会有完美的人格。关于天才问题，他觉得“天才”是“一切诗的根源”。歌德一方面强调人要有坚强的意志 要培养自己的创造力；另一方面又鼓吹“每种最高级的创造、每种重要的发明、每种产生影响的伟大思想，都不是人力所能达到的，都是超越一切尘世力量之上的。人应该把它看作是来自上界、出乎意料的礼物，看作纯是上帝的婴儿”。在宗教思想方面，歌德不相信有超越自然力的、主宰一切的神灵。他认为“上帝”是人类的道德良心和充实的自然、理性。在歌德的心目中，大自然中处处有神，所谓神，只能存在于花草树木山石溪流之中。事实上，这种泛神论使他总是保持对大自然的敬畏和热爱。一缕阳光、一束嫩草、清风明月、湖光山色，无不触动歌德的心。

尽管书中记载的谈话和情景，有可能有与实际情况不太相符的地方，但这并不影响这本书的价值。爱克曼说，“如果读者要理解一位作家，他自己就得有创造性。如果他读一本书不能有所创造，那这本书就是死的。”书中呈现的歌德的言论还涉及政治、民族、气象、地理、生物等方面的内容，读这本书就如同漫步在一个五彩缤纷的知识王国，如同在聆听一个智者温和而亲切、幽默而深刻的话语，感受他那睿智的目光、深邃的思想。它们跨越时空，穿透历史，涤荡着我们的灵魂，驱除了我们精神王国里的黑暗。让我们从这里来走近歌德，了解歌德，提高文学修养，陶冶思想情操，领略人生真谛。“慢些走，欣赏啊！”

（选自《考试·高考语文》2006年第7期；有改动）

选文二

# 《歌德谈话录》读书手札

## ——关于文艺创作的问题

中南大学文学院 曹智

《歌德谈话录》是由歌德的学生兼秘书爱克曼于1836至1848年间撰写的一部回忆录。这部著作不单是歌德的谈话录，而且提供了有关歌德生平和思想的宝贵资料，特别是它记录了歌德晚年有关文艺、美学、哲学、自然科学、政治、宗教以及一般文化的言论和活动。现将书中关于文艺创作与自然现实之关系的思想进行一番总结。

### 1. 自然永远是正确的

谈到歌德关于文艺创作的问题不得不先谈他对自然和美的认识问题。关于这一点，我们可以在《谈话录》的1829年2月13日“自然永远是正确的”这一篇中看到，歌德说“自然终归是自然，它总是严肃认真的，它总是正确的”。“自然对无能的人总是投以鄙视的目光，而不乏追求、有能力的、诚实的人才是它的宠儿”。歌德所理解的自然既包括了人类的社会生活，也包括了整个自然界。对自然来说，“一切人都在它里面，它也在一切人里面”。在我看来，这句话意思是我们生活在自然里面，我们的一切都必须依照自然规律，甚至即使是我们反对它的时候，也是依照它的规律。歌德认为美就在自然之中，任何事物“符合它自然的本性”，充分显示出它的特征，就是美的。

歌德虽然强调艺术源于自然，但他也看到自然与艺术之间有一条巨大的鸿沟。所以歌德一方面崇奉自然，一方面也反对自然主义。在《谈话录》里，歌德分析了吕邦斯一幅貌似反自然的风景画，得出如下结论：“艺术家对于自然有着双重关系——他既是自然的主宰，又是自然的奴隶。他是自然的奴隶，因为他必须用人世间的材料来进行工作，才能使人理解；同时他又是自然的主宰，因为他使这种人世间的材料服从他的较高的意旨，并且为这较高的意旨服务。”

### 2. 艺术创作应从客观现实出发

歌德是注重实际的，他对自然科学做过深入研究，这有助于他反对空洞的理想，反对主观的创作态度，他要求一切从现实出发。在《谈话录》中，关于这一点他这样阐释：“世界是那样广阔丰富，生活是那样多姿多彩，你不会缺乏作诗的动因。但是写出来的必须全是应景即兴的诗，即现实生活必须既提供诗的机缘，又提供诗的材料，一个特殊具体的情境通过诗人的处理就变成带有普遍性和诗意的东西，我的全部诗都是应景即兴的诗，来自现实生活，从现实生活中获得坚实的基础，我一向瞧不起空中楼阁的诗。”

那么，怎样才能做到从客观出发，做到忠实于自然呢？歌德认为有三个要素：（1）观察自然；（2）尊重内心的体验与感悟；（3）具备丰富的知识和适宜的文化环境。首先，我们来看对自然的观察，他在谈话录中多次提到如何观察自然，观察树木、花鸟、天气、色彩、光线以及人类生活中的各种现象。他说:“我观察自然，从来不想到要用它来作诗。但是由于我早年练习过风景素描，后来又进行一些自然科学的研究，我逐渐学会熟悉自然，就连一些最微小的细节也熟记在心里。所以等到我作为诗人要运用自然景物时，它们就随召随到，我不易犯违反事实真相的错误。”他又说：“我的诗的客观性，是有赖于眼睛的这种极大的注意和训练的。”

其次，仅凭对自然的观察是不够的，创作还要通过作家的内心体验和感悟，创作浸透了作者的心志、情感，作品便是诗人的心血结晶。歌德联系到自己的创作经验，如创作《少年维特之烦恼》时，“我决心一方面听任我内在的自然的特殊个性自由活动；另一方面，继续感受外在世界中具有特征的影响。这样，我就进入了构思和写作《维特》的奇妙的气氛之中”。

另外，除了外界的观察和内心体验，歌德认为丰富的知识和适宜的文化环境，对于培养艺术家的才能也很重要。他说莎士比亚之所以成为莎士比亚，归功于他“生活在一个伟大而又雄强的时代”。

### 3. 古典主义和浪漫主义

歌德晚期反对浪漫主义，因为它与歌德的“诗要从客观世界出发”的原则背道而驰，因此歌德提出了“强壮的、新鲜的、愉快的、健康的”古典主义，这个古典主义即“魏玛古典主义”。至于“古典的”和“浪漫的”这两者的性质,歌德在谈话中指出:“我把‘古典的’叫作‘健康的’，把‘浪漫的’叫作‘病态的’。最近一些作品之所以是浪漫的，并不是因为新，而是因为病态、软弱；古代作品之所以是古典的，也并不是因为古老，而是因为强壮、新鲜、愉快、健康。”

他敏锐地察觉到了浪漫主义的致命弱点：无限制的抒情与感叹，没有节制的唯美与戏剧效果，这并不是艺术应有的崇高。罗曼·罗兰曾说：“歌德断不允许把悲哀作灵魂和艺术的中心，他不能容忍德国当时流行的感伤倾向：无端的哭泣、绝望和爱情的哀号和坟墓。”

（选自《科教文汇》2009年第6期；有改动）

**选文三**

## 歌德的科学之翼（节选）

山西大学科学技术史研究所 厚宇德

歌德童年即尊重自然。这除了他有欣赏自然之美的慧眼外，与他的宗教意识有关：“与自然直接联系着的上帝……在我看来也就是与人类以及其他万物同样发生一定关系的真正的上帝，他对人类的照料，也正像为星辰之运转，岁时之更迭和动植飞潜关怀尽力一样。”歌德较早掌握了西方科学文化核心内容之一的几何学，并用于设计之中：“我很早就学会用圆规和尺，我把我从几何学上所得的知识马上应用到实际方面……我不限于做几种几何图形的物体、盒子和哲理类的东西，而自出心裁去制造一些精巧的别墅式的小房子；用柱子、屋外楼梯和平顶屋盖点缀……”后来歌德得到常到家里做客的一位公使馆参赞的帮助，学到了更多的数学知识：“他爱好数学，因为在他目前的生涯中数学的专长已无从表现，他便以辅导我钻研这门学问为快。”

歌德最著名的研究是颜色学。他在弗劳恩普兰的官邸里建立了一个简易的光学实验室，以备实验研究之用。1791 年歌德开始研究光学，在光学方面他的观点与牛顿的学说相对立，在独立研究的基础上，他写出了《光学论文集》。1794 年在撰写叙事长诗《浮士德》之前，歌德开始研究颜色学，耗时十余年他写成两大卷《颜色学》。该书篇幅达到1300多页。歌德的颜色学认为，一切颜色都是由于闪光和明暗相互作用的结果。歌德认为，光明与黑暗如同斗争的南北两极，相互影响，而在二者之间存在的闪光，才是颜色的世界。他称蓝色和黄色为两主色。黄色具有愉快、活泼、弱刺激性等性质；蓝色使人感到寒冷，令人不快。歌德认为牛顿的颜色学的错误即在于，该派认为：“阴影是光的一个组成部分。”歌德认为自己的这一概括彻底揭示了牛顿颜色学说的荒谬之处：“我这样把它表述出来，好像很荒谬，可是事实确是如此。因为他们说过，各种颜色（这些本是阴影和浓淡造成的）就是光本身，换句话说，就是时而这样折损，时而那样折损的光线。”78 岁的歌德对助手说：“在《颜色学》里，下一步我还要钻研虹的形成。这是一个非常难的课题，不过我希望能解决它。”可见晚年的歌德还有着很强的研究欲望。

歌德对于自然科学有不少论述，其中他关于自然科学对人文学者的意义或重要性的论述，尤其值得关注。他认为学习和研究自然科学，增强了其思想的洞察力，而自然科学的这一作用，是无可替代的：“如果我没有在自然科学方面的辛勤努力，我就不会学会认识人的本来面目。……自然从来不开玩笑，她总是严肃的、认真的，她总是正确的；而缺点和错误总是属于人的。自然对无能的人是鄙视的，她对有能力的、真实的、纯粹的人才屈服，才泄露她的秘密。”

歌德不盲从任何哲学家，他认为黑格尔的辩证法很容易被人误用：“但愿这种取巧的辩证技艺没有经常被人误用来把真说成伪，把伪说成真！”他很庆幸自己没有被黑格尔的辩证法误导，也没有误用它。而他认为自己之所以能做到这一点，完全归功于他有研究自然科学的爱好，而这恰好是医治黑格尔哲学病症的良药：“幸好对自然科学的研究使我没有患精神病！因为在研究自然时，我们所要探求的是无限的、永恒的真理，一个人如果在观察和处理题材时不抱着老实认真的态度，他就会被真理抛弃掉。我还深信，辩证法的许多毛病可以从研究自然中得到有效治疗。”显然在歌德看来，人文学者关注和研究自然科学会收获巨大的福利。

歌德的这一认识是有道理的。一位学者或一位艺术家或一位政治家，如果不亲近自然，而是远离它，对它缺乏认识或一无所知；对自然界的肃穆、对自然界的壮美、对自然界的秩序毫无感悟，那么他必将无法深刻体会真理的崇高，无法洞察和理解永恒至道的威严。

（选自《科技导报》2017 年第 3 期；有改动））

## 二、学生品读

选文一

# 《歌德谈话录》读后感

《歌德谈话录》是一本让人受益无穷的好书。在书中，你会了解到精彩的论述和对白，还可以听到歌德对莎士比亚、拜伦、雨果、司汤达等著名诗人、作家的细致评价，以及他对政治、文艺、哲学、自然科学、宗教等多方面的独到见解。人们应该感谢作者爱克曼的辛苦劳动，他用谦逊的献身精神给世人记录下了歌德这位伟大人物的一言一行。

读这本谈话录，有一种“体味智者之言”的愉快和满足。歌德那些闪耀着智慧与学理之光的话语，虽说并非句句都是真理，但能时时给我们以精神的启迪、解放、洗礼和提升。

歌德的智慧与学理之中有三种眼光，即：人道的眼光、艺术的眼光、世界的眼光。这三束眼光交相辉映，构成了歌德老人的智者之言。

歌德的人道眼光是与他的艺术眼光紧密结合在一起的。当他强调文艺的崇高目的时，是想让人们充分注意到文学艺术对丰富、净化、提升人的精神、智慧的重要意义。

歌德不仅用世界眼光把握文化的开放性，而且用世界眼光预见全球地理文明的发展。就在 1827 年，他发下了三大誓愿：一、开凿巴拿马运河，打通从大西洋到太平洋的最近航道；二、把欧洲的两大河流多瑙河与莱茵河连接起来；三、开通苏伊士运河，大大缩短从西欧到印度洋的航程。他说：“我想经历这三大事件，所以为了它们值得再活几个五十年。”

歌德 1832 年辞世，未能见到这三大誓愿的实现。但在他去世三十七年后的 1869 年，苏伊士运河开通了；又过了四十五年（1914 年），巴拿马运河也通航了；就在这期间，多瑙河与莱茵河也由一条运河连接起来。

歌德，这位大艺术家、大思想家，他具有穿透百年的预见性，这预见性又正是他那宏大、开阔的世界眼光的表现。

歌德临终时对身边的人说：“打开窗户，让更多的光进来！”我们正处在一个“打开窗户”的时代。我想，认真读过《歌德谈话录》的朋友，都会感到有一束精神的光照进了脑海里。

（作者：佚名；有改动）

选文二

## 创作最忌功利

你恐慌吗？在各种诱惑面前。

你自卑吗？在高手如云的纷繁世界中。

你着急吗？在付出了很多也没有满意的结果的时候。

你还会坚持不懈吗？当你看清了现实之后。

你我皆凡人，生活在凡尘，总免不了俗世纷扰。走了那么久的路，请记得带上自己的初心吧！不管外界怎么变化，保持一颗平常心，做个安安静静的创作者。不要着急，人生的路还长，要慢慢地走。

今天继续和大家共读《歌德谈话录》，书中他的很多观点都极具哲理。人们说他是一个很幸运的人，在我看来，他其实只是一个勤劳和努力工作的人。

歌德又一次提到专注的重要性。因为要想在一个领域有很深的造诣，可能需要我们穷其一生，去学会拒绝一切分散我们注意力的事情，专心致志地将这个领域学通学透才有可能达到。

他还谈到关于品位的问题，只有欣赏上等的作品才能提高我们的品位。当我们阅读了大量上等的作品，看其他作品的时候，就有了一个尺度，从而对其他作品做出一个正确的评判。

但是我最喜欢的一个观点还是他说到的创作最忌功利。一些名人流传下来的摆脱功利的事例值得我们学习。

鲁迅说："横眉冷对千夫指，俯首甘为孺子牛。"李商隐说："春蚕到死丝方尽，蜡炬成灰泪始干。"范仲淹说："先天下之忧而忧，后天下之乐而乐。"这些名句之所以流传千古，是因为作家伟大的人格，抛弃了功利，心系黎民苍生，讲究奉献精神。

只有摒弃了私心，抛弃功利的时候，才能静下心来，写出流传千古的佳句。

我无意去批判他人，每个人都有自己的人生观和价值观，我们权且对每一种生活方式都保持尊重。但很难想象一些人，满口的仁义道德，可是他是如此地卖力和拼命，他的每一份付出，都要去奢求回报。他的初衷是如此的世俗和功利，他要用他的每一份作品去换取报酬。

作家的使命是将有力量的文字传播给他人，甚至传承给后来人，言传身教比任何语言都更有力量。很难想象一个利欲熏心的作家，能写出伟大的作品。让我们远离功利心吧，踏踏实实地走好每一步。

（作者：何婉仪；有改动）

选文三

# 《歌德谈话录》读后感

《歌德谈话录》是由德国的爱克曼所写，其形式类似于中国的《论语》，即在与大文学家歌德的谈话中记录了歌德许多深刻的言行，其中有很多处亦令我受益匪浅。

第一处是爱克曼与歌德讨论作品的借鉴。他们认为，借鉴不应被诋毁为抄袭，适当的借鉴应受到褒扬而不是批评，确实如此。很多评论家们一旦看到某本新作的情节或人物与旧作相似便大肆鞭挞，仿佛又发现了让他们大展身手的机会，丝毫不考虑这借鉴或引用是否与新作契合。歌德说得很对，如果这借鉴正好符合书中场景，又能准确地表达人物的情感和心境，那么作者确实无必要绞尽脑汁重新创作。况且在我看来，这也是一种二次创作，它使旧作重新面世，与新作融为一体，焕发新的生机。作者如果因此受到诋毁，应以一种更强硬的姿态指明其错误。其实批评家这个职业本身就很神奇，它存在的目的是要指出作品中的缺陷，然而如果这作品逐渐趋于完美，没有什么可供指摘之处，他们岂不就无法证明自己存在的价值了吗？

第二处是爱克曼与歌德讨论艺术的创作目标。许多人觉得艺术是阳春白雪，一定要表达某种深刻的主题方能称之为艺术，其实不然。正如歌德所说："任何艺术形式都应以达到情感上的共鸣为创作目标……当艺术家们想要刻画更高深、更抽象的主题时通常会顾此失彼，在偏重理性表达同时难以兼顾情感上的表达，于是作品不免枯燥乏味，落得曲高和寡的尴尬下场。"如圣·埃克苏佩里的《小王子》一直围绕着主角的经历和心境叙写，情节简单，情感充沛，但是我们能说它只是给小孩子看的吗？当然不是，事实上许多成人都从中受益匪浅，因为在这看似单纯的文字下，是圣·埃克苏佩里对于成人世界的疑惑与不屑。优秀的作品中，无论多深刻的主题，都蕴藏在字里行间，自然而然抒发出来，需读者细细品味斟酌。

第三处是爱克曼与歌德讨论挑选话剧演员的标准。歌德讲到，演员需要有让人过目不忘的性格特征或个人魅力，极好的先天条件，极高的自制力以及对作品的感悟力。后几条我都很赞成，但第一条可能未必如此。如果一个演员的个人魅力和性格特征过于浓烈甚至盖过了角色的风采，那就可能出现两种情况。一是出演与本人相契合的角色，获得世人的惊叹，二是出演反差角色，得到众人的唏嘘。这与配音是有异曲同工之妙的，最优秀的配音师可以纯熟地模仿任何人的声线且毫无违和感，因为他原本的音色特征点少，而特征点少意味着可塑性高，演员亦是如此。但很可惜的是，此类演员正因有这种特质，其风华总被他人压一头，所以总逃不过当配角的命运，而其实配角也有很重要的作用。正如歌德所说，"他们就像一张油画中晦暗的阴影部分，能把那些位于亮处的人与物衬托得更加鲜明突出、光彩照人。"

（作者：周一雅；有改动）

## 三、我的分享

同学们，你的阅读感受是什么？你的阅读成果有哪些？赶快来分享吧。

# 1823 年

## 初次会见[①]

（魏玛，1823 年 6 月 10 日）

我来这里已有几天了，今天第一次访问歌德，他很热情地接待了我。我对他的印象很深刻，我把这一天看作我生平最幸福的一天。

昨天我去探问，他约我今天十二点来见他。我按时去访问，他的仆人正等着引我去见他。

房子内部给我的印象很愉快，不怎么豪华，一切都很高雅和简朴。陈列在台阶上的那些复制的古代雕像，显出歌德对造型艺术和古希腊的爱好。我看见底楼一些内室里妇女们来来往往地忙着。有一个漂亮的小男孩，是歌德的儿媳妇奥提丽的孩子，他不怕生，跑到我身边来，瞪着大眼瞧我的面孔。

我向四周瞟了一眼。仆人打开一间房子的门，我就跨过上面嵌着“敬礼”[②]字样的门槛，这是我会受到欢迎的预兆。仆人引我穿过这间房，又打开另一间较宽敞的房子，叫我在这里等一会儿，等他进去报告主人我已到了。这间房子很凉爽，地板上铺着地毯，陈设着一张深红色长沙发和几张深红色椅子，显得很爽朗。房里一边摆着一架钢琴，壁上挂着各色各样的绘画和素描。通过对面敞开着的门，可以看见里面还有一间房子，壁上也挂着一些画。仆人就是穿过这间房子进去报告我已来到。

不多一会儿歌德就出来了，穿着蓝上衣，还穿着正式的鞋。多么崇高的形象啊！我突然感到一惊。不过他说话很和蔼，马上消除了我的局促不安。我和他一起坐在那张长沙发上。他的神情和仪表使我惊喜得说不出话来，纵然说话也说得很少。

他一开头就谈起我请他看的手稿说：“我是刚放下你的手稿才出来的。整个上午我都在阅读你这部作品，它用不着推荐，它本身就是很好的推荐。”他称赞我的文笔清楚，思路流畅，一切都安放在坚牢的基础上，是经过周密考虑的。他说：“我很快就把它交出去，今天就写信赶邮班寄给柯达[③]，明天就把稿子另包寄给他。”我用语言和目光表达了我的感激。

---

①原文每次谈话都没有标题。标题是译者为读者方便起见新加的，以后仿此。

②原文为拉丁文。

③柯达（Cotta，1764—1832），耶拿的出版商，歌德和席勒的著作都先由他出版。

接着我们谈到我的下一步的旅行。我告诉他我的计划是到莱茵区找一个适当的住处，写一点新作品，不过我想先到耶拿，在那里等候柯达先生的回信。

歌德问我在耶拿有没有熟人，我回答说，我希望能和克涅伯尔①先生建立联系。歌德答应写一封介绍信给我随身带去，保证我会受到较好的接待。

接着歌德对我说："这很好，你到了耶拿，我们还是近邻，可以随便互访或通信。"

我们在安静而亲热的心情中在一起坐了很久。我触到他的膝盖，依依不舍地看着他，忘记了说话。他的褐色面孔沉着有力，满面皱纹，每一条皱纹都有丰富的表情！他的面孔显得高尚而坚定，宁静而伟大！他说话很慢，很镇静，令我感到面前仿佛就是一位老国王。可以看出他有自信心，超然于世间毁誉之上。接近他，我感到说不出的幸福，仿佛满身涂了安神油膏，又像一个备尝艰苦、许多长期的希望都落了空的人，终于看到自己最大的心愿获得了满足。

接着他提起我给他的信，说我说得对，一个人只要能把一件事说得很清楚，他也就能把许多事都说得清楚。他说："不知道这种能力怎样由此及彼地转化。"接着他告诉我，"我在柏林有很多好朋友。这几天我正在考虑替你在那里想点办法。"

他高兴地微笑了，接着他指示我这些日子在魏玛应该看些什么，答应请克莱特秘书替我当向导。他劝我特别应去看看魏玛剧院。他问了我现在的住址，说想和我再晤谈一次，找到适当的时间就派人来请。

我们很亲热地告别了。我感到万分幸福。他的每句话都表现出慈祥和对我的爱护②。



①克涅伯尔（Knebel，1744—1834），早年也在魏玛宫廷任职，是和歌德有长久交情的一位作家。

②在以下几次晤谈中，歌德叫爱克曼在魏玛长住下来，替他搜编早年在报刊上发表的一些评论文。从此爱克曼就成了歌德的文艺学徒，同时也是他的私人秘书，帮助他编辑他的著作。

# 给爱克曼写介绍信到耶拿

（1823 年 6 月 19 日）

我本来打算今天去耶拿。但是昨天歌德劝我在魏玛住到星期天，搭邮车去。他昨天替我写了几封介绍信，其中有一封是给弗洛曼[①]一家人的。他告诉我："这家人所交游的人会使你满意。我在他们那里参加过许多愉快的晚会。让·保尔、蒂克、施莱格尔兄弟[②]以及其他德国名人都到过那里，都感到很愉快。就是到现在，那里还是学者、艺术家和其他知名人士经常聚会的场所。过几星期之后，请写信让我知道你的情况，对耶拿的观感如何，信寄到玛冉巴特[③]，我已吩咐我的儿子当我不在家时要常去看望你。"

歌德对我这样细心照顾，使我非常感激。我从一切方面都感到歌德待我如家人，将来也还会如此。我因此感到幸福。

---

①弗洛曼（K. Frommann，1765—1837），耶拿的出版商，他家是文人聚会的场所。

②这些都是耶拿浪漫派有名的文人。其中的施莱格尔兄弟详见下文。

③又译马林巴德或玛丽亚温泉市，现属捷克斯洛伐克，是著名的温泉疗养地，歌德有时去暂住几天。

这一篇日记既是歌德对爱克曼创作的指导，也是歌德现实主义文艺思想的体现。

# 对青年诗人的忠告①

（耶拿，1823 年 9 月 18 日）

昨天在歌德回到魏玛之前，我很幸运又和他晤谈了一个钟头。这次他说的话非常重要，对我简直是无价之宝，使我终生受益不尽。凡是德国青年诗人都应该知道这番对他们也会有益的忠告。

第一，不要写大部头作品，要专心写小题目。

歌德一开始就问我今年夏天写过诗没有。我回答说，写了一些，但是总的说来，我对作诗还缺乏兴致或乐趣。歌德就劝我说："你得当心，不要写大部头作品。许多既有才智而又认真努力的作家正是在贪图写大部头作品上吃亏受苦，我在这一点上也吃过苦头，认识到它对我有多大害处。我扔到流水里去的作诗计划不知有多少哩！如果我把可写的都写了，写上一百卷也写不完。

以切身体验谆谆告诫——别盲目写"大作品"，抓住现实，趁热打铁，以切身感受为题材，有感而发，即兴发挥，用智慧从丰富生活中挖掘提炼诗意。

"现实生活应该有表现的权利。诗人由日常现实生活触动起来的思想情感都要求表现，而且也应该得到表现。可是如果你脑子里老在想着写一部大部头的作品，此外一切都得靠边站，一切思虑都得推开，这样就要丧失掉生活本身的乐趣。为着把各部分安排成为融贯完美的巨大整体，就得使用和消耗巨大精力；为着把作品表达于妥当的流利语言，又要费大力而且还要有安静的生活环境。倘若你在整体上安排不妥当，你的精力就白费了。还不仅此，倘若你在处理那样庞大的题材时没有完全掌握住细节，整体也就会有瑕疵，会受到指责。这样，作者尽管付出了辛勤的劳力和牺牲，结果所获得的也不过是困倦和精力的瘫痪。反之，如果作者每天都抓住现实生活，经常以新鲜

①这是爱克曼到了耶拿之后据回忆记下来的。第一句疑有误，因为歌德在 9 月 15 日已从玛冉巴特回到魏玛了。

的心情来处理眼前事物，他就总可以写出一点好作品，即使偶尔不成功，也不会有多大损失。

以奥古斯特·哈根作为反例。

“姑且举柯尼斯堡的奥古斯特·哈根[①]为例。他本是一位很有才能的作家，你读过他的《奥尔弗里特和李辛娜》那部诗没有？那里有些片段是写得很出色的，例如波罗的海风光以及当地的一些具体细节。但这都是些漂亮的片段，作为整体来看，这部诗却不能使任何人满意。可是他费了多大气力，简直弄得精疲力竭了。现在他还在写一部悲剧哩！”

说到这里，歌德笑了笑就停住了。我趁机插话说，如果我没有弄错，他在《艺术与古代》上就劝告过哈根只选些小题目来写。歌德回答说：“是呀，我确实劝告过他。但是我们这些老年人的话谁肯听呢？每个人都自信有自知之明，因此，有许多人彻底失败了，还有许多人长期在迷途中乱窜。可是现在却没有时间去乱窜了。在这一点上我们老年人是过来人，如果你们青年人愿意重蹈我们老年人的覆辙，我们的尝试和错误还有什么用处呢？这样，大家就无法前进了。我们老一辈走错路是可以原谅的，因为我们原来没有已铺平的路可走。但是对人世较晚的一辈人要求就要更严格些，他们不应该老是摸索和走错路，应该听老年人的忠告，马上踏上征途，向前迈进。向着某一天终于要达到的那个终极目标迈步还不够，还要把每一步骤都看成目标，使它作为步骤而起作用。

“请你把我这番话牢记在心上，看它对你是否也适用。我并不是怕你也会走错路，不过我的话也许可以帮助你快一点跨过对你还不利的这段时期。如果你目前只写一些小题目，抓住日常生活提供给你的材料，趁热打铁，你总会写出一点好作品来。这样，你就会每天都感到乐趣。你可以把作品先交给报刊或印成小册子发表，但切莫迁就旁人的要求，要始终按照自己的心意写下去。

第二，要抓住现实生活，写眼前的事物。

“世界是那样广阔丰富，生活是那样丰富多彩，你不会缺

①哈根（Hagen，1797—1880），当时一位浪漫派青年诗人。歌德在《艺术与古代》上发表过对哈根的《奥尔弗里特和李辛娜》这部叙事诗的评论，劝告作者从现实生活出发写些小题目。

乏作诗的动因。但是写出来的必须全是应景即兴的[①]诗，也就是说，现实生活必须既提供诗的机缘，又提供诗的材料。一个特殊具体的情境通过诗人的处理，就变成带有普遍性和诗意的东西。我的全部诗都是应景即兴的诗，来自现实生活，从现实生活中获得坚实的基础。我一向瞧不起空中楼阁的诗。

以傅恩斯坦作为正面例子。

"不要说现实生活没有诗意。诗人的本领，正在于他有足够的智慧，能从惯见的平凡事物中见出引人入胜的一个侧面。必须由现实生活提供作诗的动机，这就是要表现的要点，也就是诗的真正核心；但是据此来熔铸成一个优美的、生气贯注的整体，这却是诗人的事了。号称'自然诗人'的傅恩斯坦[②]是你所熟识的。他以种植酵母花为题写出一首很好的诗。我劝他用各行手工业——特别是纺织工业——的题材来写一些歌，我敢说他写这方面的诗歌会获得成功，因为他从青年时代起就和这些手工艺匠人在一起生活，对手工艺这一行懂得很透彻，对他所要使用的材料有充分的掌握。写小题材的优点正在于你只须描绘你所熟悉的事物。至于写大部头的诗，情况却不同。那就不免要把各个部分都按计划编织成为一个完整体，而且还要描绘得惟妙惟肖。可是在青年时代对事物的认识不免片面，而大部头作品却要有多方面的广博知识，人们就在这一点上要跌跤。"

我告诉歌德，我想写一部大部头的诗，用一年四季为题材，把各种行业和娱乐都编织进去。歌德回答说："这正是我刚才说

---

①原文 Gelegenheitsgedichte 照字面译是"应机缘而写的诗"，类似我国诗中的"即兴诗"，不过"即兴"侧重诗人的主观兴致，歌德则主要是指从客观情境出发。姑且译为"应景即兴的诗"，以求主客两面俱到。这一段谈话扼要地说明了歌德的现实主义文艺观点，值得特别注意。

②傅恩斯坦(Furnstein,1783—1841)，一位写农艺和手工艺的诗人。歌德在《艺术与古代》上发表的《论德国自然诗人》一文里也提到这位作者，希望他仿照英国诗人的"织工歌"(可能指托马斯·胡德反映工人疾苦的诗)，写些关于纺织工艺的诗。"自然诗"发源于英国，爱克曼想写"四季"诗，当然也受到英国诗人汤姆逊的启发。当时英国诗对德国诗坛的影响很大。歌德自己就特别推崇莎士比亚和拜伦。

的那种情况。你可以在许多片段里写得很成功，但是涉及你也许还没有认真研究过、还不大熟悉的事物，你就不会成功。你也许写渔夫写得很好，写猎户却写得很坏。如果有些部分失败了，整体就会显得有缺陷，不管其他部分写得多么好，这样你就写不出什么完美的作品。但是你如果把那些个别部分分开，单挑其中你能胜任的来写，你就有把握写出一点好作品来了。

"我特别劝你不要单凭自己的伟大的创造发明①，因为要创造发明就要提出自己对事物的观点，而青年人的观点往往还不够成熟。此外，人物和观点都不能作为诗人的特征反映而同诗人相结合，从而使他在下一步创作中丧失丰满性。最后还有一点，创造发明以及安排和组织方面的构思要费多少时间而讨不到好处，纵使作品终于完成了。

"如果采用现成的题材，情况就大不相同，工作就会轻松些。题材既是现成的，人物和事迹就用不着新创了，诗人要做的工作就只是构成一个活的整体②。这样，诗人就可以保持自己的完满性，因为用不着再从他本身补充什么了。他只须在表达方面费力，用不着花费创造题材所需要的那么多的时间和精力了。我甚至劝人采用前人已用过的题材。例如伊菲革涅亚这个题材不是用过多次了吗？可是产生的作品各不相同，因为每个作家对同一题材各有不同的看法，各按自己的方式去处理。③

第三，可以采用现成的题材，通过艺术加工产生不同的作品。

"我劝你暂时搁起一切大题目。你挣扎这么久了，现在是你过爽朗愉快生活的时候了。写小题材是最好的途径。"

我们一面谈着，一面在室内踱来踱去。因为我极钦佩歌德说的每句话都是真理，只能始终表示赞同。每走一步，我都感到比前一步轻松愉快，因为我应该承认，我过去心想的但没有

①原文 Erfindung，原义为"寻找"和"发现"，一般指创造发明，这里指不用现成题材，单凭想象去虚构题材。现成题材有两种，一种是现实生活提供的，一种是从前人留传下来的传说。

②或：贯注生命于整体。

③伊菲革涅亚，荷马史诗中希腊东征主将阿伽门农的女儿。她的遭遇，希腊悲剧诗人欧里庇得斯写过，后来 17 世纪法国悲剧诗人拉辛又写过。歌德本人也根据欧里庇得斯的作品，写了一部较合近代口味的悲剧《伊菲革涅亚在陶里斯》。这三部悲剧都是西方名著。此外还有些诗人和音乐家也用过这个题材。

想清楚的一些大计划，一直是我的不小的精神负担。现在我把这些大计划抛开了，等到通过钻研世界情况，掌握了有关题材的每个部分之后再说。目前先以愉快的心情就某一题材或某一部分陆续分别处理。

歌德是现实主义倡导者，那么他对浪漫主义会有什么看法呢？

听了歌德的话，我感到长了几年的智慧。结识了这位真正的大师，我在灵魂深处感到幸福。今冬我从他那里学到了很多的东西。单是和他接触也会使我受到教益，尽管他有时并未说出什么重要的话。在默然无语时，他的风度和品格对我就是很好的教育。[1]

①这是歌德向青年诗人所进的忠告：第一要从小处着手，不要很早就想写大部头作品；其次要从现实生活出发，不要过信自己的独创能力，单凭想象去虚构题材。题材最好是用现成的。哪怕是日常惯见的平凡事物，只要经过诗人的处理，熔铸成为一种完美的有生命的整体，它就会显出普遍性和诗意。这就是歌德的现实主义的文艺观点。

# 论艺术难关在掌握个别具体事物及其特征

（1823 年 10 月 29 日）

今晚我去看歌德，他正在点灯。我看到他心情很振奋，眼光反映着烛光闪闪发亮，全副表情显得和蔼、坚强和年轻。

我跟他在室内踱来踱去，他一开始就提起我昨天送请他看的一些诗。

他说："我现在懂得了你在耶拿时为什么告诉我，你想写一篇以四季为题材的诗。我劝你写下去，马上就从写冬季开始。你对自然事物像有一种特别的感觉和看法。

"对你的那些诗，我只想说两句话。到你现在已经达到的地步，你就必须闯艺术的真正高大的难关了，这就是对个别事物的掌握。你必须费大力挣扎，使自己从观念（idee）中解脱出来。你有才能，已经走了这么远，现在你必须做到这一点。你最近去过梯夫尔特①，我想就出这个题目给你做。你也许还要再去三四次，把那地方仔细观察过，然后才能发现它的特征，把所有的母题（motive）②集拢起来。你须不辞辛苦，对那地方加以深入彻底的研究，这个题目是值得费力研究的。我自己本来老早就该运用这种题材了，只是我无法这样办，因为我亲身经历过一些重大的时局，全副精神都投入那方面去了，因而侵扰我的个别事物过分丰富了。但是你作为一个陌生人来到这里，关于过去，你可以请教当地堡寨主人，自己要探索的只是现在的突出的、具有意义的东西。"③

我答应要试着照办，但是不敢讳言这个课题对于我像是离得很远而且也太难。

他说："我知道这个课题确实是难，但是艺术的真正生命正在于对个别特殊事物的掌握和描述。此外，作家如果满足于一般，任何人都可以照样模仿；但是如果写出个别特殊，旁人就无法模仿，因为没有亲身体验过。你也不用担心个别特殊引不起同情共鸣。每种人物性格，不管多么个别特殊，每一件描绘出来的东西，从顽石到人，都有些普遍性；因此各种现象都经常复现，世间没有任何东西只出现一次。"

歌德接着又说："到了描述个别特殊这个阶段，人们称为'写作'（komposition）的工作也就开始了。"

---

①魏玛附近的一个乡村。

②"母题"本是音乐术语，借用到文学里，指的就是主题，歌德把它和"情境"看作同义词。

③在这篇谈话里，歌德劝爱克曼要从抽象的观念中解脱出来，须掌握个别特殊事物，显出它的特征。

这话我乍听还没有懂得很清楚，不过没有提问题。我心里想，他指的也许是现实和理想的结合，也就是外形和内在本质的结合。不过他指的也许是另一回事。歌德于是接着说："还有一点，你在每首诗后应注明写作日期。"我向他发出质疑的眼光，想知道注日期有什么重要性。他就说："这样就等于同时写了你的进度日记。这并不是小事。我自己多年来一直这样办，很知道它的好处。"[①]……

①在这篇谈话里，歌德劝爱克曼要从抽象的观念中解脱出来，须掌握个别特殊事物，显出它的特征。

# 关于歌德的游记，论题材对文艺的重要性

（1823年11月3日）

……我于是把话题转到1797年歌德经过法兰克福和斯图加特去瑞士的游记。他最近把这部游记手稿三本交给我，我已把它仔细研究过了。我提到当时他和迈尔①对造型艺术题材问题思考得很多。

歌德说："对，还有什么比题材更重要呢？离开题材还有什么艺术学呢？如果题材不适合，一切才能都会浪费掉。正是因为近代艺术家们缺乏有价值的题材，近代艺术全都走上了邪路。我们大家全都在这方面吃过亏，我自己也无法否定我的近代性。"

他接着说："艺术家们很少有人看清楚这一点，或是懂得什么东西才使他们达到安宁。举例来说，人们用我的《渔夫》②为题来作画，没有想到这首诗是画不出来的。这首民歌体诗只表现出水的魔力，在夏天引诱我们下去游泳，此外便别无所有，这怎么能画呢？"

我提到我很高兴从上述游记里看出他对一切事物都有兴趣，并且把一切事物都掌握住了：山冈的形状和地位以及上面各种各样的石头；土壤、河流、云、空气、风和气候；还有城市及其起源和发展、建筑、绘画、戏院、市政、警察、经济、贸易、街道的格局、各色各样的人、生活方式特点，乃至政治和军备等数不清的项目。

歌德回答说："不过你看不到一句话涉及音乐，因为我对音乐是外行。每个旅游者对于在旅途中应该看些什么，他的要旨是什么，应该胸有成竹。"……

我告诉歌德说……我现在已逐渐摆脱我以往爱好理想和理论的倾向，逐渐重视现实情况的价值了。

歌德说："若不是那样，就很可惜了。我只劝你坚持不懈，牢牢地抓住现实生活。每一种情况，乃至每一顷刻，都有无限的价值，都是整个永恒世界的代表。"

过了一会儿，我把话题转到梯夫尔特以及描绘它时应采取的方式。我说这是一个复杂的题目，很难给它一个恰当的形式。我想最方便的方式是用散文来写。

歌德说："要用散文来写的话，这个题目还不够有意义。号称教训诗和描写诗的形式大体上或可采用，但还不够理想。你最好写上十来首用韵的短诗来处理这种题材，音

---

①迈尔（I.H.Meyer，1760—1832），《古希腊造型艺术史》的作者，对西方崇拜古典艺术的风气有很大影响。歌德和黑格尔都很推崇他。

②这是一首抒情谣曲。关于诗与画的界限，可参看莱辛的《拉奥孔》。

律和形式可以随不同方面和不同景致而变化多端，不拘一格，用这种办法可以把整体描绘得晶莹透彻。”我马上表示接受这个很适当的忠告。歌德接着又说：“对了，你为什么不来搞一次戏剧方式，写一点和园丁的谈话呢？用这种零星片段可以使工作轻松一些，而且把题材具有特征的各个方面都显示出来。至于塑造一个无所不包的巨幅整体总是困难的，一般不易产生什么完满的作品。”

# 论席勒醉心于抽象哲学的理念使他的诗受到损害

（1823 年 11 月 14 日）

……话题转到戏剧方面，明天席勒的《华伦斯坦》[①]要上演，因此我们就谈起席勒来。

我说，我对席勒有一种特别的感觉。读他的长篇剧作中某些场面，我倒真正喜欢，并且感到惊赞。可是接着就碰上违反自然真实的毛病，读不下去。就连对《华伦斯坦》也还是如此。我不免想，席勒对哲学的倾向损害了他的诗，因为这种倾向使他把理念看得高于一切自然，甚至消灭了自然。凡是他能想到的，他就认为一定能实现，不管它是符合自然，还是违反自然。

歌德说：“看到那样一个有卓越才能的人自讨苦吃，在对他无益的哲学研究方面煞费苦心，真叫人惋惜。洪堡[②]把席勒在为玄学思维所困扰的日子里写给他的一些信带给我看了。从这些信里可以看出席勒当时怎样劳心焦思，想把感伤诗和素朴诗完全区别开来[③]。他替感伤诗找不到基础，这使他说不出来地苦恼。”这时歌德微笑着说：“好像没有素朴诗做基础，感伤诗就能存在一样，感伤诗也是从素朴诗生长出来的。”

歌德接着说：“席勒的特点不是带着某种程度的不自觉状态，仿佛在出于本能地进行创作，而是要就他所写出的一切东西反省一番。因此他对自己作诗的计划总是琢磨来，琢磨去，逢人就谈来谈去，没有个完。他近来的一些剧本都一幕接着一幕地跟我讨论过。

“我的情况却正相反，我从来不和任何人，甚至不和席勒，谈我作诗的计划。我把一切都不声不响地放在心上，往往一部作品已完成了，旁人才知道。我拿写完了的《赫

①《华伦斯坦》，席勒戏剧代表作，写 17 世纪封建骑士和农民联合反罗马教廷和神圣罗马帝国皇帝的斗争。

②威廉·洪堡（W.Humboldt，1767—1835），普鲁士政治家、语言学家、文学史家，柏林大学的创办人，和席勒与歌德都是好友。

③席勒所谓“素朴诗”就是古典主义和现实主义的诗，“感伤诗”就是浪漫主义的诗。歌德认为近代感伤诗仍须导源于古代素朴诗。详见《“古典的”和“浪漫的”：这个区别的起源和意义》注①。

尔曼与窦绿苔》①给席勒看，他大为惊讶，因为我从来没有就写这部诗的计划向他泄露过一句话。”②

微信扫码

- 阅读助手
- 名著精析
- 走近作者
- 读后练习

①歌德诗作，写田园生活，并反映法国革命时期莱茵区被法军占领后情况。

②席勒与歌德齐名，两人交谊最深而性格迥异。席勒比歌德年轻。但1805年就已去世，所以没有直接出现在这本《谈话录》的场面里。可是《谈话录》谈到席勒的话很多，比较重要的都选译出来了。

# 《华伦斯坦》上演

（1823 年 11 月 15 日）

晚间我到剧院第一次看《华伦斯坦》上演。歌德没有夸大。印象很深刻，打动了我的内心深处。演员们大多数受过席勒和歌德亲身教导他们的影响，他们把剧中重要人物的整体摆在我眼前，同时使我想象到他们各自的个性，这是单靠阅读所不能办到的。因此这部剧本对我产生了不同寻常的效果，一整夜都在我脑子里盘旋。

# 1824 年

## 莎士比亚的伟大，《维特》与时代无关

（1824 年 1 月 2 日）

……我们谈到英国文学、莎士比亚的伟大以及生在这位诗坛巨人之后的一切剧作家的不利处境。

歌德接着说："每个重要的有才能的剧作家都不能不注意莎士比亚，都不能不研究他。一研究他，就会认识到莎士比亚已把全部人性的各种倾向，无论在高度上还是在深度上，都描写得竭尽无余了，后来的人就无事可做了。只要心悦诚服地认识到已经有一个深不可测、高不可攀的优异作家在那里，谁还有勇气提笔呢！

"五十年前，我在我亲爱的德国的处境当然要好一点。我可以很快就把德国原有的作品读完，它们够不上使我长久钦佩乃至注意。我很早就抛开德国文学及其研究，转到生活和创作上去了。这样，我就在我的自然发展途程上一步一步地迈进，逐渐把自己培养到能从事创作。我在创作方面一个时期接着一个时期都获得成功。在我生平每一发展阶段或时期，我所悬的最高理想从来不超过我当时的力所能及。但是我如果生在英国作一个英国人，在知识初开的幼年，就有那样丰富多彩的杰作以它们的全部威力压到我身上来，我就会被压倒，不知怎么办才好。我就会没有轻松而新颖的勇气向前迈进，就要深思熟虑，左右巡视，去寻找一条新的出路。"

我把话题引回到莎士比亚，说："如果以某种方式把莎士比亚从英国文学的氛围中单抽出来，假想把他作为一个孤立的人放在德国文学里来看，那就不免要惊赞那样伟大的人物真是一种奇迹。但是如果到英国他的家乡去找他，而且设身处地地把自己摆在莎士比亚时代里，对莎士比亚的同时代的和后起的那些作家进行一番研究，呼吸一下本·琼生、玛森格、马洛、博芒和弗勒乔①等人所吹的那股雄风，那么，莎士比亚固然仍显得是个超群出众的雄强而伟大的人物，可是我们却会得到一种信念：莎士比亚的许多天才奇迹多少还是人力所能达到的，有不少要归功于他那个时代的那股强有力的创作风气。"②

---

①这五位都是莎士比亚时代的著名剧作家，其中本·琼生擅长喜剧，马洛擅长严肃剧，以《浮士德博士的悲剧》闻名。

②爱克曼很少发表反对歌德的意见，但是当他发表不同的意见时，他的意见往往是比较正确的。这是一个例子。他对歌德的颜色说也提出过一些比较合理的批评。同时值得注意的是，歌德在发现批评中肯时，他也就马上采纳。

歌德回答说："你说得完全对。看莎士比亚就像看瑞士的群山。如果把瑞士的白峰移植到吕内堡的原野中间，我们就会找不到语言来表达对它的高大所感到的惊奇。不过如果到白峰的伟大家乡去看它，如果穿过它周围的群峰如少女峰、玫瑰峰之类去看它，那么，白峰当然还是最高的，可是就不会令人感到惊奇了。

"再者，如果有人不相信莎士比亚的伟大多半要归功于他那个伟大而雄强的时代，他最好想一下这样一个问题：这样令人惊奇的现象在1824年今天的英国，在今天报刊纷纷闹批评、闹分裂的这种坏日子里，能否出现呢？

"产生伟大作品所必不可少的那种不受干扰的、天真无瑕的、梦游症式的创作活动，今天已不复可能了。今天我们的作家们都要面对群众。每天在五十个不同地方所出现的评长论短以及在群众中所掀起的那些流言蜚语，都不容许健康的作品出现。今天，谁要是想避开这些，勉强把自己孤立起来，他也就完蛋了。通过各种报刊的那种低劣的、大半是消极的挑剔性的美学评论，一种'半瓶醋'的文化渗透到广大群众之中。对于进行创作的人来说，这是一种妖氛，一种毒液，会把创造力这棵树从绿叶到树心的每条纤维都彻底毁灭掉。

"在最近这两个破烂的世纪里，生活本身已变得多么孱弱呀！我们哪里还能碰到一个纯真的、有独创性的人呢！哪里还有人有足够的力量能做个诚实人，本来是什么样就显出什么样呢？这种情况对诗人却产生了不利的影响，外界一切都使他悬在虚空中，脚踏不到实地，他就只能从自己的内心生活里去汲取一切源泉了。"

接着话题转到《少年维特》，歌德说："我像鹈鹕一样，是用自己的心血把那部作品哺育出来的。其中有大量的出自我自己心胸中的东西，大量的情感和思想，足够写一部比此书长十倍的长篇小说。我经常说，自从此书出版之后，我只重读过一遍，我当心以后不要再读它，它简直是一堆火箭弹！一看到它，我心里就感到不自在，生怕重新感到当初产生这部作品时那种病态心情。"

我回想起歌德和拿破仑的谈话①，在歌德的没有出版的稿件中我曾发现这次谈话的简单记录，劝过歌德把它再写详细些。我说："拿破仑曾向你指出《维特》里有一段话在他看来是经不起严格检查的，而你当时也承认他说得对，我非常想知道所指的究竟是哪一段。"

歌德带着一种神秘的微笑说："猜猜看吧。"

我说："我猜想那是指绿蒂既不告诉阿尔博特，也没有向他说明自己心里的疑惧，就把手枪送交维特那一段话。你固然费大力替这种缄默找出了动机，但是事关营救一个朋友生命的迫切需要，你所给的动机是站不住脚的。"

歌德回答说："你这个意见当然不坏，不过拿破仑所指的究竟是你所想的那一段还

---

①参看《拿破仑摆布世界像弹钢琴，他对少年维特的重视》。

是另一段，我认为还是不说出为好，反正你的意见和拿破仑的意见都是正确的。”

我对《维特》出版后所引起的巨大影响是否真正由于那个时代，提出了疑问。我说：“我很难赞同这种流传很广的看法。《维特》是划时代的，只是由于它出现了，并不是由于它出现在某一个具体的时代。《维特》即便在今天第一次出现，也还是划时代的，因为每个时代都有那么多的不期然而然的愁苦，那么多的隐藏的不满和对人生的厌恶，就某些个别人物来说，那么多对世界的不满情绪，那么多个性和市民社会制度的冲突（如在《维特》里所写的）。”

歌德回答说：“你说得很对，所以《维特》这本书直到现在还和当初一样对一定年龄的青年人发生影响。我自己也没有必要把自己青年时代的阴郁心情归咎于当时世界的影响以及我阅读过的几部英国作家的著作。使我感到切肤之痛的、迫使我进行创作的、导致产生《维特》的那种心情，毋宁是一些直接关系到个人的情况。原来我生活过，恋爱过，苦痛过，关键就在这里。

“至于人们谈得很多的‘维特时代’，如果仔细研究一下，它当然与一般世界文化过程无关，它只涉及每个个别的人，个人生来就有自由本能，却处在陈腐世界的窄狭圈套里，要学会适应它。幸运遭到阻挠，活动受到限制，愿望得不到满足，这些都不是某个特殊时代的，而是每个人都碰得着的不幸事件。假如一个人在他的生平不经过觉得《维特》就是为他自己写的那么一个阶段，那倒很可惜了。”①

---

①《少年维特的烦恼》是一部书信体和自传体的爱情小说，1774年出版，继剧本《葛兹·封·伯利欣根》（1771）之后，使歌德在西欧立享盛名，特别是青年一代人，多由于“维特热”而弄得神魂颠倒，穿维特式的服装，过维特式的生活，甚至仿效维特自杀。歌德也因此而受到当时保守派，特别是天主教会的痛恨和攻击。一般西方文学史家把维特所代表的颓废倾向称作“世纪病”。歌德在这篇谈话里却否认维特与时代有关，说产生《维特》的阴郁心情只涉及个人的特殊遭遇。这当然是错误的。个人不能脱离一定的时代、社会和阶级而超然悬在真空里。歌德的看法，正代表着西方资产阶级上升时期正开始流行的个人至上的自我中心观点。同时他还认为《维特》在任何时代都会产生巨大的影响，也就是说它是不朽的作品。这种看法的基础还是“普遍人性论”。维特是“垮掉的一代”的前身，就连“垮掉的一代”现在也不会为《维特》发狂了。

# 谈自传续编

（1824 年 1 月 27 日）

歌德对我谈起他的自传续编①，他现在正忙着做这项工作。他提到，他叙述这部分晚年时期不能像在《诗与真》里谈少年时期那样详细。他说："对于这晚年时期，我要做的毋宁是一种年表。其中出现的与其说是我的生活，毋宁说是我的活动。一般说来，一个人最有意义的时期是他的发展时期，而对于我来说，这个时期已随着那几卷详细记述的《诗与真》的完成而结束了。此后我和世界的冲突就开始了，这种冲突只有在所产生的结果方面才能引起兴趣。

"还有一层，一个德国学者的生平算得什么呢？就我的情况来说，生平有些或许算是好的东西是不可言传的，而可以言传的东西又不值得费力去传。此外，哪里有听众可以让我怀着乐趣向他们来叙述自己的生平呢？

"当我现在回顾我的早年和中年时，我已到了老年，想起当年和我一样年轻的人们之中没有剩下几个了，我总联想到一个靠近游泳场的避暑旅馆。初住进这种旅馆，你很快就结识一些人，和他们成了朋友，这些人已早来了一些时候，再过几个星期就要回去了。别离的心情是沉重的。接着你又碰上第二代人，你和他们在一起生活过一些时候，彼此很亲密。可是这批人也离开了，留下你孤单单一个人和第三代人同住。他们刚来，你却正要离开，和他们打不上什么交道。

"人们通常把我看成一个最幸运的人，我自己也没有什么可抱怨的，对我这一生所经历的途程也并不挑剔。我这一生基本上只是辛苦工作。我可以说，我活了七十五岁，没有哪一个月过的是真正的舒服生活。就好像推一块石头上山，石头不停地滚下来又推上去。我的年表将是这番话的很清楚的说明。要我积极活动的要求内外交加，真是太多了。

"我的真正的幸运在于我的诗的欣赏和创作，但是在这方面，我的外界地位给了我几多干扰、限制和妨碍！假如我能多避开一些社会活动和公共事务，多过一点幽静生活，我会更幸福些，作为诗人，我的成就也会大得多。但是在发表《葛兹》和《维特》之后不久，从前一位哲人的一句话就在我身上应验了：'如果你做点什么事来讨好世人，世人就会当心不让你做第二次。'

①自传即下文的《诗与真》。爱克曼正在帮助歌德编辑这部作品。

“四海驰名，高官厚禄，这些本来是好遭遇。但是我尽管有了名誉和地位，我还是怕得罪人，对旁人的议论不得不保持缄默。这样办，我倒占了便宜，使我知道旁人怎样想而旁人却不知道我怎样想；否则，那就是开不高明的玩笑了。”

# 歌德的宗教观点和政治观点

这一篇日记体现了歌德的宗教思想、科学思想和政治思想，其政治思想的变化尤其值得关注。

（1824年2月4日）

今天晚饭后歌德和我一起翻阅拉斐尔的画册。歌德经常温习拉斐尔，以便经常和最好的作品打交道，练习追随着伟大人物的思想而思想。他劝我也下这种功夫。

后来我们谈到《胡床集》，特别是其中的《坏脾气》一卷①。这是一些发泄他胸中对敌人的愤恨的短诗。

他接着说："我还是很有节制的。如果我把心中的烦恼全都倾吐出来，这里的几页就会变成一整本书。

"人们对我根本不满意，老是要我把老天爷生我时给我的这副面目换成另一个样子。人们对我的创作也很少满意。我一天又一天、一年又一年地用全副精神创作一部新作品来献给世人，而人们却认为他们如果还能忍受这部作品，我为此就应向他们表示感谢。如果有人赞赏我，我也不应庆贺自己，把这种赞赏看作是理所应得的，人们还期待我说几句谦虚的话，表示我这个人和我这部作品都毫无价值。但这就违背我的性格，假如我要这样伪装来撒谎，我就要变成一个可怜的恶棍了。我既然有足够的坚强性格来显出自己的全部真相，人们就认为我骄傲，直到今天还是如此。

"无论在宗教方面、科学方面，还是在政治方面，我一般都力求不撒谎，有勇气把心里所感到的一切照实说出来。

"我相信上帝，相信自然，相信善必战胜恶，但是某些虔诚的人士认为这还不够，还要我相信三就是一和一就是三②，

在宗教方面，他相信上帝，甚至革命是否成功也要看上帝是否支持。

①《胡床集》，全名是《西东胡床集》。14世纪波斯诗人哈菲兹把他的诗集称为《胡床集》，歌德模仿哈菲兹作了一些哲理和爱情的短诗，名为《西东胡床集》，分十二部分，其中一部分是《坏脾气》卷，大半是对批评者的反击。

①基督教认为上帝、圣灵和基督是三位一体。

在科学方面，他有勇气说真话，坚持自己的观点。

这就违背了我心灵中的真实感，而且我也看不出这对我有丝毫益处。

“我发现牛顿关于光和颜色的学说是错误的，并且有勇气来驳斥这个普世公认的信条，这对我就变成了坏事。我认识到真正的纯洁的光，我认为我有责任来为它进行斗争。可是对立的那一派却在郑重其事地力图把光弄成昏暗，因为他们扬言：阴影就是光的一个组成部分。我这样把它表达出来，好像很荒谬，可是事实确是如此。因为他们说过，各种颜色（这些本是阴影和浓淡造成的）就是光本身，换句话说，就是时而这样折损、时而那样折损的光线。”①

在政治方面，他起初欢迎革命，后来反对革命。

歌德的富于表情的面孔上展开带有讽刺意味的微笑，停了一会，他又说：“现在再谈政治方面！我说不出我在这方面遭到多少麻烦。你看过我的《受鼓动的人》没有？”

我回答说：“为着出你的全集新版本，我昨天才第一次读到。这部剧本没有写完，我深感遗憾。不过就未完成的样子来看，每个思想正常的人都会赞同你的心情。”

歌德接着说：“那是我在法国革命时期写的，在某种程度上可以把它看成当时我的政治信仰的自供。我把伯爵夫人作为贵族代表放在这部剧本里，通过她嘴里说出的话，我表达了贵族是应该怎样想的。那位伯爵夫人刚从巴黎回国，她是法国革命过程的一个见证者。她从法国革命中吸收了不少的教训。她深信人民尽管受压迫，但是压不倒的；下层阶级的革命暴动都是上层阶级不公正行为造成的后果。她说：‘凡是我认为不公正的行为，我今后决心尽力避免，并且无论在宫廷里还是在社会上，凡是遇到旁人有不公正的行为，我都要照实说出我的意见。遇到不公正的行为，我决不再缄口无言，尽管人家骂我是个民主派。’”

歌德接着说：“我想这种心情是完全值得钦佩的。这当时是，

①歌德毕生致力于科学研究，颜色学是他经常引以自豪的。过去流行的是牛顿的光由各种颜色组合而成的说法，其根据主要是分光三棱镜。歌德反对此说，认为光是独立自足的，不是由各种颜色组合成的。单是光也不能产生颜色。要产生颜色，须有光与影在变化上的配合。此外，人眼要求变化，也会看到实际不存在的颜色。

现在还是我自己的心情。作为报酬，人们给我扣上各种各样的帽子，我就不必提了。”

我回答说："只要读过你的《哀格蒙特》①，就可以看出你的思想。我不知道有哪部德国剧本讲人民自由比你这部剧本讲得更多了。”

歌德接着说："人们有时不愿如实地看我，宁愿避开一切可以显示我的真相的那些角度。说句真心话，席勒比我更是一个贵族，但是说话比我远为慎重，却很幸运被人看作人民的一个特别好的朋友。我衷心为他庆幸，我想到我以前许多人的遭遇也不比我好，就聊以自慰了。

“说我不能做法国革命的朋友，这倒是真话，因为它的恐怖行动离我太近，每日每时都引起我的震惊，而它的有益后果当时还看不出来。此外，当时德国人企图人为地把那些在法国出于必要而发生的场面搬到德国来，对此我也不能无动于衷。

“但是我也不是专制统治的朋友。我完全相信，任何一次大革命都不能归咎于人民，而只能归咎于政府。只要政府办事经常公正和保持警惕，及时采取改良措施来预防革命，不要苟且因循，拖延到非受制于下面来的压力不可。这样，革命就决不会发生。

“我既然厌恨革命，人家就把我叫作‘现存制度的朋友’。这是一个意义含糊的头衔，请恕我不接受。现存制度如果贤明公正，我就没有什么可反对的。现存制度如果既有很多好处，又有很多坏处，还是不公正、不完善的，一个‘现存制度的朋友’就简直无异于‘陈旧腐朽制度的朋友’了。

“时代永远在前进，人世间事物每过五十年就要换一个样子。在1800年还很完善的制度，到了1850年，也许就已变成有毛病的了。

“还有一点，对于一个国家来说，只有植根于本土，出自本国一般需要，而不是猴子式模仿外国的东西，才是好的。对于某一国人民处在某一时代是有益的营养，对于另一国人民也许就是一种毒药。所以想把不植根于本土，不适应本国需要的外国革新引进来，这种企图总是愚蠢的；而一切有这种意图的革命总是不成功的，因为这种革命没有上帝支持，上帝对这种

对于政治，歌德认为一切革命的责任都应归咎于政府，政府应当保持公正和警惕；他还提倡引入适合本国的制度和革命，反对猴子式地模仿外国的东西。这些观念都充满了经验和智慧。

①《哀格蒙特》，歌德的一部宣传民族独立和民主思想的剧本。

胡作非为是要制止的。但是一国人民如果确有大改革的实际需要，上帝就会站在他们一边，这种改革就会成功。上帝显然曾站在基督和他的第一批门徒一边，因为新的博爱教义当时是人民的需要；上帝也显然曾站在路德①一边，因为清洗被僧侣窜改过的教义也还是一种需要。以上这两种伟大力量却都不是现存制度的朋友，毋宁说，都生动地渗透着一种信念：陈旧的酵母必须抛开，不能再让不真实、不公正的邪恶事物这样流行和存在下去。”②

①马丁·路德（M.Luther，1483—1546）是反对天主教会、建立新教的著名宗教改革家，不过他的改革很不彻底。

②这篇谈话值得特别注意，因为这是歌德全部思想活动的两面性的缩影。对于法国资产阶级革命，歌德和当时许多带有进步思想的诗人和学者一样，开始是表示欢迎的，到了雅各宾专政时期就表示失望和厌恨。关于歌德这位伟大诗人和德国庸俗市民的两面性，最好细读恩格斯的《诗歌和散文中的德国社会主义》中批判卡尔·格律恩《从人的观点论歌德》的部分。

# 谈模仿普尚的近代画

（1824 年 2 月 22 日）

……后来我们一同观看了法国某画馆里近代画家作品的许多铜版复制品。这些画所表现的创造才能几乎一律软弱。在四十幅之中只看到四五幅好的。其中一幅画一个姑娘在写情书，一幅画一个妇人待在一间标明出租而从来也没有人去租的房子里，一幅画捕鱼，一幅画圣母像前的音乐家们。另外一幅风景画是模仿普尚[①]的，还不算坏。看到这幅画时，歌德说："这样的画家们从普尚的风景画里获得了某种一般概念，就着手画起来。我们对这种画不能说好，也不能说坏。它们不算坏，因为从其中每个部分可以约略看出所根据的蓝本是很高明的。但是你也不能说它们好，因为它们照例缺乏普尚所表现出的画家自己的那种伟大人格。诗人中间也有类似的情况，例如他们模仿莎士比亚的高华风格，就会搞得不像样子……"

①尼古拉·普尚（N.Poussen，1594—1665）是以风景画著名的法国画家。

这篇日记可以看出歌德的教育观：

第一，提出理论要与实践相结合，知识要运用到实践中才有意义。

第二，提出要专心致志地学好一门学问，不要分散精力。

除此之外，他还指出创作要有思想。

歌德的教育观对你的学习有没有什么启发？

# 学习应从实践出发，古今宝石雕刻的对比

（1824年2月24日）

今天午后一点钟去看歌德……他对我说："你趁着写那篇评论的机会研究了一番印度情况，你做得很对，因为我们对自己学习过的东西，归根到底，只有能在实践中运用得上的那一部分才记得住。"

我表示赞同，告诉他说，我过去在大学里也有过这样的经验，对于教师在讲课时所说的话，只记住了按我的实践倾向可以用得上的那一部分，凡是我不能在实践中运用的东西我全忘了。我说，我过去听过赫雍①的古今历史课，到现在对此已一无所知了。但是如果为着写剧本我去研究某一时期的历史，我学过的东西就记得很牢固了。

歌德说："一般地说，他们在学校里教的东西太多了，太多了，而且是些无用的东西。一些个别的教师把所教的那门课漫无边际地铺开，远远超出听课者的实际需要。在过去，化学和植物学的课都属于医科，由一位医生去教就行了。现在这些科目都已变成范围非常广泛的学问，每一门都要用毕生精力来学，可是人们还期望一个医生对这两门都熟悉！这种办法毫无好处，一个人不能骑两匹马，骑上这匹，就要丢掉那匹。聪明人会把凡是分散精力的要求置之度外，只专心致志地去学一门，学一门就要把它学好。"

歌德接着把他写的关于拜伦的《该隐》②的短评拿给我看。我读了很感兴趣。

---

①阿·赫雍（A.Heeren，1760—1842），哥廷根大学历史教授。

②《该隐》，拜伦用《旧约》里该隐杀兄的故事反对信仰上帝的一部悲剧。

他说："由此可以看到，教会的教条不足以影响像拜伦那样的人的自由心灵，他通过这部作品，力图摆脱过去强加于他的一种教义。英国僧侣们当然不会为此感谢他。我不会感到惊讶，如果他将来继续写与此类似的圣经题材，例如不放过像所多玛和蛾摩拉的毁灭[①]之类的题目。"

在这番文学方面的议论之后，歌德把我的注意力引到造型艺术方面去，让我看他在前一天已经赞赏过的那块宝石雕刻，看见它的朴素的构图，我感到欣喜。我看到一个人从肩上卸下一只沉重的壶来倒水给一个男孩喝。那男孩看到壶还太高，喝起来不方便，水也流不出，他把一双小手捧住壶，抬头望着那个人，仿佛要求他把壶放斜一点。

歌德问我："喂，你喜欢它吧？我们近代人对这样一派自然素朴的作品也会感到它极美，对它是怎样造成的我们也有些认识和概念，可是自己却造不出来。因为我们靠的主要是理智，总是缺乏这样迷人的魅力。"

接着我们看柏林的勃兰特[②]所雕的一块徽章，雕的是年轻的忒修斯[③]在从一块大石头下取出他父亲的武器。姿势有些可取之处，但是四肢显得使力不够，不能掀开那样重的石头。这位年轻人一手捉住兵器，另一手掀石头，这也像是一个缺点，因为按照自然的道理，他应该先掀去石头，然后才取兵器。歌德接着说："作为对照，我想让你看一块古代宝石雕刻，用的是同样的题材。"

他叫他的仆人去拿来一只装着几百个古代宝石雕刻复制品的盒子，这些都是他游览意大利时从罗马带回来的。我看到古希腊人处理同样的题材，但是和上面说的那块差别多么大！这位青年人在使尽全副力量去推那块石头，他也能胜任。因为石头已掀起，很快就要倒到一边去了。他把全身力量都放在那块沉重的大石头上，只把眼光盯住躺在石头下面的兵器。

我们看到这种处理方式非常自然真实，都很欣喜。

歌德笑着说："迈约经常说'但愿思维不那么艰难！'"歌德接着又说："不幸的是，并不是一切思维都有助于思想。一个人必须生性正直，好思想才仿佛不招自来，就像天生的自由儿童站到我们面前，向我们喊：'我们在这里呀。'"[④]

---

①所多玛和蛾摩拉两城的毁灭，见《旧约·创世记》第十八和第十九两章。

②勃兰特（H.F.Brandt，1789—1845），德国刻徽章的名匠。

③忒修斯，传说中的雅典王子。

④这篇谈话的前部分值得特别注意。歌德针对当时西方教育传统提出一些根本性的改革，第一是学以致用，学习必须从实践出发；其次是不应把课程"漫无边际地铺开"，不切合实际需要，应该专心致志地学一门，学一门就要把它学好。但是传统势力一向很顽强，随着近代科学技术的发展，西方资产阶级学校的课程不是精简了，而是日益繁琐了。歌德的劝告没有人肯听。

## 诗的形式可能影响内容，歌德的政治观点

（1824 年 2 月 25 日）

今天歌德让我看了他的两首很值得注意的诗。它们在倾向上都是高度伦理性的，但是在一些个别的母题上却不加掩饰地自然而真实，一般人会把这种诗称为不道德的。因此他把这两首诗保密，不想发表。

他说："如果神智和高度教养能变成一种公有财产，诗人所演的角色就会很轻松，他就可以始终彻底真实，不致害怕说出最好的心里话。但是事实上他经常不免在一定程度上保持缄默，他要想到他的作品会落到各种各样人的手里，所以要当心过分的坦率会惹起多数老实人的反感。此外，时间是一个怪物，像一个有古怪脾气的暴君，对人们的言行，在每个世纪里都摆出一副不同的面孔。对古希腊人是允许说的话，对我们近代人就是不允许的、不适宜的。本世纪二十年代的英国人就忍受不了生气蓬勃的莎士比亚时代英国人所能忍受的东西，所以在今天有必要发行一种家庭莎士比亚集①。"

我接着他的话说，形式也有很大关系。那两首诗中，有一首是用古代语调和音律写的，比起另一首就不那么引起反感。其中一些个别的母题当然本身就易引起反感，但是全篇的处理方式却显得宏伟庄严，使我们感到仿佛回到古希腊英雄时代，在听古代一个雄壮的人说话。至于另一首，却是用阿里奥斯托②的语调和音律写的，就随便得多了。它叙述的是现代的一件事，用的是现代语言，赤裸裸地呈现在我们面前，一些个别的大胆处就惊人得多了。

歌德说："你说得对，不同的诗的形式会产生奥妙的巨大效果。如果有人把我在罗马写的一些挽歌体诗的内容用拜伦在《唐·璜》③里所用的语调和音律翻译出来，通体就必然显得是靡靡之音了。"

法国报纸送进来了。法军在昂顾勒姆公爵率领之下对西班牙进行的战役已告结束，歌德对此很感兴趣。他说："我应该赞赏波旁王室走了这一步棋。因为通过这一步棋，他们赢得了军队，从而保住了国王的宝座。这个目的现在算是达到了。那位战士怀着对

①改编过的通俗本，删去不合近代人胃口的部分。

②阿里奥斯托（Ariosto），15 世纪意大利的大诗人，叙事诗《罗兰的疯狂》的作者。

③拜伦的《唐·璜》是一部讽刺诗，它把流利的口语纳入打诨的诗律中，写得很生动。

国王的忠贞回国了。从他自己的胜利以及从人数众多的西班牙大军的覆没，他认识到服从一人和服从众人之间的差别。这支法军保持住了它的光荣传统，表明了从此它本身就够英勇，没有拿破仑也能征服敌人。”

接着歌德的思路转回到较早期的历史，对三十年战争中的普鲁士军队谈得很多。在弗里德里希大帝[①]率领之下，那支军队接连不断地打胜仗，因而娇生惯养起来了，终于由于过度自信，打了许多败仗。当时全部细节对歌德都如在眼前，我对他那样好的记忆力只有钦佩。

他接着说：“我出生的时代对我是个大便利。当时发生了一系列震撼世界的大事，我活得很长，看到这类大事一直在接二连三地发生。对于七年战争、美国脱离英国独立、法国革命、整个拿破仑时代、拿破仑的覆灭以及后来的一些事件，我都是一个活着的见证人。因此我所得到的经验教训和看法，是凡是现在才出生的人都不可能得到的。他们只能从书本上学习上述那些世界大事，而那些书又是他们无法懂得的。

“今后的岁月将会带来什么，我不能预言，但是我恐怕我们不会很快就看到安宁。这个世界上的人生来就是不知足的，大人物们不能不滥用权力，广大群众不能满足于一种不太宽裕的生活状况而静待逐渐改进。如果能把人的本性变得十全十美，生活状况也就会十全十美了。但是照现在这个样子看，总会是摇来摆去，永无休止，一部分人吃苦而另一部分人享乐，自私和妒忌这两个恶魔总会作怪，党派斗争也不会有止境。

“最合理的办法是每个人都推动他本行的事业，这一行是他生下来就要干而且经过学习的，不要妨碍旁人做他们的分内事。让鞋匠守着他的楦头，农人守着他的犁头。国王要懂得怎样治理国家，这也是一行需要学习的事业，不懂这一行的人就不应该插手。”

歌德接着谈到法国报纸说：“自由派可以发表言论，如果他们的话有理，我们愿意听听。但是保皇派手掌行政大权，发表议论就不相宜，他们应该拿出来的是行动。他们可以动员军队前进，下令执行斩首刑和绞刑，这都是他们的分内事。但是在官方报纸上攻击舆论而为自己所采取的措施进行辩护，就不适合他们的身份。如果听众都是国王，掌行政大权的人们才可以参加议论。”

他接着谈到他自己：“就我自己生平的事业和努力来说，我总是按照保皇派的方式行事。我让旁人去嘀咕，自己却干自己认为有益的事。我巡视了我的领域中的事，认清了我的目标。如果我一个人犯了错误，我还可以把它改正过来；如果我和三个或更多的人一起犯了错误，那就不可能纠正，因为人多意见也就多了。”……

---

①弗里德里希大帝即弗里德里希二世（1712—1786），1740年至1786年的普鲁士国王。

# 艺术鉴赏和创作经验

（1824年2月26日）

……接着歌德用和蔼的口吻向我说："有一次我向演员伯考也发过这样的脾气。他拒绝扮演《华伦斯坦》中一个骑士，我就告诉他说：'如果你不肯演这个角色，我就自己去演。'这话生了效，因为他们在剧院里对我都很熟识，知道我在这类问题上不会开玩笑，知道我够倔强，说了话就算数，会干出最疯狂的事来。"

我就问："当时你当真要去演那个角色吗？"

他说："对，我当真要去演，而且会比伯考先生演得高明些，我对那个角色比他懂得透。"

接着我们就打开画册，来看其中一些铜版刻画和素描。歌德在这个过程中对我很关心，我感觉到他的用意是要提高我的艺术鉴赏力。他在每一类画中只指给我看完美的代表作，使我认识到作者的意图和优点，学会按照最好的思想去想，引起最好的情感。他说："这样才能培养出我们所说的鉴赏力。鉴赏力不是靠观赏中等作品而是要靠观赏最好作品才能培育成的。所以我只让你看最好的作品，等你在最好的作品中打下牢固的基础，你就有了用来衡量其他作品的标准，估价不至于过高，而是恰如其分。我指给你看的是某一类画中的最好作品，使你认识到每一类画都不应轻视，只要有一个才能很高的人在这类画中登峰造极，他的作品总是令人欣喜的。例如这幅法国画家的作品是属于'艳情'（galant）类的，在这一类画中是一幅杰作。"

歌德把这幅画递给我，我看到很欢喜。画的是消夏别墅中一间雅致的房子，门窗户扇都向花园敞开着，可以看到其中有些很标致的人物。有一位三十岁左右的妇人手里捧着乐谱坐着，像是刚刚唱完歌。稍后一点，坐在她旁边的是一个十五岁左右的姑娘。后窗台边站着另一位少妇，手里拿着一管笛子，好像还在吹。这时一个少年男子正走进来，那几位女子的眼光便一齐射到他身上。他好像打断了乐歌，于是微微鞠躬表示道歉，那些少妇和颜悦色地听着。

歌德说："这幅画在'艳情'意味上比得上卡尔德隆[①]的任何作品。这类作品中最优秀的代表作你已看到了。现在你看下面这一类画怎样？"

---

①卡尔德隆（Calderon，1600—1681），17世纪西班牙最大的剧作家。

说这话时，他把著名的动物画家罗斯[1]的一些版画递给我看。画的全是羊，在各种情况中现出各种姿态。单调的面孔和丑陋蓬乱的毛，都画得惟妙惟肖，和真的一样。

歌德说："我每逢看到这类动物，总感到有些害怕。看到它们那种局促、呆笨，张着口像在做梦的样子，我不免同情共鸣，害怕自己也变成一只羊，并且深信画家自己也变成过羊。罗斯仿佛渗透到这些动物的灵魂里去，分享它们的思想和情感了，所以能使它们的精神性格透过外表皮毛而逼真地显露出来，这无论如何都会使人惊赞的。由此可以看出一个才能高的艺术家能创造出多么好的作品，如果他抓住和他本性相近的题材不放。"

我问他："这位画家是否也画过猫、狗和虎狼，也一样惟妙惟肖呢？如果他有本领能渗透到动物灵魂里去，和动物一样思想，一样动情感，他能否以同样的真实去处理人的性格呢？"

歌德说："不行，你说的那些题材都不属于罗斯的领域，他只孜孜不倦地画山羊、绵羊、牛之类驯良的吃草的动物。这些动物才属于他的才能所能驾驭的范围，他毕生都只在这方面下功夫。在这方面他画得好！他对这类动物的境况的同情是生来就有的，他生来就对这类动物的心理有认识，所以他对它们的身体情况也别具慧眼。其他动物对于他就不那么通体透明，所以他就既没有才能也没有动机去画它们。"

听到歌德这番话，我就回想起许多类似的情况，它们再度生动地浮现在我心眼前。例如他不久以前还向我说过，真正的诗人生来就对世界有认识，无须有很多经验和感性接触就可以进行描绘。他说过："我写《葛兹·封·伯利欣根》时才是个 22 岁的青年，十年之后，我对我的描绘真实还感到惊讶。我显然没有见过或经历过这部剧本的人物情节，所以我是通过一种预感（antizipation）才认识到剧中丰富多彩的人物情境的。

"一般说来，我总是先对描绘我的内心世界感到喜悦，然后才认识到外在世界。但是到了我在实际生活中发现世界确实就像我原来所想象的，我就不免生厌，再没有兴致去描绘它了。我可以说，如果我要等到我认识了世界才去描绘它，我的描绘就会变成开玩笑了。"

另一次他还说过："在每个人物性格中都有一种必然性，一种承续关系，和这个或那个基本性格特征结合在一起，就出现某种次要特征。这一点是感性接触就足以令人认识到的，但是对于某些个别的人来说，这种认识可能是天生的。我不想追究在我自己身上经验和天生的东西是否结合在一起。但是我知道这一点：如果我和一个人谈过一刻钟的话，我（在作品中）就能让他说上两个钟头。"

谈到拜伦，歌德也说过，世界对于拜伦是通体透明的，他可以凭预感去描绘。我对此提出一种疑问：拜伦是否能描绘，比如说，一种低级动物，因为我看他的个性太强烈了，不会乐意去体验这种对象。歌德承认这一点，并且说，只有所写对象和作者本人的性格

---

①罗斯（I.H.Roos，1631—1685），德国画家。

有某些类似，预感才可以起作用。我们一致认为预感的窄狭或宽广是与描绘者的才能范围大小成正比的。

我接着说："如果您老人家说，对于诗人，世界是生成的，您指的当然只是内心世界，而不是经验的现象世界。如果诗人也要成功地描绘出现象世界，他就必须深入研究实际生活吧？"

歌德回答说："那当然，你说得对……爱与恨，希望与绝望，或是你把心灵的情况和情绪叫作什么其他名称，这整个领域对于诗人是天生的，他可以成功地把它描绘出来。但是诗人不是生下来就知道法庭怎样判案，议会怎样工作，国王怎样加冕。如果他要写这类题材而不愿违背真相，他就必须向经验或文化遗产请教。例如在写《浮士德》时，我可以凭预感知道怎样去描绘主角的悲观厌世的阴暗心情和甘泪卿[①]的恋爱情绪，但是例如下面两行诗：

'缺月姗姗来，

凄然凝泪光。'

就需要对自然界的观察了。"

我说："不过《浮士德》里没有哪一行诗不带着仔细深入研究世界与生活的明确标志，读者也丝毫不怀疑那整部诗只是最丰富的经验的结果。"

歌德回答说："也许是那样。不过我如果不先凭预感把世界放在内心里，我就会视而不见，而一切研究和经验都不过是徒劳无补了。我们周围有光也有颜色，但是我们自己的眼里如果没有光和颜色，也就看不到外面的光和颜色了。"[②]

---

①甘泪卿是被浮士德骗奸而终于遗弃的乡村姑娘。下面所引的两行诗见《浮士德》上卷《巫婆之夜》部分。这里的引文与原诗略有出入。

②歌德的"预感"说和他的从客观现实出发的基本原则是互相矛盾的。如果说预感是一种"天生的"认识，那就是赤裸裸的先验论。如果说预感要凭所写对象和诗人自己的性格有某种类似，那就要进行一定程度的凭已知推未知的推理或类比推理。歌德在这个问题上似乎没有想清楚。值得注意的是爱克曼的疑问实际上就是驳斥。从这篇谈话中也可以看出，爱克曼有时围绕一个专题把多次谈话结合一起。

# 艺术家应认真研究对象，不应贪图报酬临时草草应差

（1824 年 2 月 28 日）

歌德说："有些高明人不会临时应差写出肤浅的东西，他们的本性要求对他们要写的题目安安静静地进行深入的研究。这种人往往使我们感到不耐烦，我们不能从他们手里得到马上就要用的东西。但是只有这条路才能登峰造极。"

我把话题转到兰贝格①。歌德说："他当然完全是另一种艺术家，具有真正的才能，他的临时应差的本领没有别人能比得上。有一次在德累斯顿，他叫我出个题目给他画。我出的题目是阿伽门农从特洛伊回家，刚下车要跨进家门槛，心里就感到别扭。②你会承认，这是一个极难画的题目。如果要另一位艺术家画这个题目，他就会要求有深思熟虑的机会。但是我的话刚出口，兰贝格就画起来了，而且可以看出他马上清楚地懂得了题目的要旨，这使我十分钦佩。我不否认，我很想得到兰贝格的几幅素描。"

我们又谈到一些其他画家。他们用很轻易肤浅的方式进行创作，以致落入俗套（manier）。

歌德说："俗套总是由于想把工作搞完，对工作本身并没有乐趣。一个有真正大才能的人却在工作过程中感到最高度的快乐。罗斯孜孜不倦地画山羊和绵羊的毛发，从他画的无数细节中可以看出，他在工作过程中享受着最纯真的幸福，并不想

歌德认为只有深入地研究，有伟大的目标，才能创造伟大的作品。一个有才能的艺术家在创作的过程中会感受到快乐，一个没有才能的人只是看重获得的报酬。这实际上是在谈是否带有功利性去创作。

同学们，现实生活中，你是否会带有功利性去学习、做事呢？

---

①兰贝格（Ramberg，1763—1840），德国画书籍插图的画家，爱克曼向他学过画。

②阿伽门农是古希腊远征特洛伊的统帅，他打了十年仗，回家后就遭到他的妻子及其奸夫的谋杀。

到要把工作搞完了事。

“才能较低的人对艺术本身并不感到乐趣，他们在工作中除掉完工后能赚多少报酬以外，什么也不想。有了这种世俗的目标和倾向，就绝不能产生什么伟大的作品。”

# 体裁不同的戏剧应在不同的舞台上演，思想深度的重要性

（1824年3月30日）

今晚在歌德家里，只有我和他在一起。我们东拉西扯地闲聊，喝了一瓶酒。我们谈到法国戏剧和德国戏剧的对比。

歌德说："在德国听众中很难见到在意大利和法国常见的那种纯正的判断。在德国特别对我们不利的是把性质不同的戏剧都乱放在一个舞台上去演出。例如在同一个舞台上，我们昨天看的是《哈姆雷特》，今天看的是《斯塔波尔》，明天我们欣赏的是《魔笛》，后天又是《新的幸运儿》[①]。这样就在听众中造成判断的混乱，把不伦不类的东西混在一起，就使听众不知怎样去理解和欣赏。此外，听众中各有各的要求和愿望，总是爱到经常得到满足的地方去求满足。今天在这棵树上摘得无花果，明天再去摘，摘到的却是黑刺莓，这就不免扫兴了。爱吃黑刺莓的人会到荆棘丛中去找。

"席勒过去曾打过一个很好的主意，要建筑一座专演悲剧的剧院，每周专为男人们演一部剧本。但是这个办法需要有很多的人口，我们这里条件很差，办不到这一点。"

接着我们谈到伊夫兰和考茨布。就这两人的剧本所用的体裁范围来说，它们受到了歌德的高度赞赏。[②]歌德说："正由于一般人不肯严格区分体裁种类的毛病，这些人的剧本往往受到不公平的谴责。我们还要等待很长的时间，才会再见到这样有才能的通俗作家哩。"……

歌德接着谈到普拉顿[③]的一些新剧本。他说："从这些作品里可以见出卡尔德隆的影响。它们写得很俏皮，从某种意义来说，也很完整；但是它们缺乏一种特殊的重心，一

①《哈姆雷特》是莎士比亚的著名悲剧。《斯塔波尔》全名是《斯塔波尔执掌帝国的政事》，是1819年在维也纳上演的一部丑角戏。《魔笛》是奥地利大音乐家莫扎特所谱的一部歌剧。《新的幸运儿》是德国剧作家缪洛(W.Müller,1767—1833)的作品。所举四种作品彼此悬殊很大。

②伊夫兰（Iffland，1759—1814）和考茨布（Kotzebue，1761—1819）是新起的通俗剧作家，他们反对歌德和席勒的古典主义，作品比较轻松俏皮。歌德对他们有好评，足见他的雅量。

③普拉顿（Platen，1796—1835）是当时新派诗人兼剧作家，但对歌德颇尊敬，同海涅打过笔墨官司。

种有分量的思想内容。它们不能在读者心灵中激起一种深永的兴趣，只是轻微地而且暂时地触动一下心弦。它们像浮在水面的软木塞，不产生任何印象，只轻飘飘地浮在水面。

“德国人所要求的是一定程度的严肃认真，是思想的宏伟和情感的丰满。正是由于这个缘故，席勒受到普遍的高度评价。我绝对不怀疑普拉顿的才能，但是也许由于艺术观点错误，他的才能在这些剧本里并没有显示出来，而显示出来的是丰富的学识、聪明劲儿、惊人的巧智以及许多完善的艺术手腕。但这一切都还不够，特别是对我们德国人来说。

“一般说来，作者个人的人格比他作为艺术家的才能对听众要起更大的影响。拿破仑谈到高乃依时说过：‘假如他还活着，我要封他为王！’——拿破仑并没有读过高乃依的作品。他倒是读过拉辛的作品，却没有说要封他为王。[①]拉封丹[②]也受法国人的高度崇敬，但并不是因为他的诗的优点，而是因为他在作品中所表现的人格的伟大。”……

①高乃依和拉辛都是17世纪法国最大的悲剧作家，前者的特长在内容方面的爱国主义和英雄主义，后者的特长在诗艺方面的语言精练。对这两位法国新古典主义剧作家的艺术成就，歌德并不赞赏，谈话中很少提到他们。

②拉封丹是17世纪法国诗人，以寓言诗著名。

# 德国爱好哲学思辨的诗人往往艰深晦涩，歌德的四类反对者，歌德和席勒的对比

（1824 年 4 月 14 日）

一点钟左右，我陪歌德出去散步。我们谈论了各种作家的风格。

歌德说："总的说来，哲学思辨对德国人是有害的，这使他们的风格流于晦涩，不易了解，艰深惹人厌倦。他们愈醉心于某一哲学派别，也就愈写得坏。但是投入实际生活，只顾实践活动的德国人却写得最好。席勒每逢抛开哲学思辨时，他的风格是雄壮有力的。我正在忙着看席勒的一些极有意思的书信，看出了这一点。德国也有些有才能的妇女能写出真正顶好的风格，比许多著名的德国男作家还强。

"英国人照例写得很好，他们是天生的演说家和讲究实用的人，眼睛总是朝着现实的。

"法国人在风格上显出法国人的一般性格。他们生性好社交，所以一向把听众牢记在心里。他们力求明白清楚，以便说服读者；力求饶有风趣，以便取悦读者。

"总的来说，一个作家的风格是他的内心生活的准确标志。所以一个人如果想写出明白的风格，他首先就要心里明白；如果想写出雄伟的风格，他也首先就要有雄伟的人格。"

歌德接着谈到一些反对他的敌手，说这种人总是源源不绝的。他说："他们人数很多，不难分成几类。第一类人是由于愚昧，他们不了解我，根本没有懂得我就进行指责。这批为数可观的人在我生平经常惹人厌烦，可以原谅他们，因为他们根本不认识自己所做的事有什么意义。第二批人也很多，他们是由于妒忌。我通过才能所获得的幸运和尊荣地位引起他们吃醋。他们破坏我的声誉，很想把我搞垮。假如我穷困，他们就会停止攻击了。还有很多人自己写作不成功，就变成了我的对头。这批人本来是些很有才能的人，因为被我压住，就不能宽容我。第四类反对我的人是有理由的。我既然是个人，也就有人的毛病和弱点，这在我的作品中不免要流露出来。不过我认真促进自己的修养，孜孜不倦地努力提高自己的品格，不断地在前进，有些毛病我早已改正了，可是他们还在指责。这些好人绝对伤害不到我，因为我已远走高飞了，他们还在那里向我射击。一般说来，一部作品既然脱稿了，我对它就不再操心，马上就去考虑新的写作计划。

"此外还有一大批人反对我，是由于在思想方式和观点上和我有分歧。人们常说，一棵树上很难找到两片叶子形状完全一样，一千个人之中也很难找到两个人在思想情感上完全协调。我接受了这个前提，所以我感到惊讶的倒不是我有那么多的敌人，而是我

有那么多的朋友和追随者。我和整个时代是背道而驰的，因为我们的时代全在主观倾向笼罩之下，而我努力接近的却是客观世界。我的这种孤立地位对我是不利的。

“在这一点上，席勒比我占了很大的便宜。有一位好心好意的将军曾明白地劝我学习席勒的写作方式。我认识席勒的优点比这位将军要清楚，就向他分析了一番。我仍然悄悄地走自己的老路，不去关心成败，尽量不理会我的敌手们。”①……

①歌德意识到在标榜主观主义的浪漫时代自己力图从客观现实出发所处的孤立地位。但是他没有意识到，他并没有摆脱他的时代的影响，他的作品大部分实际上都是自传，就足以证明他毕竟是浪漫时代的产物。

# 谈社交、绘画、宗教与诗，歌德的黄昏思想

这篇日记记录了歌德四个方面的谈话。

（1824年5月2日）

歌德责怪我没有去访问这里一个有声望的人家。他说：“在这一冬里，你本可以在那家度过许多愉快的夜晚，结识一些有趣的陌生人。不知由于什么怪脾气，你放弃了这一切。”……

我说：“我通常接触社会，总是带着我个人的爱好和憎恨以及一种爱和被爱的需要。我要找到生性和我融洽的人，可以和他结交，其余的人和我无关。”

歌德回答说：“你这种自然倾向是反社会的。文化教养有什么用，如果我们不愿用它来克服我们的自然倾向？要求旁人都合我们的脾气，那是很愚蠢的。我从来不干这种蠢事。我把每个人都看作一个独立的个人，可以让我去研究和了解他的一切特点，此外我并不向他要求同情共鸣。这样我才可以和任何人打交道，也只有这样我才可以认识各种不同的性格，学会为人处世之道。因为一个人正是要跟那些和自己生性相反的人打交道，才能和他们相处，从而激发自己性格中一切不同的方面，使其得到发展完成，很快就感到自己在每个方面都达到成熟。你也该这样办。你在这方面的能力比你自己所想象的要大，过分低估自己是毫无益处的，你必须投入广大的世界里，不管你是喜欢还是不喜欢它。”

第一，要参与社交，在与人打交道中使自己达到成熟。

我细心听取了这番忠告，决定尽可能地照着办。

傍晚时歌德邀我陪他乘马车出去溜达一下。我们走的路穿过魏玛上区的山冈，可以眺望西边的公园。树已开花，白桦的叶子已长满了，芳草如茵，夕阳的光辉照在上面。我们找到带有画意的树丛，流连不舍。我们谈到开满白花的树不宜入画，因为构不成一幅好画图，正如长满叶子的白桦不宜摆在一幅画

第二，学会构图的技巧，产生“雄强的效果”。

第三，宗教不能等同于艺术，宗教只是创作的一种题材。

第四，精神不朽，要学会继承前人的巨大遗产。

的前景里，因为嫩叶和白树干不够协调，没有几大片面积可以突出光与影的对比。歌德说："吕斯德尔①从来不把长满叶子的白桦摆在前景，他只画没有叶子的、光秃秃的而且破烂的白桦树干。把这样的树干摆在前景完全合适，它的光亮的形状可以产生雄强的效果。"

接着我们随便谈了一些其他问题，然后又谈到某些艺术家想把宗教变成艺术的错误倾向。对他们来说，艺术就应该是宗教。歌德说："宗教对艺术的关系，和其他重大人生旨趣对艺术的关系一样。宗教只应看作一种题材，和其他人生旨趣享有同等的权利。信教和不信教都不是我们用来掌握艺术作品的器官。掌握艺术作品需要完全另样的力量和才能。艺术应该诉诸掌握艺术的器官，否则就达不到自己的目的，得不到它所特有的效果。一种宗教题材也可以成为很好的艺术题材，不过只限于能感动一般人的那一部分。因此，圣母与圣婴是个很好的题材，可以百用不陈，百看不厌。"

这时我们已绕了树林一圈，在从梯夫尔特转到回魏玛的路上，我们看到了落日。歌德沉思了一阵子，然后向我朗诵一句古诗：

西沉的永远是这同一个太阳。②

接着就很高兴地说："到了七十五岁，人总不免偶尔想到死。不过我对此处之泰然，因为我深信人类精神是不朽的，它就像太阳，用肉眼来看，它像是落下去了，而实际上它永远不落，永远不停地在照耀着。"

这时太阳在厄脱斯堡后面落下去了，我们感到树林中的晚凉，就把车赶快一点驰向魏玛，停在歌德家门前。歌德邀我进去再坐一会儿，我就进去了。歌德特别和蔼，兴致特别高。他谈得很多的是他关于颜色的学说以及他的顽固的论敌。他说他觉得自己对这门科学有所贡献。

他说："要在世界上划出一个时代，要有两个众所周知的

①吕斯德尔（Ruysdael，1628—1682），17世纪荷兰最大的风景画家。

②据法译者注：诗作者是公元5世纪住在埃及巴诺波里斯（Panopolis）的古希腊诗人侬努斯（Nonnus）。

条件：第一要有一副好头脑，其次要继承一份巨大的遗产。拿破仑继承了法国革命，弗里德里希大帝继承了西里西亚战争[1]，路德继承了教皇的黑暗，而我所分享到的遗产则是牛顿学说的错误。现在这一代人固然看不出我在这方面的贡献，将来的人会承认落到我手里的并不是一份可怜的遗产。”……

这些观点对于我们的生活、创作有没有什么启发呢？

①西里西亚战争即三十年战争，对德国破坏很大。

# 克洛普斯托克和赫尔德尔

（1824年11月9日）

今晚在歌德家。我们谈论到克洛普斯托克①和赫尔德尔②。我很高兴听他分析这两位的主要优点。

歌德说："如果没有这些强大的先驱者，我国文学就不会像现在的样子。他们出现时是走在时代前面的，他们仿佛不得不拖着时代跟他们走，但是现在时代已把他们抛到后面去了。这些一度很必要而且重要的人物现在已不再是有用的工具了。一个青年人如果在今天还想从克洛普斯托克和赫尔德尔吸取教养，就太落后了。"

我们谈到克洛普斯托克的史诗《救世主》和一些颂体诗及其优点和缺点。我们一致认为，他对观察和掌握感性世界以及描绘人物性格方面都没有什么倾向和才能，所以他缺乏史诗体诗人、戏剧体诗人，甚至可以说一般诗人所必要的最本质性的东西。

歌德说："我想起他的一首颂体诗描写德国女诗神和英国女诗神赛跑。两位姑娘互相赛跑时，甩开双腿，踢起尘土飞扬，试想这是怎样一幅情景，就应该可以看出这位老好人眼睛并没有盯住活的事物就来画它，否则就不会出这种差错。"

我问歌德在少年时代对克洛普斯托克的看法如何。

歌德说："我怀着我所特有的虔诚尊敬他，把他看作长辈。我对他的作品只有敬重，不去进行思考或挑剔。我让他的优良品质对我发生影响，此外我就走我自己的道路。"

回到赫尔德尔身上，我问歌德，他认为赫尔德尔的著作哪一种最好。歌德回答说："毫无疑问，《对人类史的一些看法》最好。他晚期向消极方面转化，就不能令人愉快了。"……

①克洛普斯托克（Klopstock，1724—1803），比歌德老一辈的一位重要诗人，写过一部宗教史诗《救世主》和一些爱国主义的颂体诗。

②赫尔德尔（Herder，1744—1803）是德国启蒙运动的先驱，和莱辛齐名，他开创了搜集民歌的风气，推动了浪漫运动。主要著作《对人类史的一些看法》阐明了历史发展的进化观点和人本主义观点。歌德在斯特拉斯堡当大学生时就和赫尔德尔常来往，受他的影响很深。

# 古希腊罗马史，德国文学和法国文学的对比

（1824 年 11 月 24 日）

今晚在看戏前我去看了歌德，发现他很健康，兴致很好。他问到来魏玛的一些英国青年。我告诉他说，我有意陪杜兰先生读普鲁塔克①的德文译本。这就把话题引到罗马和古希腊的历史，歌德对此提出以下的看法：

“罗马史对我们来说已不合时宜了。我们已变得很人道，对凯撒的战功不能不起反感。古希腊史也不能使我们感到乐趣。古希腊人在抵御外敌时固然伟大光荣，但是在诸城邦的分裂和永无休止的内战中，这一帮古希腊人对那一帮古希腊人进行战斗，这却是令人不能容忍的。此外，我们这个时代的全部历史都是伟大的、有重要意义的。莱比锡战役和滑铁卢战役的丰功伟绩使马拉松之类战役黯然无光了。我们这个时代的一些英雄人物也不比古代的逊色，例如法国的一些元帅、德国的布吕歇尔和英国的威灵顿②都完全可以和古代那些英雄人物比美。”

话题转到现代法国文学以及法国人对德国作品的日益增长的兴趣。

歌德说：“法国人开始研究和翻译我们德国作家，倒是做得很对，因为他们在形式和内容主题方面都很狭隘，没有其他办法，只能向外国借鉴。我们德国人受到指责的也许在不讲究形式，但是在内容材料方面，我们比法国人强，考茨布和伊夫兰的剧本就有很丰富的内容主题，够他们长期采用，用之不竭的。但是特别值得法国人欢迎的是我们的哲学理想性，因为每种理想都可以服务于革命的目的。

“法国人有的是理解力和机智，但缺乏的是根基和虔敬。对法国人来说，凡是目前用得上的、对党派有利的东西都仿佛是对的。因此，他们称赞我们，并不是因为承认我们的优点，而只是因为用我们的观点可以加强他们的党派。”

接着谈到我们德国文学以及对某些青年作家有害的东西。

歌德说：“大多数德国青年作家唯一的缺点，就在于他们的主观世界里既没有什么重要的东西，又不能到客观世界里去找材料。他们至多也只能找到合自己胃口、与主观世界相契合的材料。至于对本身自在价值，也就是本来具有诗意的材料，也须契合主观

①普鲁塔克（Plutarch），公元 1 世纪的希腊史学家，写过《希腊罗马英雄传》，是西方传记文学的典范。

②两位打败拿破仑的名将。

世界才被采用。如果它不契合主观世界，那就用不着对它进行思考了。

“不过像以前说过的，只要我们有一些由深刻研究和生活情境培育起来的人物，至少就我们的青年抒情诗人来说，前途还是很光明的。”

# 但丁像，劝爱克曼专心研究英国文学

（1824年12月3日）

最近我接到邀约，要我替一种英国期刊按月就德国文坛上最近的作品写些短评，条件很优厚，我有意接受这份邀约，但是想到把这件事先向歌德说一声也许妥当些。

今晚我在上灯的时刻去看了歌德。窗帘已经放下来了，歌德坐在刚开过晚饭的桌子旁边。桌上点着两支烛，照到他自己的脸上，也照到摆在他面前的一座巨大的半身像。他正在观赏这座雕像。他向我致友好的问候之后，就指着雕像给我看，问我："这是谁？"我说："是一位诗人，像是一位意大利人。"歌德说："这就是但丁。头部很美，雕得好，可是不完全令人欢喜。已经老了，腰弯了，面带怒气，皮肉松散下垂，仿佛是刚从地狱里出来的[①]。我还有一枚但丁像章，是他还在世时刻的，在一切方面都比这座雕像美得多。"歌德就站起来拿像章给我看。"你看，鼻子多么有魄力，上唇也很有魄力似的鼓起，下腭显出使劲的样子，和下腭骨配合得多么好！至于这座半身雕像，在眼睛和额头部分和像章上的也大致一样，但在其余一切部分就显得较软弱、较苍老了。不过我也不是要责备这件新作品，它大体上还是很好的，值得赞赏的。"

接着歌德又问我近几天来过得怎样，想些什么，做些什么。我就告诉他我接到邀约，要我替一种英国期刊就最近的德国散文文学作品按月写些短评，条件很优厚，我很有意接受这项任务。

歌德一直到现在都是和颜悦色的，听到这番话马上沉下脸来，让我看出他的全部面容都显出对我的意图不赞成。

他说："我倒希望你的朋友们不要侵扰你的安宁。他们为什么要你干超出正业而且违背你的自然倾向的事呢？我们有金币、银币和纸币，每一种都有它的价值和兑换率。但是要对每一种做出正确的估价，就须弄清兑换率。在文学方面也是如此。对金银币你是会估价的，对纸币你就不会估价，还不在行，你的评论就会不正确，就会把事情弄糟。如果你想正确，想让每一种作品都摆在正确的地位，你必须拿它和一般德国文学摆在一

①但丁在《神曲》第一部里游了地狱。

起来衡量，这就要费不少功夫去研究。你必须回顾一下施莱格尔弟兄有什么意图和什么成就，然后还要遍读所有的德国新进作家，例如弗朗茨·霍恩、霍夫曼、克洛林[①]之流。这还不够，还要每天看报纸，从晨报到晚报，以便马上知道一切新出现的作品，这样你就要糟踏你的光阴。此外，你对于准备评论得比较透辟的书不能只匆匆浏览，还必须加以研究。你对这种工作能感到乐趣吗？最后，如果你发现坏书真坏，你还不能照实说出，否则就要冒和整个文坛交战的风险。

"不能这样办，听我的话，拒绝接受这项任务。这不是你的正业。你得随时当心不要分散精力，要设法集中精力。三十年前我如果懂得这个道理，我的创作成就会完全不同。我和席勒在他主编的《时神》和《诗神年鉴》两个刊物上破费了多少时间呀！现在我正在翻阅席勒和我的通信，一切往事都历历在目，我不能不追悔当时干那些工作惹世人责骂，对自己没有一点好处。有才能的人看到旁人做的事总是自信也能做，其实不然，他总有一天会追悔浪费精力。你卷起头发，只能管一个夜晚，这对你有什么好处？你不过是把一些卷发纸放在头发里，等到第二个夜晚，头发又竖直了。"

他接着说："你现在应该做的事是积累取之不尽的资本。你现在已开始学习英文和英国文学，你从这里就可以获得所需要的资本。坚持学习下去，利用你和几位英国青年相熟识的好机会。你在少年时代没有怎么学习，所以你现在应该在像英国文学那样卓越的文学中抓住一个牢固的据点。此外，我们德国文学大部分就是从英国文学来的！我们从哪里得到了我们的小说和悲剧，还不是从哥尔德斯密斯[②]、菲尔丁和莎士比亚那些英国作家得来的？就目前来说，德国哪里去找出三个文坛泰斗可以和拜伦、穆尔[③]和瓦尔特·司各特并驾齐驱呢？所以我再说一遍，在英国文学中打下坚实基础，把精力集中在有价值的东西上面，把一切对你没有好处和对你不相宜的东西都抛开。"

我很高兴，我引起歌德说出了这番话，心里安定下来了，决心完全照他的话做下去。

这时传达室报告密勒大臣来了。他和我们一起坐下。话题又回到摆在我们面前的那座但丁半身像以及他的生平和作品，特别提到但丁诗的艰晦。我们谈到，连但丁的本国人也没有读懂他，所以外国人更不容易窥测到他的秘奥。歌德转过来向我说："在此你的忏悔神父明令禁止你研究这位诗人。"

---

①弗朗茨·霍恩（Franz Horn，1781—1837），德国次要的诗人和文学史家。霍夫曼（Hoffmann，1779—1822），消极浪漫主义和颓废主义的代表。克洛林（Clauren，1771—1854），感伤气很浓的小说家。这三人都是歌德所鄙视的。

②哥尔德斯密斯（Goldsmith，1730—1774），英国作家。他的小说《威克菲尔德的牧师传》早已介绍到我国；他的诗《荒村》写工业革命时代英国农村衰败情况，在当时传诵很广。

③穆尔（T.Moore，1779—1852），爱尔兰优秀诗人。

歌德接着又说："他的诗难懂，主要应归咎于韵的笨重。[1]"此外，歌德评论但丁，还是非常崇敬他的。我注意到他不满意"才能"（talent）这个词，认为但丁有一种"天性"（natur）[2]，指的仿佛是一种更周全、更富于预见性、更深更广的品质。

---

①《神曲》用的是"三韵格"，三行一组，下组的第一韵用上组的第二韵，即 aba，bcb，cdc 格。大部头诗用这种韵律，确实有些呆板。

② natur，或译"自然"。

## 1825 年

# 谈学习外语

（1825 年 1 月 10 日）

由于对英国人民极感兴趣，歌德要我把几个在魏玛的英国青年介绍给他。今天下午五点左右，他等候我陪同英国工程官员 H 先生来见他。前此我曾在歌德面前称赞过这位 H 先生。我们准时到了，仆人把我们引进一间舒适温暖的房子，歌德在午后和晚间照例住在这里。桌上点着三支烛，他本人不在那里，我们听见他在隔壁沙龙里说话的声音。

H 先生巡视了一番，除画幅以外，还看到墙上挂着一张山区大地图和一个装满文件袋的书橱。我告诉他，袋里装的是许多出于名画家之手的素描以及各种画派杰作的雕版仿制品。这些是长寿的主人毕生逐渐收藏起来的，他经常取出来观赏。

等了几分钟，歌德就来到我们身边，向我们表示欢迎。他向 H 先生说："我用德文和你谈话，想来你不见怪，因为听说你的德文已经学得很好了。" H 先生说了几句客气话，歌德就请我们坐下。

H 先生的风度一定给了歌德很好的印象，因为歌德今天在这位外宾面前所表现的慈祥和蔼真是很美。他说："你到我们这里来学德文，做得很对。你在这里不仅会很容易地、很快地学会德文，而且还会认识到德文基础的一些要素，这就是我们的土地、气候、生活方式、习俗、社交和政治制度，将来可以把这些认识带回到英国去。"

H 先生回答说："现在英国对德文都很感兴趣，而且日渐普遍起来了，家庭出身好的英国青年没有一个不学德文。"

歌德很友好地插话说："我们德国人在这方面比贵国要先进半个世纪哩。五十年来我一直在忙着学英国语文和文学，所以我对你们的作家以及贵国的生活和典章制度很熟悉。如果我到英国去，不会感到陌生。

"但是我已经说过，你们年轻人到我们这里来学我们的语文是做得对的。因为不仅我们德国文学本身值得学习，而且不可否认，如果把德文学好，许多其他国家的语文就用不着学了。我说的不是法文，法文是一种社交语言，特别在旅游中少不了它。每个人都懂法文。无论到哪一国去，只要懂得法文，它就可以代替一个很好的译员。至于希腊文、拉丁文、意大利文和西班牙文，这些国家的优秀作品你都可以读到很好的德文译本。除非你有某种特殊需要，你用不着花时间和精力去学习这几种语文。德国人按生性就恰如其分地重视一切外国东西，并且能适应外国的特点。这一点连同德文所具有的很大的灵活性，使得德文译文对原文都很忠实而且完整。不可否认，靠一种很好的译文一般可以学到很多的东西。弗里德里希大帝不懂拉丁文，可是他根据法文译文读西塞罗①，并不比我们根据原文阅读来得差。”

接着话题转到戏剧，歌德问 H 先生是否常去看戏。H 先生回答说：“每晚都去看，发现看戏对了解德文大有帮助。”歌德说：“很可注意的是，听觉和一般听懂语言的能力比会说语言的能力要先走一步，所以人们往往很快就学会听懂，可是不能把所懂得的都说出来。”H 先生就说：“我每天都发现这话是千真万确的。凡是我听到和读到的，我都懂得，我甚至能感觉到在德文中某句话的表达方式不正确。只是张口说话时就堵住了，不能正确地把想说的说出来。在宫廷里随便交谈，在舞会上闲聊以及和妇女们说笑话之类场合，我还很行。但是每逢想用德文就某个较大的题目发表一点意见，说出一点独特的显出才智的话来，我就不行了，说不下去了。”歌德说：“你不必灰心，因为要表达那类不寻常的意思，即使用本国语言也很难。”

歌德接着问 H 先生读过哪些德国文学作品，他回答说：“我读过《哀格蒙特》，很喜爱这部书，已反复读过三遍了。《托夸多·塔索》②也很使我感到乐趣。现在在读《浮士德》，但是觉得有点难。”听到这句话，歌德笑起来了。他说：“当然，我想我还不曾劝过你读《浮士德》呀。那是一部怪书，超越了一切寻常的情感。不过你既然没有问过我就自动去读它，你也许会看出你怎样能走过这一关。浮士德是个怪人，只有极少数人才会对他的内心生活感到同情共鸣。梅菲斯特③的性格也很难理解，由于他的暗讽态度，也由于他是广阔人生经验的生动的结果。不过你且注意看这里有什么光能照亮你。至于《塔索》，则接近一般人情得多，它在形式上很鲜明，也较易于了解。”H 先生说：“可是在德国，人们认为《塔索》很难，我告诉人家我在读《塔索》，他们总表示惊讶。”歌德说：“要读《塔索》，主要的一条就是读者已不是一个孩子，而是和上等社会有过交往的。一个青年，如果家庭出身好，常和上层社会中有教养的人来往，养成了一种才智和良好的风度仪表，他就不会感到《塔索》难。”

话题转到《哀格蒙特》时，歌德说：“我写这部作品是在 1775 年，已是五十年前的事了。当时我力求忠于史实，想尽量真实。十年之后，我在罗马从报纸上看到，这部作品中所写的关于荷兰革命的一些情景已丝毫不差地再度出现了。我由此看出世界并没有变，而我在《哀格蒙特》里的描绘是有一些生命的。”

经过这些谈话，看戏的时间已经到了，我们就站起来，歌德很和善地让我们走了……

①西塞罗（Cicero），公元前 1 世纪罗马的政治家和演说家。

②歌德的一个剧本。

③梅菲斯特，即梅菲斯特费勒斯，是引诱浮士德的恶魔。

# 谈母题，反对注诗牵强附会，回忆席勒

（1825 年 1 月 18 日）

……话题转到一般女诗人，莱贝因大夫提到，在他看来，妇女们的诗才往往作为一种精神方面的性欲而出现。歌德把眼睛盯住我，笑着说："听他说的，'精神方面的性欲'！大夫怎样解释这个道理？"大夫就说："我不知道我是否正确地表达了我的意思，但是大致是这样。一般说来，这些人在爱情上不如意，于是想在精神方面找到弥补[1]。如果她们及时地结了婚，生了儿女，她们就绝不会想到要作诗。"

歌德说："我不想追究你这话在诗歌方面有多大正确性，但是就妇女在其他方面的才能来说，我倒是经常发现妇女一结婚，才能就完蛋了。我碰见过一些姑娘很会素描，但是一旦成了贤妻良母，要照管孩子，就不再拈起画笔了。"

他兴致勃勃地接着说："不过我们的女诗人们尽可以一直写下去，她们爱写多少诗就写多少诗，不过只希望我们男人们不要写得跟女人写的一模一样！这却是我不喜欢的。人们只消看一看我们的一些期刊和小册子，就可以看出一切都很软弱而且日益软弱……"

我提起光看这些"母题"就和读诗本身一样使我感到很生动，不再要求细节描绘了。

歌德说："你这话完全正确，情况正是这样。你由此可以看出母题多么重要，这一点是人们所不理解的，是德国妇女们所梦想不到的。她们说'这首诗很美'时，指的只是情感、文词和诗的格律。没有人梦想到一篇诗的真正的力量和作用全在情境，全在母题，而人们却不考虑这一点。成千上万的诗篇就是根据这种看法制造出来的，其中毫无母题，只靠情感和铿锵的诗句反映出一种存在。一般说来，半瓶醋的票友们，特别是妇女们，对诗的概念认识是非常薄弱的。他们往往设想只要学会了作诗的技巧，就算尽了诗的能事，而自己也就功成业就了。但是他们错了。"

里默尔老师[2]进来了。莱贝因告别了，里默尔老师就和我们坐在一起。话题又回到上述塞尔维亚爱情诗的一些母题。里默尔知道了我们在谈什么，就说按照上文歌德所列

---

①莱贝因(Rehbein,1825 年卒)是魏玛御医。他的看法颇近于后来变态心理学家弗洛伊德的"升华说"。

②里默尔（Riemer，1774—1845）在歌德家当家庭教师和私人秘书。

的母题[1]不仅可以作出诗来，而且一些德国诗人实际上已用过同样的母题，尽管他们并不知道在塞尔维亚已经有人用过。他还举了他自己写的几首诗为例，我也想起在阅读歌德作品过程中曾遇见过一些用这类母题的诗。

歌德说：“世界总是永远一样的，一些情境经常重现，这个民族和那个民族一样过生活，讲恋爱，动情感，那么，某个诗人作诗为什么不能和另一个诗人一样呢？生活的情境可以相同，为什么诗的情境就不可以相同呢？”

里默尔说：“正是这种生活和情感的类似才使我们能懂得其他民族的诗歌。如果不是这样，我们读起外国诗歌来，就会不知所云了。”

我接着说：“所以我总是觉得一些学问渊博的人太奇怪了，他们好像在设想，作诗不是从生活到诗，而是从书本到诗。他们老是说：诗人的这首诗的来历在这里，那首诗的来历在那里。举例来说，如果他们发现莎士比亚的某些诗句在古人的作品中也曾见过，就说莎士比亚抄袭古人！莎士比亚作品里有过这样一个情境：人们看到一位美丽的姑娘，都庆贺称她为女儿的双亲和将要把她迎回家去当新娘的年轻男子。这种情境在荷马史诗里也见过，于是莎士比亚就必定是抄袭荷马了！多么奇怪的事[2]！好像人们必须走那么远的路去找这类寻常事，而不是每天都亲眼看到、亲身感觉到而且亲口说到这类事似的！”

歌德说：“你说得对，那确实顶可笑。”

我说：“拜伦把你的《浮士德》拆成碎片，认为你从某处得来某一碎片，从另一处得来另一碎片，这种做法也不比上面说的高明。”

歌德说：“拜伦所引的那些妙文大部分都是我没有读过的，更不用说我在写《浮士德》时不曾想到它们。拜伦作为一个诗人是伟大的，但是他在运用思考时却是一个孩子。所以他碰到他本国人对他进行类似的无理攻击时就不知如何应付。他本来应该向他的论敌们表示得更强硬些，应该说：‘我的作品中的东西都是我自己的，至于我的根据是书本还是生活，那都是一样，关键在于我是否运用得恰当！’瓦尔特·司各特援引过我的《哀格蒙特》中一个场面，他有权利这样做，而且他运用得很好，值得称赞。他在一部小说里还模仿过我写的蜜娘[3]的性格，至于是否运用得一样高明，那却是另一问题。拜伦所写的恶魔的变形[4]，也是我写的梅菲斯特的续编，运用得也很正确。如果他凭独创的幻想要偏离蓝本，就一定弄得很糟。我的梅菲斯特也唱了莎士比亚的一首歌。他为什么不

---

①一位德国女诗人翻译了一部塞尔维亚民歌，歌德写评论时把其中的主题（即母题）列了一个表。

②这也是我国过去的注诗家们的恶习，认为好诗“无一字无来历”，于是就穿凿附会起来，说某个词句来源于古代某些大家的诗。李善注《昭明文选》就已如此。

③蜜娘一译迷娘，歌德的小说《威廉·麦斯特》中的人物。她是一个意大利少女，被强盗劫到德国，威廉·麦斯特救了她。她感谢他，爱上了他，向他唱了三首缅怀故乡的歌，这些短歌很著名。

④指的似是拜伦未完成的剧本《残废人的变形》，其主角是个奇丑的驼背，被恶魔变形为古希腊英雄阿喀琉斯。

应该唱？如果莎士比亚的歌很切题，说了应该说的话，我为什么要费力来另作一首呢？我的《浮士德》的序曲也有些像《旧约》中的《约伯记》，这也是很恰当的，我应该由此得到的是赞扬而不是谴责。”

歌德的兴致很好，叫人拿一瓶酒来，斟给里默尔和我喝，他自己却只喝马里安温泉的矿泉水。他像是预定今晚和里默尔校阅他的自传续编的手稿，用意也许是在表达方式上作些零星修改。他说 :“爱克曼最好留在我们身边听一听。”我很乐意听从这个吩咐。歌德于是把手稿摆在里默尔面前。里默尔就朗读起来，从 1795 年开始。

今年夏天，我已有幸反复阅读过而且思考过这部自传中未出版的、一直到最近的部分①。现在当着歌德的面来听人朗读这部分，给了我一种新的乐趣。里默尔在朗读中特别注意表达方式，我有机会惊赞他的高度灵巧和词句的丰富流畅。但是在歌德方面，所写的这个时期的生活又涌现到他心眼里，他在纵情回忆，想到某人某事，就用详细的口述来填补手稿的遗漏。这个夜晚真令人开心！歌德谈到了当时一些杰出的人物，但是反复谈到的是席勒，从 1795 年到 1800 年②这段时期，他和席勒交游最密。他们两人的共同事业是戏剧，而歌德最好的作品也是在这段时期写成的。《威廉·麦斯特》脱稿了，《赫尔曼与窦绿苔》也接着构思好和写完了。切里尼的《自传》③替席勒主编的刊物《时神》翻译出来了，歌德和席勒合写的《讽刺短诗集》也已由席勒主编的《诗神年鉴》发表。这两位诗人每天都少不了接触。这一切都在这一晚上谈到，歌德总有机会说出最有趣的话来。

在他的作品之中歌德还提到 :“《赫尔曼与窦绿苔》在我的长诗之中是我至今还感到满意的唯一的一部，每次读它都不能不引起亲切的同情共鸣。我特别喜爱这部诗的拉丁文译本，我觉得它显得更高尚，仿佛回到了这种诗的原始形式。④”

他也多次谈到《威廉 · 麦斯特》。他说 :“席勒责备我掺杂了一些与小说不相宜的悲剧因素。不过我们都知道，他说得不对。在他写给我的一些信里，他就《威廉 · 麦斯特》说过一些最重要的看法和意见。此外，这是一部最不易估计的作品，连我自己也很难说有一个打开秘奥的钥匙。人们在寻找它的中心点，这是难事，而且往往导致错误。我倒是认为把一种丰富多彩的生活展现在眼前，这本身就有些价值，用不着有什么明确说出的倾向，倾向毕竟是诉诸概念的⑤。不过人们如果坚持要有这种东西，他们可以抓住书的结尾处弗列德里克向书中主角说的那段话。他的话是这样 :‘我看你很像基士的儿子

---

①即《诗与真》续编。

②席勒死于 1805 年，他和歌德结交是从 1794 年开始的。

③切里尼（B.Cellini，1500—1571），意大利的金匠和雕刻家。他的《自传》描述 16 世纪罗马和巴黎的生活，写得很生动，是传记文学中的一部杰作。

④指原始牧歌和田园诗的形式。

⑤歌德所说的“倾向”指抽象的主旨，不限于政治倾向。依他看，宣扬“天意”也是一种倾向。他认为《威廉 · 麦斯特》的倾向就是寻羊得到王位那个故事所暗示的“天意”。

扫罗。基士派他出去寻找他父亲的一些驴子，却找到了一个王国。[1]'只须抓住这段话，因为事实上全书所说的不过一句话，人尽管干了些蠢事，犯了些错误，由于有一只高高在上的手给他指引道路，终于达到幸福的目标。”

接着谈到近五十年来普及于德国中等阶层的高度文化，歌德把这种情况归功于莱辛[2]的较少，归功于赫尔德尔和维兰[3]的较多。他说：“莱辛的理解力最高，只有和他一样伟大的人才可以真正学习他，对于中材，他是危险的人物。”他提到一个报刊界人物，此人的教养是按照莱辛的方式形成的，在上世纪末也扮演过一种角色，可是扮演的是个很不光彩的角色，因为他比他的伟大的前辈差得太多了。

歌德还说：“整个上区德国的文风都要归功于维兰，上区德国从维兰学到很多东西，其中表达妥帖的能力并不是最不重要的。”……

歌德对席勒的回忆非常活跃，这一晚后半部分就专谈席勒。

里默尔谈到席勒的外表说：“他的四肢构造，在街上走路的步伐乃至每一个举动都显得很高傲，只有一双眼睛是柔和的。”

歌德说：“是那样，他身上一切都是高傲庄严的，只有一双眼睛是柔和的。他的才能也正像他的体格。他大胆地抓住一个大题目，把它翻来覆去地看，想尽办法来处理它。但是他仿佛只从外表来看对象，并不擅长于平心静气地发展内在方面。他的才能是散漫随意的。所以他老是决定不下，没完没了。他经常临预演前还要把剧中某个角色更动一下。

“因为他进行工作一般很大胆，就不大注意动机伏脉（motivieren）。我还记得为了《威廉·退尔》[4]我和他的争论。他要让盖斯洛突然从树上摘下一个苹果，摆在退尔的孩子头上，叫退尔用箭把苹果从孩子头上射下来。这完全不合我的天性，我力劝他至少要为这种野蛮行动布置一点动机伏脉，先让退尔的孩子向盖斯洛夸他父亲射艺精巧，说他能从一百步以外把一个苹果从树上射下来。席勒先是不听，但是我提出我的论据和忠告，他终于照我的意见改过来了。至于我自己却过分地注意动机伏脉，以致我的剧本不合舞台的要求。例如我的‘幽简尼’[5]只是一连串的动机伏脉，这在舞台上是不能成功的。

“席勒的才能生来就适合于舞台。每写成一部剧本，他就前进一步，就更完善些。但是有一点颇奇怪，自从他写了《强盗》以后，他一直丢不掉对恐怖情景的爱好，就连到了他最成熟的时期也还是如此。我还记得很清楚，在我写《哀格蒙特》的监狱一场中向主角宣读死刑判决书时，他硬劝我让阿尔法戴着假面具，蒙上一件外衣，出现在背景

---

①见《旧约·撒母耳记》第九至十章，扫罗在寻羊途中遇见先知撒母耳，得到他的宠爱，在抽签中被立为以色列国王。

②莱辛（Lessing，1729—1781），德国启蒙运动的先驱。

③维兰（Wieland，1733—1813），比歌德稍早的德国小说家。也在魏玛宫廷中做过官。

④《威廉·退尔》，席勒最后一部剧本，1804年出版。

⑤即歌德的剧本《私生女》中的女主角。

上，瞧着死刑判决对哀格蒙特的效果来开心。[1]如果这样写，就会使阿尔法显得报仇心切，残酷无厌了。不过我反对这样写，没有让这种幽灵出现。席勒这个伟大人物真有点奇怪。

“每个星期他都更完善了；每次我再见到他，都觉得他的学识和判断力已前进了一步。他给我的一些书信是我所保存的最珍贵的纪念品，在他所写的作品中也是最高明的。我把他给我的最后一封信当作我的宝库中一件神圣遗迹珍藏起来。”他站起来把这封信取出递给我说：“你看一看，读一读吧。”

这封信确实很美，字体很雄壮。内容是他对歌德的《拉摩的侄儿》评注[2]的看法，这些评注介绍了当时的法国文学。歌德把手稿交给席勒看过。我把这封信向里默尔朗读了一遍。歌德说：“你看，他的判断多么妥帖融贯，字体也丝毫不露衰弱的痕迹。他真是一个顶好的人，正当盛年却与世长辞了。信上写的日期是1805年4月24日，席勒是当年5月9日去世的。”

我们轮流看了这封信，都欣赏其中表达的明白和书法的美妙。歌德还以挚爱的心情说了一些回忆席勒的话，时间已近十一点钟，我们就离开了。

---

①阿尔法公爵原是对哀格蒙特判处死刑的人。判决书是由另一个人向哀格蒙特宣读的。席勒劝歌德加上阿尔法伪装起来藏在哀格蒙特的卧室里，偷看哀格蒙特听到死刑判决时有什么表情。歌德没有听从。

②《拉摩的侄儿》是法国启蒙运动领袖之一狄德罗的一部小说，歌德曾把它译成德文，并加了评注。歌德还译过狄德罗关于画艺、演剧等的文艺理论著作。

# 歌德对拜伦的评价

（1825 年 2 月 24 日）

歌德今晚说："如果我现在还担任魏玛剧院的监督，我就要把拜伦的《威尼斯的行政长官》[①]拿出来上演。这部剧本当然太长，需要缩短，但是不能砍掉其中任何内容，而是要保留每一场的内容，把它表达得更简练些。这样就会使剧本较为紧凑，不致因改动而受到损害。效果会因此更强烈，而原来的各种美点也基本上没有丧失。"

歌德这番话使我认识到在上演成百部其他类似的剧本时应该怎么办，我非常喜欢这番箴言，因为它来自有高明头脑而且懂得本行事业的诗人。

接着我们继续谈论拜伦。我提起拜伦在和麦德文[②]谈话中曾说过，为剧院写作是一件最费力不讨好的事。歌德说："这要看诗人是不是懂得投合观众鉴赏力和兴味的趋向。如果诗人才能的趋向和观众的趋向合拍,那就万事俱备了。侯瓦尔德[③]用他的剧本《肖像》投合了这个趋向，所以博得普遍的赞扬。拜伦也许没有这样幸运，因为他的趋向背离了群众的趋向。在这个问题上，人们并不管诗人有多么伟大。倒是一个只比一般观众稍稍突出的诗人最能博得一般观众的欢心。"

我们仍继续谈论拜伦，歌德很惊赞拜伦的非凡才能。他说："依我看，在我所说的创造才能方面，世间还没有人比拜伦更卓越。他解开戏剧纠纷（knoten）的方式总是出人意料，比人们所能想到的更高明。"

我接着说："我看莎士比亚也是如此，特别在写福尔斯塔夫[④]时。我看到福尔斯塔夫诳骗陷入困境时，不免自问怎样才能使他脱身，莎士比亚的解决办法总是远远出乎我的意料。你说拜伦也有这样本领，这对他就是极高的赞扬了。"我又补充了一句："诗人站得高，俯瞰情节发展的始终，一切都看得很清楚，比视野狭窄的读者总是处在远为便利的地位。"

歌德赞成我的话。想到拜伦，他笑了一声，因为拜伦在生活中从来不妥协，不顾什

---

①拜伦的剧本大半是他旅居意大利时用意大利题材写的，这部剧本在他的作品中并不重要。

②麦德文（T.Medwin，1788—1869）在 1824 年出版过《和拜伦的谈话》。

③侯瓦尔德（Houwald，1778—1845），德国一位不重要的剧作家，《肖像》是他的一部悲剧。

④福尔斯塔夫是莎士比亚几部历史剧中的著名丑角。

么法律，却终于服从最愚蠢的法律，即“三整一律”[①]。他说：“拜伦和一般人一样不大懂三整一律的根由。根由在便于理解（Fassliche），三整一律只有在便于理解时才是好的。如果三整一律妨碍理解，还是把它作为法律服从，那就不可理解了。就连三整一律的创造者古希腊人也不总是服从它的。例如欧里庇得斯的《菲通》以及其他剧本里的地点都更换过。由此可见，对于古希腊人来说，描绘对象本身比起盲从一种没有多大意义的法律更为重要。莎士比亚的剧本都尽可能地远离时间和地点的整一，但是它们却易于理解，没有什么剧本比它们更易于理解了，因此，古希腊人也不会指责它们。法国诗人却力图极严格地遵守三整一律，但是违反了便于理解的原则，他们解决戏剧规律的困难，不是通过戏剧表演而是通过追述[②]。”……

歌德继续谈论拜伦说：“拜伦通过遵守三整一律来约束自己，对于他那种放荡不羁的性格来说，倒是很适宜的。假如他懂得怎样接受道德方面的约束，那多好！他不懂得这一层，这就是致他死命的原因。可以很恰当地说，毁灭拜伦的是他自己的放荡不羁的性格。

“拜伦太无自知之明了。他逞一时的狂热，既认识不到，也不去想一想他在干什么。他总是责己过宽而责人过严，这就会惹人恨，置他于死地。一开始，他发表了《英伦的诗人们和苏格兰的评论家们》[③]，就得罪了当时文坛上一些最杰出的人物。此后为着活下去，他必须退让一步。可是在以后的一些作品里，他仍旧走反抗和寻衅的道路。他没有放过教会和政府，对它们都进行攻击。这种不顾后果的行动迫使他离开了英国，长此下去，还会迫使他离开欧洲哩。什么地方他都嫌太逼仄，他本来享有完全的人身自由，可是他自觉是关在监牢里，在他看，整个世界就是一个监牢。他跑到希腊，并非出于自愿的决定，是他对世界的误解把他驱逐到希腊的。[④]

“和传统的爱国的东西决裂，这不仅导致了他这样一个优秀人物的毁灭，而且他的革命意识以及与此结合在一起的经常激动的心情也不允许他的才能得到恰当的发展，他

---

①三整一律（Gesetz der drei Einheiten），西方剧艺中指的是一部剧本中要有一个完整的动作情节（事），始终在一段完整的时间里（例如 24 小时）在同一地点（例如同一城市）发生，据说这是亚里士多德在《诗学》里总结出的规律。17 世纪法国新古典主义剧作家严守这个规律，浪漫派剧作家多半根据莎士比亚的范例反对它。过去多译为“三一律”，但 Einheiten 不只指“一”，而且还有“完整”的意思，从字面上看，也可能误解为三种“一律”。

②不是在同一时间和同一地点发生的情节不在舞台上表演，而由人物口述。

③拜伦的一部早年作品被苏格兰批评家们指责得体无完肤，于是他在《爱丁堡评论》发表这篇辛辣的讽刺文章，反击他的批评者。

④歌德所理解的自由和拜伦所理解的显然不是一回事。在政治方面拜伦当然远比歌德进步，他到希腊是参加希腊的解放战争。歌德希望拜伦也像他自己一样做个安分守己的庸俗市民，这实在很可笑！

一贯的反抗和挑剔对他的优秀作品也是最有害的。因为不仅诗人的不满情绪感染到读者，而且一切反抗都导致否定[1]，而否定止于空无。我如果把坏的东西称作坏的，那有什么益处？但是我如果把好的东西称作坏，那就有很大的害处。谁要想做好事就不应该谴责人，就不去为做坏了的事伤心，只去永远做好事。因为关键不在于破坏而在于建设，建设才使人类享受纯真的幸福。”

这番话顶好，使我精神振奋起来，我很高兴听到这种珍贵的箴言。

歌德接着说：“要把拜伦作为一个人来看，又要把他作为一个英国人来看，又要把他作为一个有卓越才能的人来看。他的好品质主要是属于人的，他的坏品质是属于英国人和一个英国上议院的议员的，至于他的才能，则是无可比拟的。

“凡是英国人，单作为英国人来说，都不擅长真正的熟思反省。分心事务和党派精神使他们得不到安安静静的修养。但是作为实践的人，他们是伟大的。

“因此，拜伦从来不会反省自己，所以他的感想一般是不成功的。例如他所说的‘要大量金钱，不要权威’那句信条就是例证，因为大量金钱总是要使权威瘫痪的。

“但是他在创作方面总是成功的。说实话，就他来说，灵感代替了思考。他被迫似的老是不停地作诗，凡是来自他这个人，特别是来自他的心灵的那些诗都是卓越的。他作诗就像女人生孩子，她们用不着思想，也不知怎样就生下来了。

“他是一个天生的有大才能的人。我没有见过任何人比拜伦具有更大的真正的诗才。在掌握外在事物和洞察过去情境方面，他可以比得上莎士比亚。不过单作为一个人来看，莎士比亚却比拜伦高明。拜伦自己明白这一点，所以他不大谈论莎士比亚，尽管他对莎士比亚的作品能整段整段地背诵。他会宁愿把莎士比亚完全抛开，因为莎士比亚的爽朗心情对于拜伦是个拦路虎，他觉得跨不过去。但是他并不抛开蒲柏[2]，因为他觉得蒲柏没有什么可怕的。他一遇到机会就向蒲柏表示敬意，因为他知道得很清楚，蒲柏对他不过是一种配角。”

歌德对拜伦似乎有说不完的话，我也听不厌。说了一些旁的话以后，他又继续说：“处在英国上议院议员这样高的地位，对拜伦是很不利的。因为凡是有才能的人总会受到外在世界的压迫，特别是像他那样出身地位高而家产又很丰厚的人。对于有才能的人，中等阶层的地位远为有利，所以我们看到凡是大艺术家和大诗人都属于中产阶层。拜伦那种放荡不羁的倾向如果出现在一个出身较微、家产较薄的人身上，就远没有在他身上那样危险。他的境遇使他有力量把每个幻想付诸实施，这就使他陷入数不尽的纠纷。此外，像他那样地位高的人能对谁起敬畏之心呢？他想到什么就说什么，这就使他和世人发生了解决不完的冲突。”

---

①消极。

②蒲柏（Pope，1688—1744）是18世纪英国新古典主义派诗人，对诗律和词汇的驾驭颇轻巧，且长于讽刺，对拜伦有影响，尽管在流派上两人是对立的。

歌德接着说："看到一个地位高、家产丰厚的英国人竟花去一生中大部分光阴去私奔和私斗，真使人惊讶。拜伦亲口说过，他的父亲先后和三个女人私奔过。他这个儿子只和一个女人私奔过一次，比起父亲来还算有理性了。

"拜伦不能过寂寞生活，所以他尽管有许多怪脾气，对和他交游的人却极其宽容。有一晚他在朗诵他吊唁慕尔将军[①]的一首好诗，而他的贵友们听了却不知所云。他并没有生气，只把诗稿放回到口袋里。作为诗人，他显得和绵羊一样柔顺，别的诗人会叫那班贵友见鬼去。"

---

①英译作 Sir John Moore，他在 1809 年一场战役中大败法军，而自己也中弹身亡。

# 魏玛剧院失火，歌德谈他如何培养演员

（1825年3月22日）

昨夜12点钟后不久，我们被火警惊醒了。人们大声喊：“剧院失火啦！”我马上穿衣，赶忙跑到失火地点。一片巨大的普遍的惊慌。几点钟之前，我们还在那里欣赏女演员拉罗西在康保兰[①]的《犹太人》一剧中所作的精彩表演，男演员赛伊德尔的滑稽诙谐也引起哄堂大笑。可是就在这个不久前还给我们精神享受的地方，最可怕的毁灭性元素却在猖獗肆虐了……

我回家休息了一忽儿，上午就跑去看歌德。

仆人告诉我，歌德感到不舒服，在床上躺着。不过歌德还是把我召到他身边，把手伸给我握。他说：“这对我们都是损失，可是有什么办法呢？我的小孙子沃尔夫一大早就来到我床边，握住我的手，睁着大眼盯住我说：‘人的遭遇就是这样呀！’除掉我亲爱的小沃尔夫用来安慰我的这句话以外，还有什么可说的呢？我苦心经营差不多三十年之久的这座剧院，现在化为灰烬了。不过小沃尔夫说得对：‘人的遭遇就是这样呀。’夜里我没有怎么睡觉，从窗孔里望见烟火不断地飞向天空。你可以想象到，我对过去岁月的许多回忆都浮上心头，想起我和席勒的多年努力，想起我爱护的许多学徒的入院和成长，想到这一切，我的心情不免有些激动。因此，我想今天最好还是躺在床上。”

我称赞他想得周到。不过看来他好像毫不衰弱或困倦，心情还是很舒畅和悦的。我看躺在床上是他经常用来应付非常事故的一种老策略，例如他害怕来访者太拥挤的时候，也总是躺在床上。

歌德叫我在床前的椅子上坐下待一会儿。他对我说：“我想念到你，为你感到惋惜，现在还有什么可以供你消遣夜晚的时间呢！”

我回答说：“您知道我多么热爱戏剧。两年前我初到此地时，我对戏剧毫无所知，只在汉诺威看过三四次戏。刚来时什么对于我都是新鲜的，无论是演员还是剧本。从那时以来，听您的教导，我把全副精神都放在接受戏剧的印象上，没有在这上面用过多少思考或反省。说实话，这两个冬天我在剧院里度过了我生平一些最无害也最愉快的时光。我对剧院着迷到不仅每场不漏，而且得到许可参观排练。这还不够，白天路过剧院，碰巧看到大门开着时，我就走进去，在正厅后座的空位置上坐上半个钟头，想象某些可能

①康保兰（R.Cumberland），英国18世纪剧作家，他的讽刺剧颇受歌德赞赏。

上演的场面。”

歌德笑着说：“你简直是个疯子，不过我很喜欢你这样。老天爷，但愿所有的观众都是这样的孩子们！——你基本上是对的，一个够年轻的人只要没有娇惯坏，很难找到一个比剧院更适合他的地方了。人们对你没有任何要求，你不愿意开口说话就不必开口说话；你像个国王，安闲自在地坐在那里，让一切在你眼前掠过，让心灵和感官都获得享受，心满意足。那里有的是诗，是绘画，是歌唱和音乐，是表演艺术，而且还不止这些哩！这些艺术和年轻美貌的魔力都集中在一个夜晚，高度协调合作来发挥效力，这就是一餐无与伦比的盛筵呀！即使当中有好的也有坏的，但是总比站在窗口呆望，或是坐在一间烟雾弥漫的房子里和几个亲友打牌要强得多。魏玛剧院还是不可小视的，这是你知道的。它总还是我们的极盛时代留下来的一个老班底，又加上一批新培养出来的人才。我们总还可以上演些足以欣赏的东西，至少是形象完整的东西。”

我插嘴说：“二三十年前我要是躬逢其盛，那多好！”

歌德回答说：“那确实是个兴盛时期。当时有些重大的便利条件帮助了我们。试想一下，当时令人厌倦的法国文艺趣味风行时期才刚过去不久，德国观众还没有让过分的激情教坏，莎士比亚正以他的早晨的新鲜光辉在德国发生影响，莫扎特的歌剧刚出世，席勒的一些剧本一年接着一年地创作出来，由他亲自指导，让这些剧本以旭日的光辉在魏玛剧院上演。试想一下这一切，你就可以想象到当时老老少少所享受的就是这种盛宴，而当时听众是怀着感激的心情对待剧院的。”

我接着说：“亲身经历过那个时代的老一辈，总是经常向我赞扬魏玛剧院当时的崇高地位。”

歌德回答说：“我不想否认，剧院当时的情况确实不坏。不过关键在于当时大公爵让我完全自由处理剧院的事，我爱怎样办就怎样办。我不要求布景堂皇，也不要求服装鲜艳，我只要求剧本一定要好。从悲剧到闹剧，不管哪个类型都行，不过一部剧本总要有使人喜见乐闻的东西。它必须宏伟妥帖，爽朗优美，至少是健康的，含有某种内核的。凡是病态的、萎靡的、哭哭啼啼的、卖弄感情的以及阴森恐怖的、伤风败俗的剧本，都一概排除。我担心这类东西毒害演员和观众。

“我通过剧本来提高演员。因为研究和不断运用卓越的剧本必然会把一个人训练成材，只要他不是天生的废品。我还和演员们经常接触。我亲自指导初步排练，力求每个角色显出每个角色的意义。主要的排练我也亲自到场，和演员们讨论如何改进。每次上演我都不缺席，下一次就把我认为不对的地方指出来。

“用这种办法，我使演员们在表演艺术方面精益求精。我还设法提高整个演员阶层在社会评价中的地位，把最好的、最有希望的演员们纳入我的社交圈子，让世人看出我把他们看作配得上和我自己交朋友。结果其他魏玛上层人士也不甘落后，不久男女演员们就光荣地被接纳到最好的社交圈子里去了。通过这一切，演员们在精神上和外表上的教养都大大提高了……

“席勒本着和我一样的认识进行工作。他和男女演员也有频繁的交往。他和我一样出席所有的排练，一旦他的剧本上演成功之后，他总是邀请他们到他家里去，和他们一起过一个快活的日子，共同欢庆成功的地方，并且讨论下次如何改进。但是席勒初参加我们这个集体时，就发现这里的演员和观众都已受过高度的教育。不可否认，这对他的剧本上演迅速获得成功是大有帮助的。”

我很高兴听到这样详细地谈及这个题目，我一向对这个题目很感兴趣，由于昨夜的火灾，首先浮上心头的也是这个题目。

我向他说：“您和席勒多年来对魏玛剧院做过许多很好的贡献，昨夜的火灾在某种程度上也结束了一个伟大的时代，这个时代恐怕要过很久才能回到魏玛来。你过去监督魏玛剧院时看到它非常成功，一定感到很大的快慰。”

歌德叹口气回答说：“可是麻烦和困难也不少。”

我说：“困难大概在于在那样多人形成的一个集体里维持住井井有条的秩序。”

歌德回答说：“要达到这一点，很大一部分要靠严厉，更大一部分要靠友爱，但是最重要的还是要靠通情达理、大公无私。

“我当时要警戒的有两个可能对我是危险的敌人。一个是我对才能的热爱，这很可能使我偏私。另一个敌人我不愿意说，但是你是知道的。我们剧院里有不少年轻漂亮而且富于精神魔力的妇女。我对其中许多人颇有热爱的倾向，而她们对我也走了一半路来相迎。不过我克制住自己，对自己说：‘不能走得更远了！’我认识到自己的地位和职责。我站在剧院里，不是作为一个私人，而是作为一个机构的首脑。对我来说，这个机构的兴旺比我个人霎时的快乐更为重要。如果我卷入任何恋爱纠纷，我就会像一个罗盘的指针不能指向正确的方向，因为它旁边还有另一种磁力在干扰。

“通过这样的清白自持，我经常是自己的主宰，也就能经常是剧院的主宰。因此我受到必要的尊敬，如果没有这一点，一切权威很快就会垮台。”

歌德这番自白使我深受感动。前此我从旁的方面听到过关于歌德的类似的话，现在听到歌德亲口证实，心里很高兴。因此我更敬爱他，和他热烈地握手告别。

我回到失火场所。火焰和浓烟仍从废墟中往上升腾。人们在忙着灭火和拆卸。我在附近发现烧焦的手稿的残片，这是歌德的剧本《塔索》中的一些段落。

# 筹建新剧院，解决经济困难的办法，谈排练和演员分配

（1825年3月27日）

我和一些客人在歌德家里吃饭。他把新剧院的图案拿给我们看。这个图案和前天他跟我们谈过的一样，无论内部还是外部都说明这会是一座很漂亮的剧院。

有人说，这样漂亮的新剧院在装饰和服装方面应该比旧剧院好。我们还认为人员也日渐不够了。在正剧和歌剧两方面都要配备一些优秀的青年演员，同时我们也不是没有看到这一切都需要一大笔经费，而这是原先的经济情况所办不到的。

歌德说："我知道得很清楚，在节约的借口下，可以请一些花钱不多的人进来。但是应该想到，这种办法对经济并无好处。对经济情况最有害的办法莫过于把一些基本项目都勉强节省掉。我们的目标应该是每晚都满座。要达到这个目标，有一个年轻的男歌手、一个年轻的女歌手、一个能干的男主角和一个能干的、色艺俱佳的、年轻的女主角，就可以做出很多的贡献。嗯，如果我仍然当最高领导，我还要进一步采取改善经济情况的办法，你们会发现我不会缺乏必须有的金钱。"

我们问歌德他想的是什么办法。

歌德回答说："我想采用一个很简单的办法，就是在星期天也演戏。这样每年至少能多出四十个晚场的收入。如果财库每年不增添一万到一万五千元，那就算很坏了。"

我们觉得这条出路切实可行，还提到庞大的劳动阶级从星期一到星期六照例每天忙到很晚，星期天是唯一的休息日。在这天晚上他们会觉得与其挤在一个乡村小酒馆里跳舞、喝啤酒，倒不如到剧院里去享受较高尚的乐趣。我们还认为，农夫和小业主乃至附近小市镇的职员和殷实户，也会觉得星期天是个到魏玛去看戏的很合适的日子。此外，对于既不进宫廷，又不是高门大第或上层社团的成员的人们来说，星期天在魏玛一向是个最沉闷无聊的日子，一些孤零零的单身汉就不知道到哪里去才好。可是人们总是要求让他们每逢星期天夜晚有地方可去，开开心，忘掉一周来的烦恼。

星期天准许演戏是符合魏玛以外其他德国城市的老习惯的，所以歌德的想法得到完全赞成，大家都认为这是个好办法。不过还有一点疑虑：魏玛宫廷是否批准？

歌德回答说："魏玛宫廷足够慈善和明智，不会阻止一种为城市谋福利的办法，而且这是一个重要的机构。魏玛宫廷一定会做出一点小牺牲，把星期天的例行晚会移到另

一天去。①万一这不行，我们为星期天上演，可以找到足够的为宫廷所不爱看而广大人民却觉得完全适合他们口味的剧本，这样就会很如意地充实财库。”

接着话题转到演员，大家对演员力量的利用和浪费谈得很多。

歌德说：“我在长期实践经验中发现一个关键，那就是决不排练一部正剧或歌剧，除非有十足的把握可以期望它连演几年都得到成功。没有人能充分考虑到排练一部五幕正剧乃至一部五幕歌剧要费多大力量。亲爱的朋友们，一个歌手把他在各景各幕所扮演的角色懂透练熟，需要下很多的功夫，至于要把合唱弄得像样，那就要下更多的功夫了。

“人们往往轻易地下令排练一部歌剧，而对这部歌剧是否能成功，却心中无数，他们只是从很不可靠的报章评论中听说过这部歌剧。我每逢听到这种情况，就不寒而栗。我们德国现在已有过得去的驿车，甚至开始有了快驿车。我主张在听到有一部歌剧在外地上演过而且博得赞赏时，就派一位导演或剧院中其他可靠的成员到现场观摩表演，以便弄清楚这部受到高度赞赏的新歌剧是否真好或适用，我们的力量是否够演出它。这种旅行费用比起所得到的裨益和所避免的严重错误来，是微不足道的。

“还有一点，一部好剧本或歌剧一旦经过排练，就要短期间歇地一直演下去，只要它还在吸引观众，得到满座。这个办法也适用于一部老剧本或老歌剧。这种脚本也许扔开很久不上演了，现在拿来上演，就要重新排练，才演得成功。这种表演也要短期间歇地重复下去，只要观众对它还感到兴趣。人们总是希望经常看到新的东西，对一部费大力排练出来的好剧本只愿看一次，至多是看两次，或是让前后两次上演之间的间歇拖到六周或八周之久，中间就有必要重新排练。这种情况对剧院是真正的伤害，对参加的演员们的力量也是不可宽恕的浪费。”

歌德好像把这个问题看得很重要，对它非常关心，所以谈到这个问题时热情洋溢，不像他平时那样恬静。

他接着说：“在意大利，人们每夜都上演同一部歌剧，达到四周或六周之久，而伟大的意大利儿女们决不要求更换。有教养的巴黎人看法国大诗人们的古典剧，总是百看不厌，以致能背诵剧文，用经过训练的耳朵去听出每个字音的轻重之分。在魏玛这里，人们让我的《伊菲革涅亚》和《塔索》荣幸地得到上演，可是能演几次呢？四五年还难得演上一次。听众觉得这些剧本乏味，这是很可理解的。演员们没有表演这些剧本的训练，观众也没有听这些剧本的训练。倘若演员们通过较经常的重演，深入体会到所演角色的精神，自己就变成那个角色，他们的表演就有了生命，仿佛不是经过排练，而是一切都从本心深处流露出来，那么，观众就不会仍然不感兴趣，不受感动了。

“实际上我一度有过一个幻想，想有可能培育出一种德国戏剧。我还幻想我自己在

①星期天演戏虽为清教徒所反对，但在欧洲过去已很流行。魏玛剧院主要为宫廷而设，魏玛宫廷星期天有例行晚会，剧院在星期天不演戏是个特例。歌德想破这个例，一方面是为多赚钱，另一方面也是要剧院向一般市民开放。

这方面能有所贡献，为这座大厦砌几块奠基石。我写了《伊菲革涅亚》和《塔索》，就怀着孩子气的希望，望它们能成为这种奠基石。但是没有引起感动或激动，一切还像往常一样。倘若我有了成效，博得了赞赏，我会写出成打的像《伊菲革涅亚》和《塔索》那样的剧本。但是，我已经说过，没有能把这类剧本演得有精神、有生气的演员，也没有能同情地聆听和同情地接受这类剧本的观众。”

# 挑选演员的标准

（1825年4月14日）

今晚在歌德家。因为关于剧院和剧院管理的讨论正提到现时的日程上来，我就问歌德根据什么标准去挑选一个新演员。

歌德回答说："这也很难说，我进行挑选的方式有各种各样。如果新演员原先已有好声望，我就让他表演，看他能否与其他演员合拍，他的表演作风是否扰乱整体，看他能否弥补缺陷。倘若一个年轻人从来没有上过台，我首先就察看他个人的风度，看他有没有悦人或吸引人的地方，特别看他有没有控制自己的能力。因为一个演员如果没有自制力，在旁人面前不能显示出自己做得恰到好处，一般说来，就是个庸才。他这行职业要求他不断地否定自己，不断地在旁人的面具下深入体验着和生活着！

"如果他的外貌和举止动作合我的意，我就让他朗诵，来测验他的发音器官的强度和广度，以及他在心灵方面的能力。我让他读一位大诗人的雄伟章节，来看他能否感觉到真正伟大的东西而且把它表达出来，再让他读些热情奔放乃至粗犷的东西来测验他的气力。然后我让他读些明白易懂的、风神隽永的、讽刺性的俏皮的东西，看他如何处理这类东西，是否有足够的精神自由来运用自如。接着我又让他读一些描写一位伤心人的苦楚、一个伟大心灵的痛苦的章节，看他有没有表达激情的能力。

"如果在这一切方面他都能使我满意，我就有理由希望把他训练成为一个重要的演员。如果他在某些方面显然比另一些方面强，我就会注意他的特长所在。我因此也认识到他的弱点所在，专在这方面加强对他的训练，把他培育成才。我如果发现他发音有方言或土话的毛病，就力劝他把方言土话丢掉，建议他多和没有这种毛病的剧院同事交朋友，进行一些友好的练习。我还要问他会不会舞蹈和击剑，如果不会，我就把他交给击剑师和舞蹈师去培训一段时间。

歌德在文学创作上，绝大部分时间花在写剧本方面。他对挑选演员，培养演员和角色分配有自己独到的看法。

第一，挑选演员：对于上过台的老演员，看表演作风是否符合整体。对于没有上过台的新演员，看个人风度和自控能力，看发音和表达。

第二，培养演员：关注特长，补足弱点。

“如果他练到能上台了，我首先只分配和他的个性相宜的角色给他演，不要求他别的，只要求他把自己表现出来。这时如果我看到他生性火气大，我就叫他演不动情感的冷静人物，反之，如果他生性太安静，没精打采，我就叫他演有火气的鲁莽人物。这样他就学会抛开他自己，设身处地把旁人的性格体验出来。”

话题转到剧本中角色的分配，在这个问题上歌德有下面一段话，我看是值得注意的：

“有一种想法是极错误的，就是认为一部平凡的剧本应该分配给平凡的演员去演。其实，一部第二、三流的剧本如果分配给第一流的演员去演，会出人意料地得到提高，变成好作品。如果这类剧本分配给第二、三流演员去演，效果完全等于零，就不足为奇了。

“二流演员分配在大剧本中倒顶好，因为他们可以起到像绘画中的那种阴影作用，把在强光中的东西很好地烘托出来。”①

第三，一流演员可以驾驭不同的剧本，二流演员可以在大剧本中做好配角。

歌德的做法对现在影视行业有什么启发呢？

①歌德从 1791 年起就任魏玛剧院的总监，除掉到意大利和瑞士旅游之外，任职数十年之久。从剧院建筑、演员培养、上演剧本的选择和排练，乃至经费的筹措，他都躬任其劳。此外，他在文学创作上，绝大部分时间也花在写剧本方面，有些是专为魏玛剧院写的。和他密切合作的席勒也是如此。所以对魏玛剧院的了解是了解歌德和席勒所必不可少的，因此连选以上几篇谈话。

要了解戏剧在歌德的文艺活动中何以占首要地位，还要了解戏剧在西方文艺中所占的地位。西方文艺的几个高峰时代都是戏剧鼎盛时代：第一个高峰是古希腊悲剧时代，第二个高峰是英国莎士比亚时代，第三个高峰是法国莫里哀时代，第四个高峰便是德国歌德时代。戏剧之所以重要，有两个原因。第一，上演的戏剧是一般人民接触文艺的最好途径，也是文艺得到人民鉴定和促进的最好途径。其次，戏剧从起源时起就是抒情诗与史诗的综合（黑格尔的说法）。愈到近代，它所综合的艺术就愈广，首先是与器乐和声乐结合成近代歌剧，有灯光布景、服装装饰乃至舞台建筑的配备，绘画、雕刻、建筑、诗歌、散文都和音乐打成一片了。到了我们这个时代，戏剧通过电影、电视所接触的民众空前广泛，所综合的艺术也空前丰富多彩。这应该是我们文艺的重点，所以歌德的戏剧实践和理论，有一部分还是值得我们借鉴的。

# 学习先于创作，集中精力搞专业

（1825年4月20日）

歌德今晚让我看了一位青年学生的来信，他要求歌德把《浮士德》下卷的提纲给他，因为他有意替歌德写完这部作品。他直率地、愉快地、诚恳地陈述了自己的愿望和意见，最后大言不惭地说，目前所有其他人在文学上的努力都一文不值，而在他自己身上，一种新文学却要开花吐艳了……

歌德说："国家的不幸在于没有人安居乐业，每个人都想掌握政权；文艺界的不幸在于没有人肯欣赏已经创作出的作品，每个人都想由他自己来重新创作。此外，没有人想到在研究一部诗作中求得自己的进步，每个人都想马上也创作出一部诗来。

"此外，人们不认真对待全局，不想为全局服务，每个人只求自己出风头，尽量在世人面前露一手。到处都可以看到这种错误的企图。人们在仿效新近的卖弄技巧的音乐家，不选择使听众获得纯粹音乐享受的曲调来演奏，只选择那种能显示演奏技巧的曲调去博得听众喝彩。到处都是些想出风头的个人，看不见为全局和事业服务而宁愿把自己摆在后面的那种忠诚的努力。

"因此，人们不知不觉地养成了马马虎虎的创作风气。人们从儿童时代起就已在押韵作诗，作到少年时代，就自以为大有作为，一直到了壮年时期，才认识到世间已有的作品多么优美，于是回顾自己在已往年代里浪费了精力，走了些毫无成果的冤枉路，不免灰心丧气。不过也有许多人始终认识不到完美作品的完美所在，也认识不到自己作品的失败，还是照旧马马虎虎地写下去，写到老死为止。

"如果尽早使每个人都学会认识到世间有多么大量的优美的作品，而且认识到如果想做出能和那些作品媲美的作品来，该有多少工作要做，那么，现在那些作诗的青年，一百个人之中肯定难找到一个人有足够的勇气、恒心和才能，来安安静静地工作下去，争取达到已往作品的那种高度优美。有许多青年画家如果早就认识和理解到像拉斐尔那样的大师的作品究竟有什么特点，那么，他们也早就不会提起画笔来了。"

话题转到一般错误的志向，歌德接着说："我过去对绘画艺术的实践志向实在是错误的，因为我在这方面缺乏有发展前途的自然才能。对周围自然风景我原来也有一定的敏感，所以我早年的绘画尝试倒是有希望的。意大利之游毁坏了我作画的乐趣。取而代之的是一种广泛的阅览，可爱的娴熟手腕就一去不复返了。我既然不能从技巧和美感方面发展艺术才能，我的努力就化为乌有了。"

歌德接着说："有人说得很对，人的才能最好是得到全面发展，不过这不是人生来就可以办到的。每个人都要把自己培养成为某一种人，然后才设法去理解人类各种才能的总和。①”

听到这番话，我就想起《威廉·麦斯特》里有一段也说：“世上所有的人合在一起才组成人类，我们只能关心我们懂得赏识的东西。”我还想到《漫游时代》里的雅诺劝每个人只学一门专业，他说现在是要片面性的时代，既懂得这个道理而又按照这个道理为自己和旁人进行工作的人，是值得庆贺的。

这里有一个问题：一个人该选择什么专业才既不越出自己的能力范围，又不致做得太少呢?

一个人的任务如果在监督许多部门，要进行判断和领导，他就应该对许多部门都力求获得尽可能深刻的见识。例如一个领袖或未来的政治家在教养方面就不怕过分的多面性，因为他的专业正需要多面性。

诗人也应力求获得多方面的知识，因为整个世界都是他的题材，他对这种题材要懂得如何处理和如何表达。

但是一个诗人不应设法当一个画家，他只要能通过语言把世界反映出来，就该心满意足了，正如他把登台表演留给演员去干一样。

见识和实践才能要区别开来，应该想到，每种艺术在动手实践时都是艰巨的工作，要达到纯熟的掌握，都要费毕生的精力。

所以歌德虽力求多方面的见识，在实践方面却专心致志地从事一种专业。在实践方面他真正达到纯熟掌握的只有一门艺术，那就是用德文写作的艺术。至于他所表达的题材是多方面的自然，那又是另一回事了。

要对自己所研究的专业掌握更多的知识。掌握更多的知识才能衡量自己的作为。

教养和实践活动也应该区别开来。诗人的教养要求把眼睛多方训练到能掌握外界事物。歌德虽然说他对绘画的实践志向是错误的，但是这对于训练他成为诗人还是有益的。

---

①最后一句，英译作“不过同时设法达到全人类都是组成部分的那个总的概念”，法译作“然后设法认识其他许多个人总和所代表的东西”。统观全段，歌德要说的是：人类全体各方面的才能应该得到全面发展，每个人应有专业，只能发展某一种才能，然后去认识各种领域的成就。

歌德说过："我的诗所显示的客观性①要归功于上面说的极端注意眼睛的训练。所以我十分重视从眼睛训练方面获得的知识。"

不过我们要当心，不要把教养的范围弄得太广阔。

歌德说过："自然科学家们最容易犯这种范围太广的毛病，因为研究自然正要求协调的广泛的教养。"

但是另一方面，每个人对他那一专业所必不可少的知识也应努力避免狭隘和片面。

写剧本的诗人应该有舞台方面的知识，才能衡量他可以利用的手段，尤其是知道什么事该做，什么事不该做。为歌剧作曲的人也应该懂诗，才能分别好坏，不致用不合适的东西来糟踏他那门艺术。

歌德说过："韦伯不该作《欧里扬特》那部乐曲②，他应该很快就看出所用的题材很坏，做不出好东西来。我们应该要求每个作曲家把懂诗当作他那门艺术所应有的前提。"

画家也应有区别题材的知识，因为他那门艺术也要求他懂得什么该画和什么不该画。

歌德说过："说到究竟，最大的艺术本领在于懂得限制自己的范围，不旁驰博骛。"

因此，自从我和歌德接近以来，他一直要我提防一切分心的事，经常力求把精力集中在一门专业上。如果我表现出一点研究自然科学的兴趣，他总是劝我莫管那些闲事，目前且专心致志地在诗方面下功夫。如果我想读一部他认为对我的专业没有帮助的书，他也总是劝我不要读，说它对我毫不实用。

他有一天对我说："我自己在许多不属于我本行的事物上浪费了太多的时间。我一想到维迦③写了多少剧本，就觉得自己写的诗作实在太少了。我本来应该更专心搞自己的本行才对。"

另一回，他又说："假如我没有在石头上费过那么多的功夫，把时间用得节省些，我就很可能把最珍贵的金刚钻拿到手了。"

由于这个原因，他钦佩和称赞他的朋友迈尔④，说他毕生专心致志地研究艺术，所以在这方面具有公认为最高的卓越见识。

歌德说："我也很早就有研究艺术的志向，差不多花了半生光阴去观赏研究艺术作品。但是在某些方面我比不上迈尔，所以我每逢得到一幅新画，不马上请迈尔鉴定，先要自

---

①原文 Gegenstandlichkeit 照字面可译"客观性"或"对象性"，指的不是一般"客观态度"，而是有客观现实的基础，译"现实性"或较妥。

②韦伯(Carl Maria von Weber,1786—1826)，奥国著名的音乐家，《自由射击手》和《仙王奥伯雍》两支歌曲的作者，他的《欧里扬特》1823年在维也纳上演过，不成功。

③维迦（Lope de Vega，1562—1635），著名的多产的西班牙剧作家，据说他写的剧本总数在一千五百种左右。

④见《关于歌德的游记，论题材对文艺的重要性》第 11 页注①。

己细看一番，得出自己的看法。等到我自信已把画的优点和缺点都看到了，才把画拿给迈尔看。迈尔比我看到的当然深刻得多，在许多地方他看出我没有看到的东西。这样我就日益看出在哪一门专业中说得上有伟大成就意味着什么，要费多大功夫才能达到。迈尔所具有的是对整整几千年艺术的深刻见解。”①

①爱克曼记歌德的谈话一般是根据每一次谈话的实况，一次可以谈几个题目，但偶尔也围绕某一专题，把多次谈话综合在一起。在这种场合，爱克曼所做的工作就不只是记录，更重要的是编辑，他也表达出更多的个人见解。这次谈话就是一个例子。歌德自己的兴趣很广，他费过很多功夫研究颜色学、植物变形学、矿物学和气象学，对当时英、德、法的历史和哲学也很注意，更不消说对文学的姊妹艺术如雕刻、绘画、建筑和音乐之类都是经常钻研的。在这篇谈话里他却劝人专心致志地搞一门专业，不要分散精力。这是根据他个人的经验，同时也反映出资产阶级式的分工日益严密。在文艺复兴时代，“通才教育”还是一个理想。歌德早期实践还是根据“通才”理想，晚年才日益感受到分工制的压力。

## 歌德埋怨泽尔特说他不是“人民之友”

（1825年4月27日）

傍晚去看歌德，他先约我坐马车到公园下区一游。他对我说：“在动身之前，我让你先看看我昨天收到的泽尔特①的一封信，其中谈到我们剧院的事。信上有这几句话：‘我早已看出，要在魏玛为人民建立一座剧院，你并不是一个适当的人。谁把自己变成青色的，羊就会吃掉他。②其他那些当酒还在发酵时就想把瓶口塞住的高贵的老爷们③也应该想到这一点。朋友们，我们居然活着看到了这种事情！’”

歌德看了我一眼，我们两人都笑起来了。他说：“泽尔特是个很好的人，可是他有时不能完全了解我，对我的话作了错误的解释。我毕生都在献身于人民和人民的教化，为什么就不该为他们建立一座剧院呢？只是在魏玛这个居民很少的地方，有人曾开玩笑说，这里有上万的诗人和寥寥几家住户，这里哪能说得上人民呢？更不消说，哪里能谈到人民的剧院呢？魏玛将来无疑也要变成一个大城市，不过想看到魏玛人民繁荣到足以坐满一个剧院，建立和维持一个剧院，我们还要等几百年才行。”……

（游了一趟回来了）泽尔特的信还摆在桌上。歌德说：“奇怪，真奇怪，一个人的地位在舆论中竟弄到这样是非颠倒！我想不起我曾做过什么得罪人民的事，可是现在竟有人对我下了定论，说我不是人民的朋友。我当然不是革命暴徒的朋友。他们干的是劫掠和杀人放火，在为公众谋福利的幌子下干着最卑鄙的自私勾当。我跟这种人不是朋友，正如我不是路易十五的朋友一样。我憎恨一切暴力颠覆，因为得到的好处和毁掉的好处不过相等而已。我憎恨进行暴力颠覆的人，也憎恨招致暴力颠覆的人。但是我因此就不是人民的朋友吗？一切精神正常的人是否不这样看呢？

“你知道我多么高兴看到任何使我们看到未来远景的改良。但是我已说过，任何使用暴力的跃进都在我心里引起反感，因为它不符合自然。

“我跟植物是朋友，我爱好玫瑰，把它看作我们德国自然界所能产生的最完美的花卉，可是我不那么傻，想在这四月底就在我自己的花园里看见玫瑰花。如果我现在能看到初

①泽尔特（Zelter，1758—1832），德国建筑师和音乐家，歌德的朋友，曾替歌德的一些短歌谱曲，在观点上他显然比歌德进步。

②1934年苏联科学院出版的本书俄译本把这两句译成谚语：“既然叫作蘑菇，就要任人采食。”

③指时机不成熟就想求速成的人们。

发青的玫瑰嫩叶，看到它一片又一片地在枝上长起来，一周又一周地壮大起来，五月看到花蕾，六月看到繁花怒放，芳香扑鼻，我就心满意足了。谁要不耐烦等待，就请他到暖房里去吧。

“现在还有人说我是君主的一个仆役、一个奴隶。好像这种话有什么意思似的！我所服役的是一个暴君？一个独裁者？是一个吸吮人民的血汗来供他个人享乐的君主？多谢老天爷，这种君主，这样的时代，都已远远落在我们后面了。半个世纪以来，我一直和魏玛大公爵保持着最亲密的关系，在这半个世纪中我和他一起努力工作。但是如果我说得出大公爵有哪一天不在想着要做一点事，采取一点措施，来为地方谋福利，来改善一些个人的生活情况，那我就是在说谎。就大公爵个人来说，他的君主地位给他带来的只有辛苦和困难，此外还有什么呢？他的住宅、服装和饮食比起一个殷实的居民来要胜过一筹吗？你只要到我们的海滨城市看看，就会看出任何一个殷实商人的厨房和酒窖里的储备都要比大公爵的更好。”

歌德继续说：“今年秋天我们要庆祝大公爵开始执政的五十周年纪念日。不过我如果正确地想一想他这五十年的执政，那还不只是一种经常不断的服役吗？还不只是一种达到伟大目的的服役、一种为他的人民谋福利的服役吗？如果我被迫当一个君主的仆役，我至少有一点可以自慰，那就是，我只是替一个自己也是替公共利益当仆役的主子当仆役罢了。”①

---

①在这次谈话里，歌德继1824年2月4日的谈话之后又对自己的政治观点作了自供。泽尔特本是他的好友，直率地告诉他，他是为宫廷贵族服务的，不是“人民的朋友”。他对这类批评很敏感，总觉得旁人冤枉了他，力图替自己开脱。

# 歌德为剧院赚钱辩护，谈古希腊悲剧的衰亡

（1825年5月1日）

在歌德家吃晚饭。可以设想到，头一个话题是新剧院建筑计划的改变①。我原来担心这个最出人意料的措施会大伤歌德的感情。可是一点迹象也没有。我发现他的心情非常和蔼愉快，丝毫不露小气敏感的声色。

他说："有人在大公爵面前从花费方面攻击我们的计划，说改变一下原计划，就可以节省很多，他们胜利了。我看改变也没有什么不对。一座新剧院毕竟也不过是一个新的火化堆，迟早总有一天会在某种事故中焚毁掉。我就是拿这一点来自慰。此外，多一点或少一点，高一点或低一点，都是不值得计较的。你们还是可以有一座过得去的剧院，尽管它不如我原来所希望或设想的。你们还是进去看戏，我也还是进去看戏。到头来一切都会顶好。"

歌德继续说："大公爵向我说了他的意见，认为一座剧院用不着建筑得堂皇壮丽，这当然是无可非议的。他还认为剧院从来只有一个目的，那就是要赚钱。这个看法乍听起来倒是有点唯利是图，可是好好地想一想，也绝不是没有较高尚的一面。因为一座剧院不仅要应付开销，而且还要赚些余钱，以便把一切都办得顶好。它在最上层要有最好的领导，演员们要完全是第一流的，要经常上演最好的剧本，以便每晚都达到满座。不过这是用很少几句话来说出很多的内容，这几乎是不可能的。"

我说："大公爵想利用剧院去赚钱的看法既然意味着必须经常维持住尽善尽美的高峰，似乎是切实可行的。"

歌德回答说："就连莎士比亚和莫里哀也没有其他看法。他们也首先要用剧院来赚钱啊。为了达到这个主要目的，他们就必须力求一切都尽善尽美，除了一些很好的老剧本以外，还要偶尔演一些崭新的好剧本来吸引观众，使他们感到乐趣。禁止《伪君子》上演对莫里哀是个沉重的打击，这与其说是对作为诗人的莫里哀，倒不如说是对作为剧院老板的莫里哀。作为剧院老板，他得考虑一个重要剧团的福利，要使他自己和演员都有饭吃……

"假如我是大公爵，我就要在将来主管部门有人事变动时，给年度补助金规定一个

①旧剧院失火后，歌德设计了一个新剧院的图样，大公爵听了反对派的话，没有用歌德的设计而用反对派的设计，理由是前者花费太大。

永远适用的定额。我要根据过去十年的补助金求得一个平均数，以这个平均数为准，来规定一个公认为足够维持剧团的定额。依靠这笔补助金，我们应该能处理剧院的家务。然后我还要进一步建议，如果院长和导演们通过他们的审慎的强有力的领导，使得财库到年终时还有盈余，这笔盈余就该归院长、导演们和剧团中主要成员分享，作为奖金。这样你就会看到剧院活跃起来，整个机构就会从逐渐打瞌睡的状态中苏醒过来了。"

歌德继续说："我们的剧院规章有各种各样的处罚条文，但是没有一条酬劳和奖励优异功勋的规程。这是一个大缺点，因为每犯一次错误，我就看到要扣薪；每次做了超过分内的事，我也就应该看得到酬劳。只有每个人都肯比分内事多做一点，剧院才会兴旺起来。"[①]……

天气很好，我们在园子里走来走去，然后坐在一条凳子上，背后是矮树篱的嫩叶。我们谈到俄底修斯的弓，谈到荷马史诗里的古希腊英雄们，谈到古希腊悲剧，最后谈到一种广泛流传的说法，说欧里庇得斯造成了古希腊戏剧的衰亡。歌德绝对不赞成这种看法。

他说："说任何个人能造成一种艺术的衰亡，我决不赞成这种看法。有许多不易说明的因素加在一道起作用，才造成了这种结局。很难说古希腊悲剧艺术在欧里庇得斯一人手里衰亡，正犹如很难说古希腊雕刻艺术是在生于斐底阿斯时代[②]而成就不如斐底阿斯的某个大雕刻家手里衰亡一样。因为一个时代如果真伟大，它就必然走前进上升的道路,第一流以下的作品就不会起什么作用。但是欧里庇得斯所处的是多么伟大的时代呀！那个时代的文艺趣味是前进而不是倒退的。当时雕刻还没有达到顶峰，绘画还仅仅处在萌芽状态。

"纵使欧里庇得斯的作品比起索福克勒斯的作品来确实有很大的缺点，也不能因此说继起的诗人们就只模仿这些缺点，导致悲剧的衰亡。但是如果欧里庇得斯的剧本也有很大的优点，有些甚至比索福克勒斯的作品更好，继起的诗人们为什么不努力模仿这些优点呢？为什么就不能至少和欧里庇得斯一样伟大呢？

"不过在著名的三大悲剧家[③]之后，没有出现过同样伟大的第四个、第五个乃至第六个悲剧家，这个事实确实是不易说明的。我们可以有我们的揣测，多少可以接近真理。

"人是一种简单的东西。不管他多么丰富多彩，多么深不可测，他所处情境的循环周期毕竟不久就要终结的。

"如果当时的情况就像我们可怜的德国现在这样，莱辛写过两三种，我写过三四种，席勒写过五六种过得去的剧本，那么，当时古希腊也很可能出现第四个、第五个乃至第

---

①歌德的这套生意经，说明了恩格斯指出的歌德具有伟大诗人和德国庸俗市民的两面性格的矛盾。

②斐底阿斯是古希腊最大的雕刻家，生于公元前5世纪雅典鼎盛时期。

③三大悲剧家指埃斯库罗斯、索福克勒斯和欧里庇得斯。

六个悲剧家。

“但是古希腊当时境况却不同，作品多得不可胜数，三大悲剧家每人都写过一百种或接近一百种的剧本。荷马史诗中的题材和古希腊英雄传说大部分都已用过三四次了。当时存在的作品既然这样丰富，我认为人们不难理解，内容材料都要逐渐用完了，继三大悲剧家之后，任何诗人都看不到出路了。

“他再写有什么用处呢！说到究竟，当时的剧本不是已经很够用了吗？埃斯库罗斯、索福克勒斯和欧里庇得斯三人的那种深度的作品不是摆在那里，让人们听而又听都不感到腻味，不肯任其淹没吗？就连流传下来的他们的一些宏伟的断简残篇所显出的广度和深度，就已使我们这些可怜的欧洲人钻研了一百年之久，而且还要继续搞上几百年才行哩。”

歌德这里提到要学习与自己性格相似的、自己喜爱的作家。特别提到了莫里哀对他的影响。

# 歌德谈他所受的影响，特别提到莫里哀

（1825 年 5 月 12 日）

歌德说：“关键在于我们要向他学习的作家须符合我们自己的性格。例如卡尔德隆尽管伟大，尽管我也很佩服他，对我却没有发生什么影响，不管是好的还是坏的。但是对于席勒，卡尔德隆就很危险，会把他引入歧途。很幸运，卡尔德隆到席勒去世之后才在德国为一般人所熟悉。卡尔德隆最大的长处在技巧和戏剧效果方面，而席勒则在意图上远为健康、严肃和雄伟，所以席勒如果在自己的长处方面有所损失，而在其他方面又没有学到卡尔德隆的长处，那就很可惜了。”

歌德对悲剧和喜剧的界限有自己的思考，认为二者是可以相融合的。

我们谈到莫里哀，歌德说：“莫里哀是很伟大的，我们每次重温他的作品，每次都重新感到惊讶。他是个与众不同的人，他的喜剧作品跨到了悲剧界限边上，①都写得很聪明，没有人有胆量去模仿他。他的《悭吝人》使利欲消灭了父子之间的恩爱，是特别伟大的，带有高度悲剧性的。但是经过修改的德文译本却把原来的儿子改成一般亲属，就变得软弱无力，不成名堂了。他们不敢像莫里哀那样把利欲的真相揭露出来。但是一般产生悲剧效果的东西，除掉不可容忍的因素之外，还有什么呢？

同学们，你有没有喜爱的作家，能不能谈谈他的创作风格？

“我每年都要读几部莫里哀的作品，正如我经常要翻阅版刻的意大利大画师的作品一样。因为我们这些小人物不能把这类作品的伟大处铭刻在心里，所以需要经常温习，以便使原来的印象不断更新。

“人们老是在谈独创性，但是什么才是独创性！我们一生下来，世界就开始对我们发生影响，而这种影响一直要发生下

①歌德这段评论打破了悲剧和喜剧的传统界限，是值得深思的。单纯的喜剧往往流于闹剧，最高的剧体诗总是悲喜剧混合，令人啼笑皆非。另一个显著的例子也许是莎士比亚。

去，直到我们过完了这一生。除掉精力、气力和意志以外，还有什么可以叫作我们自己的呢？如果我能算一算我应归功于一切伟大的前辈和同辈的东西，此外剩下来的东西也就不多了。

“不过在我们一生中，受到新的、重要的个人影响的那个时期绝不是无关要旨的。莱辛、温克尔曼和康德都比我年纪大，我早年受到前两人的影响，老年受到康德的影响，这个情况对我是很重要的。再说，席勒还很年轻，刚投身于他的最新的事业时，我已开始对世界感到厌倦了，同时，洪堡弟兄[①]和施莱格尔弟兄都是在我的眼下登上台的。这个情况也非常重要，我从中获得了说不尽的益处。”

歌德谈了一些重要人物对他的影响之后，话题就转到他对别人的影响。我提起毕尔格尔[②]，我看这方面似乎有问题，因为毕尔格尔的纯粹信任自然的才能似乎没有显示出歌德的影响。

歌德说：“毕尔格尔在才能方面和我有接近处，但是他的道德修养却植根于完全不同的土壤。一个人在修养进程中怎样开始，就会沿着那条线前进。一个在30岁上写出《希尼普斯夫人》那样的诗的人，显然有些偏离我所走的方向。由于他确实有很大的才能，他博得了一批他很能予以满足的观众，所以对于一个和他无关的同时代诗人有什么特点，他就不操心了。

“一般说来，我们只向我们喜爱的人学习。正在成长的年轻的有才能的人对我有这种好感，但是和我同辈的人之中对我很少有这种好感。我数不出一个重要的人物，说他对我完全满意。人们就连对我的《维特》也进行挑剔，如果我把被指责的字句都勾销掉，全书就很难剩下一句了。不过这一切指责对我毫无害处，因为某些个人的主观判断，不管他们多么重要，毕竟由人民大众纠正过来了。谁不指望有成百万的读者，他就不应该写出一行文字来。

“听众对于席勒和我谁最伟大这个问题争论了二十年。其实有这么两个家伙让他们可以争论，他们倒应该感到庆幸。”

---

①亚力山大·洪堡（1769—1859），地质地理学家，著有《论宇宙》和《新大陆地理》等书。其兄威廉·洪堡见《论席勒醉心于抽象哲学的理念使他的诗受到损害》注②（P13）。

②毕尔格尔（G.A.Bürger，1747—1794），德国抒情诗人，浪漫运动的先驱之一，民歌《李娜尔》的作者。

# 诗人在特殊中表现一般，英、法对比

（1825年6月11日）

……接着我们谈到世界历史情况和诗的关系，在多大程度上某一国人民的历史比另一国人民的历史更有利于诗人。

歌德说："诗人应该抓住特殊，如果其中有些健康的因素，他就会从这特殊中表现出一般。英国历史特殊，适宜于诗的表现方式，因为其中有些经常重现的善良的、健康的，因而是带有一般性的因素。法国历史却和诗不相宜，因为它只代表一个一去不复返的生活时代。法国人民的文学，就其植根于这种时代来说，只表现出一种随时代消逝而变为陈旧的特殊。"

歌德后来又说："现代法国文学还很难评判。德国的影响在法国正在酝酿中，我们要看到结果如何，还要过二十年才行。"

接着我们谈到一些美学家费力对诗和诗人的本质下抽象的定义，达不到任何明显的结果。

歌德说："有什么必要下那么多的定义？对情境的生动情感加上把它表现出来的本领，这就形成诗人了。"

# 近代文学界的弊病，根源在于作家和批评家们缺乏高尚的人格

（1825年10月15日）

今晚歌德显得兴高采烈，我有幸又从他口里听到许多重要的话。我们谈到文学界的近况，歌德发表了以下的意见：

“一些个别的研究者和作者们人格上的欠缺，是最近我们文学界一切弊病的根源。特别在批评方面，这种缺点对世界很有害，因为它不是混淆是非，就是用一种微不足道的真相去取消对我们更好的伟大事物。

“已往世人都相信路克里蒂娅[①]和斯克夫拉[②]那样人物的英勇，并且受到鼓舞。现在却出现一种历史批判，说这些人物根本不曾存在，他们只能看作罗马人的伟大幻想所虚构的传说。这样一种可怜的真相对我们有什么好处呢？罗马人既然足够伟大，有能力虚构出这样的传说，我们就没有一点伟大品质去相信这种传说吗？”……

歌德还谈到另一类研究者和作者。他说：“我如果不曾通过科学研究来考察这类人，就决不会看出他们多么卑鄙，多么不关心真正伟大的目标。可是通过研究，我看出多数人讲学问只是把它看作饭碗，他们甚至奉谬误为神圣，借此谋生。

“美文学领域的情况也并不比较好。伟大的目标，对真理和德行的爱好和宣扬，在这个领域里也是很稀罕的现象。甲吹捧乙，支持乙，因为希望借此得到乙的吹捧和支持。真正伟大的东西在这班人看来是可厌恨的，他们总想使它淹没掉，让他们在‘猴子世界称霸王’。大众如此，显要人物们也好不了多少。

“某人[③]凭他的卓越才能和渊博学识本来可以替本民族做出很大的贡献。但是由于他

---

①路克里蒂娅（Lucretia），古罗马一位美丽的贵夫人，曾被罗马国王赛克斯特强奸，她为着怂恿她的丈夫和族人替她雪耻，当众自刎而死，引起罗马内战，国王被逐出罗马。莎士比亚曾用这个题材写过一篇长诗《路克里斯被强奸》。

②斯克夫拉（Scevola），古罗马一位英雄，他单身潜入敌营谋刺敌国王，被发现后受酷刑不屈，敌兵没有敢杀他，退兵讲和。

③原作没有提名，据当时文学界情况，似指消极浪漫派文学史家和戏剧理论家威廉·施莱格尔。黑格尔在《美学》里也屡次批判此人的《滑稽说》。

没有人格，他没有在我国产生非凡的影响，也没有博得国人的崇敬。

“我们所缺乏的是一个像莱辛似的人，莱辛之所以伟大，全凭他的人格和坚定性！那样聪明博学的人到处都是，但是哪里找得出那样的人格呢！

“很多人足够聪明，有满肚子的学问，可是也有满脑子的虚荣心，为着让眼光短浅的俗人赞赏他们是才子，他们简直不知羞耻，对他们来说，世间没有什么东西是神圣的。

“所以根里斯夫人①指责伏尔泰放纵自由，亵渎神圣，她是完全正确的。伏尔泰的一切话尽管都很俏皮，但是对世界没有一点好处，不能当作什么根据，而且贻害很大，因为淆乱视听，使人无所依据。

“说到究竟，我们知道什么呢？凭我们的全部才智，我们能知道多少呢？人生下来，不是为着解决世界问题，而是找出问题所在，谨守可知解的范围去行事。

“单靠人的能力是不能衡量整个宇宙的一切活动的。凭人的狭隘观点，要想使整个世界具有理性，那是徒劳的。人的理性和神的理性完全是两回事。”……

“我们只能把对世界有益的那些高尚原则说出来，把其他原则藏在心里，它们会像潜藏的太阳，把柔和的光辉照射到我们的一切行动上。”②

---

①根里斯夫人（Frau von Genlis,1746—1830),法国女作家,天主教信徒,在她的十卷《回忆录》里对伏尔泰极力攻击。此书在歌德发表这篇谈话时刚出版。

②这篇谈话反映出歌德对当时德国文学情况深为不满，希望将来再出现德国启蒙运动领袖莱辛那样光明正大而又坚强的人物。浪漫运动从开始出现在德国之日起就具有消极的颓废色彩，这是使歌德特别感到失望的，所以他在谈话中屡次强调作者须具有健康刚强的性格。他推崇希腊古典文学，也是针对浪漫主义的流弊所开的方剂。

# 赞莎士比亚，拜伦的诗是“被扣押的议会发言”

（1825 年 12 月 25 日）

……歌德拿了一部非常有意思的英文作品给我看。这部作品替《莎士比亚全集》作了一些插画来说明。每页插上六张小图，每张小图下面写了一些诗句，使每部作品的主旨和主要情境都呈现在眼前。全套不朽的悲剧和喜剧像戴面具的游行队伍一样在我们的眼前走过。

歌德说：“浏览这些小图使人感到震惊。由此人们可以初次认识到，莎士比亚多么无限丰富和伟大呀！他把人类生活中的一切动机都画出来和说出来了！而且显得多么容易，多么自由！

“不过我们对莎士比亚简直谈不出什么来，谈得出的全不恰当。我在《威廉·麦斯特》里已谈过一些，可是都算不了什么。莎士比亚并不是一个适合在舞台上演的剧体诗人。他从来不考虑舞台。对他的伟大心灵来说，舞台太窄狭了，甚至这整个可以眼见的世界也太窄狭了。

“他太丰富，太雄壮了。一个创作家每年只应读一种莎士比亚的剧本，否则他的创作才能就会被莎士比亚压垮。我通过写《葛兹·封·伯利欣根》和《哀格蒙特》来摆脱莎士比亚，我做得对；拜伦不过分地崇敬莎士比亚而走他自己的道路，他也做得很对。有多少卓越的德国作家没有让莎士比亚和卡尔德隆压垮呢！

“莎士比亚给我们的是银盘装着金橘。我们通过学习，拿到了他的银盘，但是我们只能拿土豆来装进盘里。”

我笑了，很欣赏这个绝妙的比喻。

歌德接着把泽尔特的一封信读给我听，信里谈到《麦克白》在柏林上演，音乐跟不上剧本中雄伟精神性格的步伐，像泽尔特在信里一些话所表明的。通过歌德的朗读，信的生动效果都显示出来。歌德读到特别有意思的段落时往往停顿一下，让我们玩味欣赏。

歌德这次说过：“我认为《麦克白》在莎士比亚全部剧本中是一部最宜于在舞台上演出的。它显出莎士比亚对于舞台的深刻理解。如果你想认识莎士比亚的毫无拘束的自由心灵，你最好去读《特洛伊勒斯与克丽西达》，莎士比亚在这部剧本里以自己的方式处理了荷马史诗《伊利亚特》中的材料。”

话题转到拜伦，谈到拜伦和莎士比亚对比起来，在天真爽朗方面较为逊色，还谈到拜伦由于在作品中对多方面所持的否定态度，往往引起了大半无理的谴责。

歌德说：“假如拜伦有机会通过一些强硬的议会发言把胸中那股反抗精神发泄掉，他就会成为一个较纯粹的诗人。但是他在议会里很少发言，把反对他的国家的全部愤怒情感都藏在心里，没有其他方式可发泄，于是就用诗的方式发泄出来了。所以我可以把拜伦大部分表示否定态度的作品称为‘被扣押的议会发言’，我想这个名称对他那些诗不能说是不合适的。”

## 1826 年

# 衰亡时代的艺术重主观，健康的艺术必然是客观的

（1826 年 1 月 29 日）

第一流的德国即席演唱家、汉堡的沃尔夫博士来到这里已有几天，并且公开展示过他的稀有才能了。星期五晚上，他向广大听众和魏玛宫廷显贵做了一次即席演唱的光辉表演。当天晚上他就接到歌德一份请帖，时间约在次日中午。

昨晚他在歌德面前表演之后，我跟他谈过话。他非常高兴，说这天晚上在他的生平将是划时代的，因为歌德向他说了几句话，向他指出一条崭新的道路，并且一针见血地指出了他的毛病。

今晚我在歌德家，话题立即针对着沃尔夫。我告诉歌德说："您给沃尔夫的忠告，他听到很欢喜。"

歌德说："我对他很直率，如果我的话对他发生了影响，引起了激动，那倒是一个吉兆。他无疑有明显的才能，但是患着现时代的通病，即主观的毛病，我想对他进行医疗。我出了一个题目来试验他，向他说，请替我描绘一下你回汉堡的行程。他马上就准备好了，信口说出一段音调和谐的诗。我不能不感到惊讶，但是我并不赞赏。他描绘的不是回到汉堡的行程，而只是回到父母亲友身边的情绪，他的诗用来描绘回到汉堡和用来描绘回到梅泽堡或耶拿都是一样。可是汉堡是多么值得注意的一个奇特的城市啊！如果他懂得或敢于正确地抓住题目，汉堡这个丰富的领域会提供多么好的机会来作出细致的描绘啊！"

我插嘴说："这种主观倾向要归咎于听众，听众都明确地对卖弄情感的货色喝彩嘛。"

歌德说："也许是那样，但是听众如果听到较好的东西，他们会更高兴。我敢说，如果凭沃尔夫的即席演唱的才能，来忠实地描绘罗马、那不勒斯、维也纳、汉堡或伦敦之类大城市的生活，把它描绘得有声有色，使听众觉得一切如在眼前，他们都会欣喜若狂。沃尔夫如果能对客观事物鞭辟入里，他就会得救。这是他能办到的，因为他并不缺乏想象力。只是他必须当机立断，牢牢抓住客观真相。"

我说："恐怕这比我们所想象的要难，因为这需要他的思想方式来一个大转变。如果他做到了这一点，他在创作方面就要有一个暂时的停顿，还要经过长期锻炼，才能熟悉客观事物，客观事物对他才成为一种第二自然。"

歌德说："跨出的这一步当然是非常大的，不过他必须拿出勇气，当机立断。这正如在游泳时怕水，我们只要把心一横，马上跳下去，水就归我们驾驭了。"

歌德接着说："一个人如果想学歌唱，他的自然音域以内的一切音对他是容易的，

至于他的音域以外的那些音，起初对他却是非常困难的。但是他既想成为一个歌手，他就必须克服那些困难的音，因为他必须能够驾驭它们。就诗人来说，也是如此。要是他只能表达他自己的那一点主观情绪，他还算不上什么；但是一旦能掌握住世界而且能把它表达出来，他就是一个诗人了。此后他就有写不尽的材料，而且能写出经常是新鲜的东西。至于主观诗人，却很快就把他的内心生活的那一点材料用完，而且终于陷入习套作风了。①

"人们老是谈要学习古人②，但是这没有什么别的意思，只是说，要面向现实世界，设法把它表达出来，因为古人也正是写他们在其中生活的那个世界。"

歌德站起来在室内走来走去，我遵照他的意思仍在桌旁凳上坐着。他在炉旁站了一会儿，若有所思，又走到我身边来，把手指按着嘴唇向我说："现在我要向你指出一个事实，这是你也许会在经验中证实的。一切倒退和衰亡的时代都是主观的，与此相反，一切前进上升的时代都有一种客观的倾向。我们现在这个时代是一个倒退的时代，因为它是一个主观的时代。这一点你不仅在诗方面可以见出，就连在绘画和其他许多方面也可以见出。与此相反，一切健康的努力都是由内心世界转向外在世界，像你所看到的一切伟大的时代都是努力前进的，都是具有客观性格的。"

这些话引起了一次顶有趣的谈话，特别提到了 15 世纪和 16 世纪那个伟大的时期。

话题又转到戏剧和近代作品中的软弱、感伤和忧郁的现象。我说："现在我正从莫里哀那里得到力量和安慰。我已经把他的《悭吝人》译出来，现在正译《不由自主的医生》。莫里哀真是一位纯真伟大的人物啊！"歌德说："对，'纯真的人物'对他是一个很恰当的称呼，他没有什么隐讳或歪曲的地方。还有他的伟大！他统治着他那个时代的风尚，我们德国伊夫兰和考茨布这两个喜剧家却不然，他们都受现时德国风尚的统治，就局限在这种风尚里，被它围困住。莫里哀按照人们本来的样子去描绘他们，从而惩戒他们。"……

---

①"习套作风"原文是 manier。在这一点上，歌德和黑格尔是一致的，参看黑格尔的《美学》（第一卷）《论"主观的作风"（即习套作风）》这一节。

②指古希腊人。

# 上演的剧本不同于只供阅读的剧本，备演剧目

（1826年7月26日）

今晚我荣幸地听到歌德谈了很多关于戏剧的话。

我告诉歌德说，我有一个朋友想把拜伦的剧本《浮斯卡里父子俩》[①]安排上演。歌德对它能否成功表示怀疑。

他说："那确实是一件有引诱力的事。一部剧本读起来对我们产生巨大效果，我们就认为可以拿它上演，不费什么力量就可以成功。但这是另一回事。一部剧本如果本来不是作者本着自己的意图和才力为上演而写出的，上演就不会成功，不管你怎么演，它还是有些别扭甚至引起反感。我费过多少力量写出《葛兹·封·伯利欣根》！可是作为上演的剧本，它就不对头。它太长了，我不得不把它分成两部分，后一部分倒是可以产生戏剧效果的，可是前一部分只能看作一种说明性的情节介绍[②]。如果把前一部分只作为情节介绍先来一次演出，以后连场复演时只演后一部分，那也许会行。席勒的《华伦斯坦》也有类似的情况，其中皮柯乐米尼部分经不住复演，后来华伦斯坦之死部分却是人们常看不厌的。[③]"

我问，一部剧本要怎样写才会产生戏剧效果。

歌德说："那必须是象征性的。这就是说，每个情节必须本身就有意义，而且指向某种意义更大的情节。从这个观点看，莫里哀的《伪君子》是个极好的模范。想一想其中第一景是个多么好的情节介绍啊！一开始一切都有很大的意义，而且导向某种更大的意义。莱辛的《明娜·封·巴尔赫姆》[④]的情节介绍也很高明，但是《伪君子》的情节介绍在世间只能见到一次，它在同类体裁中要算是最好的。"

接着我们谈到卡尔德隆的剧本。

---

①《浮斯卡里父子俩》写威尼斯政府首脑和他的犯法判死刑的儿子的历史悲剧。

②"情节介绍"原文是exposition，是剧艺中一个术语，指关于矛盾的产生的介绍。西方剧本一般分五幕，情节发展的顶点通常在第三幕，以后便转入矛盾的解决。

③《华伦斯坦》分为三部：《华伦斯坦的阵营》《皮柯乐米尼父子》和《华伦斯坦之死》。

④莱辛的戏剧杰作之一，新兴市民剧的范例。

歌德说："在卡尔德隆的作品里，你可以看到同样完美的戏剧效果。他的剧本全都便于上演，其中没有哪一笔不是针对所要产生的效果而着意写出来的。他是一个同时具有最高理解力的天才。"

我说："很奇怪，莎士比亚所有的剧本都是为着上演而写出的，可是按严格的意义来说，却不能算是便于上演的剧本。"

歌德回答说："莎士比亚所写的剧本全是吐自衷曲，而且他的时代以及当时舞台的布置对他也没有提出什么要求，人们满足于莎士比亚拿给他们的东西。假如他是为马德里宫廷或是路易十四的剧院而写作的，他也许要适应一种较严格的戏剧形式。但是也没有什么可惜的，因为莎士比亚作为戏剧体诗人，就我们看虽有所损失，而作为一般诗体诗人却得了好处。莎士比亚是一个伟大的心理学家，从他的剧本中我们可以学会懂得人类的思想感情①。"

接着我们谈到剧院管理方面的困难。

歌德说："困难在于懂得如何移植偶然性的东西而不致背离我们的基本原则。这些基本原则之一就是：要有一个包括优秀的悲剧、歌剧和喜剧的很好的备演戏目，把它看作固定的、经常演出的，至于我所称为偶然性东西的是指听众想看的新剧本、客串演出②之类。我们不能让这类东西打乱我们的步调，要经常回到我们的备演戏目。我们这个时代有很多的优秀剧本，对于一个行家来说，制定出一套很好的备演戏目是件极容易的事，而坚持按照备演戏目演出却是件极难的事。

"过去席勒和我掌管魏玛剧院时，我们有一个便利，整个夏季都在洛希斯塔特③演出。那里有一批优选的听众，非好戏不看，所以回到魏玛时已把一批好戏排练得很熟，可以在冬季复演夏季演过的节目。魏玛听众信任我们的领导，即使上演了他们不能欣赏的东西，他们也相信我们的表演是根据一种较高的宗旨的。

"到了90年代④，我关心戏剧的真正时期已过去，不再写戏上演了，我想完全转到史诗方面。席勒使我已抛弃的戏剧兴趣复活了，我又参加了剧院，为了演出他写的剧本。在我的剧本《克拉维哥》⑤写成的时期，我要写一打剧本也不难，有的是题材，写作对我也是驾轻就熟的。我可以每周写出一个剧本来，可惜我没有写。"

---

①原文是wie den Menschen zumute ist。英译作"人性的秘密"，加注说，"以上译文只近似原文"；法译作"怎样懂得人心"。

②客串演出（gastrolle）指某一剧院有拿手好戏的演员在另一戏院里以做客的身份演出。

③洛希斯塔特，哈雷市的一个浴场，魏玛剧院有个分院在那里。

④指18世纪90年代。

⑤《克拉维哥》，歌德早期的剧本，1774年出版。

# 绘画才能不是天生的，必须认真学习

（1826年12月13日）

妇女们在席间赞赏一位年轻画家画的一幅肖像。她们说："值得惊赞的是，他是全靠自学的。"这是从画的那双手上看得出来的，画得不正确，也不艺术。

歌德说："我们看得出这位年轻人有才能，只是他全靠自学，因此，你们对他不应赞赏而应责备。才能不是天生的，可以任其自便的，而是要钻研艺术，请教良师，才会成材。近几天我读了莫扎特答复一位寄些乐谱给他看的男爵的信，大意是说：'你这样稍事涉猎艺术的人通常有两点毛病应受责备！一是没有自己的思想而抄袭旁人的思想，一是有了自己的思想而不会处理。'这话说得多么好！莫扎特关于音乐所说的真话不是也适用于其他艺术吗？"

接着歌德又说："达·芬奇说：'如果你的儿子没有本领用强烈的阴影把所作的素描烘托出来，使人觉得可以用双手把它抓住，那么，他就没有什么才能。'达·芬奇在下文又说：'如果你的儿子已完全掌握透视和解剖，你就把他送交一个好画师去请教。'"

歌德继续说："现在我们的青年艺术家还没有学通这两门学问，就离开师傅了。时代真是变了。"

歌德接着说："我们的青年画家所缺乏的是心胸和精神。他们的作品没有说出什么，起不到什么作用。他们画的是不能切割的刀、打不中靶子的箭，使我不免想到，在这个世界上精神仿佛已完全消失了。"

我说："我们应该相信，近年来一些大战应该使人们精神振作起来了。"

歌德说："振作起来的与其说是精神，毋宁说是意志；与其说是艺术精神，毋宁说是政治精神。素朴天真和感性具体却全都消逝了。一个画家如果不具备这两种特点，怎么画得出使人喜闻

这篇日记和1825年4月20日有相同之处，都表达了"学习先于创作"的思想，"没有自己的思想"需要学习，"有自己的思想不会处理"也需要学习。歌德对现实中青年画家缺乏学习的心胸和精神进行了批评。

联系高中课文《师说》读读看，歌德和韩愈的观点有哪些异同呢？

乐见的东西呢？”……

歌德接着说：“我观察我们德国绘画，已有五十多年了，不仅是观察，而且企图施加一点影响。现在我只能说，照目前状况看，没有多大希望。必须有一个有卓越才能的人出来，立即吸取现时代的一切精华，从而超过一切。现在一切手段都已摆在那里，路已经指出来而且铺平了。现在斐底阿斯的作品已摆在我们眼前①，这在我们的青年时代是梦想不到的。我刚才已说过，现在是万事俱备，只欠才能了。我希望才能终会到来，也许它已躺在摇篮里，你大概还能活到看见它放光辉。”

①古希腊艺术作品经过长久埋没，到18世纪后期才逐渐出现，由于温克尔曼的介绍和宣传，对当时德国文学和艺术产生了广泛的影响。

## 1827 年

# 谈雨果和贝朗瑞的诗以及近代德国画家，复古与反古

（1827 年 1 月 4 日）

歌德很赞赏雨果的诗。他说："雨果确实有才能，他受到了德国文学的影响。他的诗在少年时期不幸受到古典派学究气的毒害。不过现在他得到《地球》的支持①，所以他在文坛上打了胜仗。我想拿他来比曼佐尼②。他很能掌握客观事物，我看他的重要性并不亚于拉马丁③和德拉维尼④这些先生们。如果对他进行正确的考查，我就看得很清楚，他和类似他的一些有才能的青年诗人都来源于夏多布里昂⑤这位很重要的、兼有演说才能和诗才的诗人。要想看到雨果的写作风格，你最好读一读他写拿破仑的《两个岛》⑥。"

歌德把这首诗放在我面前，然后走到火炉边，我就读起来。他说："雨果没有顶好的形象吗？他对题材不是用很自由的精神来处理的吗？"然后又走到我身边，对我说："你且只看这一段，多么妙！"他读了暴风雨中的电光从下面往上射到这位英雄身上那一段。"这段很美！因为形象很真实。在山峰上你经常可以看到山下风雨纵横，电光直朝山上射去。"

我就说："我佩服法国人。他们的诗从来不离开现实世界这个牢固基础。我们可以把他们的诗译成散文，把本质性的东西都保留住。"

---

①雨果是法国浪漫派的重要诗人，"古典派学究气"指 17 世纪法国新古典主义派布瓦洛的《诗艺》之类所提倡的风尚。《地球》是支持浪漫派的刊物。

②曼佐尼（Manzoni，1785—1873），当时意大利的最大诗人和小说家，写过两部历史悲剧和一部著名小说《约婚夫妇》。他是自由民主的拥护者。

③拉马丁（Lamartine，1790—1869），法国消极浪漫派诗人，政治活动家。

④德拉维尼（Delavigne，1793—1843），法国诗人，写过讽刺复辟王朝的作品。

⑤夏多布里昂（Chateaubriand，1768—1848），法国消极浪漫派先锋，他的诗擅长修辞雄辩，在这一点上对雨果和其他法国浪漫派诗人都产生过影响。

⑥诗见雨果的《曙光歌集》。

歌德说："那是因为法国诗人对事物有知识，而我们德国头脑简单的人们却以为在知识上下功夫就显不出他们的才能。其实一切才能都要靠知识来营养，这样才会施展才能的力量。我们且不管这种人，我们没法帮助他们。真正有才能的人会摸索出自己的道路。许多青年诗人在干诗这个行业，却没有真正的才能。他们所证实的只是一种无能，受到德国文学高度繁荣的吸引才从事创作。"

歌德接着说："法国人在诗的方面已由学究气转到较自由的作风了，这是不足为奇的。在大革命之前，狄德罗和一些志同道合的人就已在设法打破陈规了。大革命本身以及后来拿破仑时代对这种变革事业都是有利的。因为战争年代尽管不容许人发生真正的诗的兴趣，暂时对诗神不利，可是在这个时代有一大批具有自由精神的人培育起来了，到了和平时期，这批人觉醒过来，就作为重要的有才能的人崭露头角了。"

我问歌德，古典派是否也反对过贝朗瑞①这位卓越诗人。歌德说："贝朗瑞所作的那种体裁的诗，本是人们所惯见的一种从前代流传下来的老体裁，不过他在很多方面都比前人写得自由，所以他受到学究派的攻击。"

话题转到绘画和崇古派的流毒。歌德说："你在绘画方面本来不充内行，可是我要让你看一幅画。这幅画虽然出于现在还活着的一位最好的德国画家之手，你也会一眼就看出其中一些违反艺术基本规律的明显错误。你会看出细节都描绘得很细致，但是整体却不会使你满意，你会感到这幅画的意义不知究竟何在。这并不是因为画家没有足够的才能，而是因为应该指导才能的精神像其他顽固复古派的头脑一样被冲昏了，所以他忽视完美的画师而退回到不完美的前人，把他们奉为模范。

"拉斐尔和他的同时代人是冲破一种受拘束的习套作风而回到自然和自由的。而现在画家们却不感谢他们，不利用他们所提供的便利，沿着顶好的道路前进，反而又回到拘束狭隘的老路。这太糟了，我们很难理解他们的头脑竟会冲昏到这种地步。他们既走上了这条路，就不能从艺术本身获得支撑力，于是设法从宗教和党派方面去找这种支撑力。没有这两种东西，他们就软弱到简直连站都站不住了。"

歌德接着说："各门艺术都有一种源流关系。每逢看到一位大师，你总可以看出他吸取了前人的精华，就是这种精华培育出他的伟大。像拉斐尔那种人并不是从土里冒出来的，而是植根于古代艺术，吸取了其中的精华的。假如他们没有利用当时所提供的便利，我们对于他们就没有多少可谈的了。"

---

①贝朗瑞（Béranger，1780—1857）是受法国大革命影响较大的一位进步诗人，他反对17世纪的法国古典派（即"学究派"），发扬民间诗歌传统，用比较自由的方式写出一些清新爽朗的诗歌，反映新兴的巴黎市民的生活。值得注意的是，歌德谈论法国作家时，多次提到和予以高度评价的只有莫里哀和贝朗瑞两人。

话题转到前代德国诗，我提到弗勒明[①]。歌德说:“弗勒明是一个颇有优秀才能的人，有一点散文气和市民气，现在没有什么实际用处了。”他接着说:“说来有点奇怪，尽管我写了那么多的诗,却没有一首可以摆在路德派的‘颂圣诗’里。”我笑了,承认他说得对，同时心里在想，这句妙语的含义比乍看起来所能见到的要深刻得多。

①弗勒明（Paul Fleming，1609—1640），17世纪早期德国青年抒情诗人，其诗集名《宗教诗和世俗诗》,因此下文歌德联想到自己的诗没有宗教气味,由此可以看出歌德对基督教的态度。

# 宫廷应酬和诗创作的矛盾

（1827年1月15日）

……我把话题转到《浮士德》第二部，特别是《古典的瓦尔普吉斯之夜》那一幕[①]。这一幕才打了一个草稿。歌德过去告诉我说他有意就拿草稿付印，我曾不揣冒昧，劝阻了他，因为我恐怕一旦付印，这一幕就会永远以未定稿的形式保存下去。歌德一定已考虑过这个问题，因为今晚一见面他就告诉我，他已决定不拿草稿付印了。我说："这使我很高兴，因为现在还可以希望您把它写完。"歌德说："写完要三个月，哪里找得到一段安静的时间呢！白天要求我做的杂事太多，很难让我把自己和外界隔开，来过孤寂的生活。今早大公爵的大公子待在我这里，大公爵夫人又约好明天正午来看我。我得珍视这种访问，把它看作一种大恩惠，它点缀了我的生活，但是也要干扰我的诗兴，我必须揣摩着经常拿点什么新东西来摆在这些高贵人物面前，怎样款待他们才和身份相称。"[②]

我说："不过去年冬天你还是把《海伦后》[③]一幕写完了，当时外界对你的干扰并不比现在少。"

歌德回答说："现在也还能写下去，而且必须写下去，不过有些困难。"

我说："幸好您已有了一个很详细的纲要。"

歌德说："纲要固然是现成的，只是最难的事还没有做，在完成写作的过程中，一切都还要碰运气。《古典的瓦尔普吉斯之夜》必须押韵，可是全幕都还须带有古希腊诗的性格[④]。要找出适合这种诗的一种韵律实在不容易，而且还有对话！"

我就问："这不是草稿里都已有的东西吗？"

歌德说："已有的只是什么（das Was），而不是如何（das Wie）。请你只试想一下，在那样怪诞的一夜里所发生的一切应如何用语言表达出来！例如浮士德央求阴间皇后把海伦交给他，该说什么样的话，才能使阴间皇后自己也感动得流泪！这一切是不容易做到的，多半要碰运气，几乎要全靠下笔时一瞬间的心情和精力。"

---

①见《浮士德》第二部第二幕。

②这一节生动地证实了恩格斯所指出的歌德的双重性。

③《海伦后》是《浮士德》第二部第三幕，写成于第二部其他各幕之前，作为一篇独立的诗。

④古希腊诗不用韵。

# 仔细观察自然是艺术的基础；席勒的弱点：自由理想害了他

（1827年1月18日）

……我们谈起《威廉·麦斯特的漫游时代》①里的一些零篇故事和短篇小说，提到它们每篇不同，各有特殊的性格和语调。

歌德说："我想向你说明一下理由。我写那些作品时是和画家一样进行工作的。画家画某些对象时常把某种颜色冲淡，画另一些对象时常把某种颜色加浓。例如画早晨的风景，他就在调色板上多放一些绿色颜料，少放一些黄色颜料；画晚景，他就多用黄色，几乎不用绿色。我用同样的方法进行文学创作，让每篇各有不同的性格，就可以感动人。"

我心里想，这确是非常明智的箴言，歌德把它说出了，我很高兴。特别联系到过去所说的那篇短篇小说，我惊赞他描绘自然风景时所用的细节。

歌德说："我观察自然，从来不想到要用它来作诗。但是由于我早年练习过风景素描，后来又进行一些自然科学的研究，我逐渐学会熟悉自然，就连一些最微小的细节也熟记在心里。所以等到我作为诗人要运用自然景物时，它们就随召随到，我不易犯违反事实真相的错误。席勒就没有这种观察自然的本领。他在《威廉·退尔》那部剧本里所用的瑞士地方色彩都是我告诉他的。但是席勒的智力是惊人的，听到我的描述之后，马上就用上了，还显得很真实。"

接着我们就完全谈席勒，歌德说了下面的话：

"席勒特有的创作才能是在理想方面，可以说，在德国或外国文学界很少有人能比得上他。他具有拜伦的一切优点，不过拜伦认识世界要比席勒胜一筹。我倒想看见席勒在世时读到拜伦的作品，想知道席勒对于拜伦这样一个在精神上和他自己一致的人会怎样评论。席勒在世时拜伦是否已有作品出版了？"

我犹豫起来，不敢做出确有把握的回答。歌德就取出词典来查阅有关拜伦的一条，边读边插进一些简短的评论，终于发现拜伦在1807年以前没有出版什么作品，所以席勒没有来得及读到拜伦的作品。②

---

①这是较早的《威廉·麦斯特的学习时代》的续编。当时歌德正在整理续编的稿子。

②席勒死于1805年，拜伦在1807年还在剑桥当大学生，出了一部诗集《处女作》。

歌德接着说："贯串席勒全部作品的是自由这个理想。随着席勒在文化教养上向前迈进，这个理想的面貌也改变了。在他的少年时期，影响他自己的形成而且流露在他作品里的是身体的自由；到了晚年，这就变成理想的自由了。

"自由是一种奇怪的东西。每个人都有足够的自由，只要他知足。多余的自由有什么用，如果我们不会用它？试看这间书房以及通过敞开的门可以看见的隔壁那间卧房，都不很大，还摆着各种家具、书籍、手稿和艺术品，就显得更窄，但是对我却够用了，整个冬天我都住在里面，前厢那些房间，我几乎从来不进去。我这座大房子和我从这间房到其他许多房间的自由对我算得什么，如果我并不需要利用它们？

"一个人如果只要有足够的自由来过健康的生活，进行他本行的工作，这就够了。这是每个人都容易办得到的。我们大家都只能在某种条件下享受自由，这种条件是应该履行的。市民和贵族都一样自由，只要他遵守上帝给他的出身地位所规定的那个界限。贵族也和国王一样自由，他在宫廷上只要遵守某些礼仪，就可以自觉是国王的同僚①。自由不在于不承认任何比我们地位高的人物，而在于尊敬本来比我们高的人物。因为尊敬他，我们就把自己提高到他的地位；承认他，我们就表明自己心胸中有高贵品质，配得上和高贵人物平等。

"我在旅游中往往碰到德国北方的商人，他们自认为和我平等，就在餐桌上很鲁莽地挨着我身边坐下来。这种粗鲁方式就说明他们不是和我平等的。但是如果他们懂得怎样尊敬我，怎样对待我，那么，他们就变成和我平等了。

"身体的自由对少年时代的席勒起了那么大的影响，这固然有一部分由于他的精神性格，大部分却由于他在军事学校所受到的拘束②。等到后来他有了足够的身体自由，他就转向理想的自由。我几乎可以说，这种理想断送了他的生命，因为理想迫使他对自己提出超过体力所能及的要求。

"自从席勒到魏玛来安家，大公爵就规定每年给他一千银圆的年金，并且约定万一他因病不能工作，还可以加倍颁发。席勒拒绝接受加倍的条款，没有使用过加倍的那部分年金。他说：'我有才能，可以靠自己过活。'到了晚年，他的家累更重，为了维持生活，他不得不每年写出两部剧本。要完成这项工作，他往往在身体不好时也被迫一周接着一周、一天接着一天地写下去。他的才能每个小时都须听他指使。席勒本来不大喝酒，是个很有节制的人，但是在身体虚弱的时刻，也不得不借喝酒来提精神。这就损害了他的健康，对他的作品也有害。有些自作聪明的人在席勒作品中所挑出的毛病，我认为都来源于此。凡是他们认为不妥的段落，我可以称之为病态的段落，因

①或译为：和国王平等。

②席勒少年时代就读于军事学院，毕业后当过短时期的军医。

为席勒在写出那些段落时适逢体力不济，没有能找到恰当的动力。尽管我很尊敬绝对命令[1]，知道它可以产生很多的好处，可是也不能走向极端，否则理想自由这种概念一定不能产生什么好处。”……

①“绝对命令”是康德在《实践理性批判》(即伦理学)里用的一个术语，指的是根据最高原则(理想)在伦理问题上所做出的绝对必须遵守的、指导意志行为的判断。席勒是康德的忠实信徒，他的“理想自由”实际上也就是“绝对命令”。

# 谈贝朗瑞的诗

（1827 年 1 月 29 日）

今晚七点钟我带着短篇小说手稿和一部贝朗瑞的诗集去见歌德。我看见他正在和梭瑞先生[①]谈论法国文学……梭瑞是在日内瓦出生的，不会说流利的德语，歌德的法语还说得不坏，所以谈话是用法语进行的，只有在我插话时才说德语。我从口袋里掏出贝朗瑞诗集递给歌德，他本想重温一下其中一些卓越的歌。梭瑞认为卷首的作者肖像不太像本人。歌德却很高兴地把这个漂亮的版本接到手里。他说："这些歌都很完美，在这种体裁中算得上第一流的，特别是每章中的叠句用得好。对于歌这种体裁来说，如果没有叠句，就不免太严肃、太精巧、太简练了。贝朗瑞经常使我想到贺拉斯[②]和哈菲兹，这两人也是超然站在各自时代之上，用讽刺和游戏的态度揭露风俗的腐朽。贝朗瑞对他的环境也抱着同样的态度。但是因为他属于下层阶级，对淫荡和庸俗不但不那么痛恨，而且还带着一些偏向。"……

①梭瑞（F.J.Soret，1795—1865），瑞士人，魏玛宫廷教师，同歌德往来很密，也记录了歌德的一些谈话，爱克曼在其《谈话录》补编里采用了梭瑞的一部分笔记。

②贺拉斯（Horace），公元前 1 世纪著名的罗马诗人，写过讽刺诗、田园诗和《诗艺》。

## 中国传奇和贝朗瑞的诗对比，“世界文学”，曼佐尼过分强调史实

歌德晚年提出“世界文学”理念，其背景是欧洲民族文学间的交流以及歌德晚年对中国文学的接受。

（1827年1月31日）

在歌德家吃晚饭。歌德说：“在没有见到你的这几天里，我读了许多东西，特别是一部中国传奇①，现在还在读它。我觉得它很值得注意。”

我说：“中国传奇？那一定显得很奇怪呀。”

歌德说：“并不像人们所猜想的那样奇怪。中国人在思想、行为和情感方面几乎和我们一样，使我们很快就感到他们是我们的同类人，只是在他们那里一切都比我们这里更明朗，更纯洁，也更合乎道德。在他们那里，一切都是可以理解的，平易近人的，没有强烈的情欲和飞腾动荡的诗兴，因此和我写的《赫尔曼与窦绿台》以及英国理查逊②写的小说有很多类似的地方。他们还有一个特点，人和大自然是生活在一起的。你经常听到金鱼在池子里跳跃，鸟儿在枝头歌唱不停，白天总是阳光灿烂，夜晚也总是月白风清。月亮是经常谈到的，只是月亮不改变自然风景，它和太阳一样明亮。房屋内部和中国画一样整洁雅致。例如‘我听到美妙的姑娘们在笑，等我见到她们时，她们正躺在藤椅上’，这就是一个顶美妙的情景。藤椅令人想到极轻极雅。

①据法译注：即《两姊妹》，有法国汉学家阿伯尔·雷米萨特（Abel Rémusat）的法译本。按，可能指《风月好逑传》。歌德在这部传奇法译本上写了很多评论，据说他准备晚年根据该书写一部长诗，但是后来没有来得及写就去世了。

②理查逊（S.Richardson），18世纪英国小说家，他的作品受到狄德罗的高度赞扬，对近代西方小说影响很大。代表作是《克拉里莎·哈罗》。

故事里穿插着无数的典故，援用起来很像格言。例如说有一个姑娘脚步轻盈，站在一朵花上，花也没有损伤；又说有一个德才兼备的年轻人三十岁就荣幸地和皇帝谈话；又说有一对钟情的男女在长期相识中很贞洁自持，有一次他俩不得不同在一间房里过夜，就谈了一夜的话，谁也不惹谁。还有许多典故都涉及道德和礼仪。正是这种在一切方面保持严格的节制，使得中国维持到几千年之久，而且还会长存下去。”

歌德接着说：“我看贝朗瑞的诗歌和这部中国传奇形成了极可注意的对比。贝朗瑞的诗歌几乎每一首都根据一种不道德的淫荡题材，假使这种题材不是由贝朗瑞那样具有大才能的人来写的话，就会引起我的高度反感。贝朗瑞用这种题材却不但不引起反感，而且引人入胜。请你说一说，中国诗人那样彻底遵守道德，而现代法国第一流诗人却正相反，这不是极可注意吗？”

我说：“像贝朗瑞那样的才能对道德题材是无法处理的。”歌德说：“你说得对，贝朗瑞正是在处理当时反常的恶习中揭示和发展出他的本性特长。”我就问：“这部中国传奇在中国算不算最好的作品呢？”歌德说：“绝对不是，中国人有成千上万这类作品，而且在我们的远祖还生活在野森林的时代就有这类作品了。”

歌德接着说：“我愈来愈深信，诗是人类的共同财产。诗随时随地由成百上千的人创作出来。这个诗人比那个诗人写得好一点，在水面上浮游得久一点，不过如此罢了。马提森先生①不能自视为唯一的诗人，我也不能自视为唯一的诗人。每个人都应该对自己说，诗的才能并不那样稀罕，任何人都不应该因为自己写过一首好诗就觉得自己了不起。不过说句实在话，我们德国人如果不跳开周围环境的小圈子朝外面看一看，我们就会陷入上面说的那种学究气的昏头昏脑。所以我喜欢环视四周的外国民族情况，我也劝每个人都这么办。民族文学在现代

同学们，你认为“民族文学”和“世界文学”应该是什么样的关系？

①马提森（Mathisson，1761—1851）是和歌德同时的德国抒情诗人。

算不了很大的一回事，世界文学[1]的时代已快来临了。现在每个人都应该出力促使它早日来临。不过我们一方面这样重视外国文学，另一方面也不应拘守某一种特殊的文学，奉它为模范。我们不应该认为中国人或塞尔维亚人、卡尔德隆或尼伯龙根[2]就可以作为模范。如果需要模范，我们就要经常回到古希腊人那里去找，他们的作品所描绘的总是美好的人。对其他一切文学我们都应只用历史眼光去看。碰到好的作品，只要它还有可取之处，就把它吸收过来。”……

我们谈到曼佐尼……

歌德说：“曼佐尼什么都不差，差的只是他不知道自己是个很优秀的诗人，也不知道作为诗人他应享有的权利。他太重视历史，因此他爱在所写的剧本中加上许多注解，来证明他多么忠于史实细节。可是不管他的事实是不是历史的，他的人物却不是历史的，正如我写的陶阿斯和伊菲革涅亚[3]不是什么历史人物一样。没有哪一个诗人真正认识他所描绘的那些历史人物，纵使认识，他也很难利用他所认识的那种形象。诗人必须知道他想要产生的效果，从而调整所写人物的性格。如果我设法根据历史记载来写哀格蒙特，他是一打儿女的父亲，他的轻浮行为就会显得很荒谬。我所需要的哀格蒙特是另样的，须符合他的动作情节和我的诗的观点。克蕾尔欣[4]说得好，这是我的哀格蒙特。

“如果诗人只复述历史家的记载，那还要诗人干什么呢？诗人必须比历史家走得远些，写得更好些。索福克勒斯所写

歌德认为诗不应该只是复述历史，这实际上是对诗的真实与历史的真实之间的关系的思考。

①歌德在这里提出“世界文学”，比马克思、恩格斯在《共产党宣言》里提出这个名词恰恰早二十年。基本的区别在于歌德从唯心的普遍人性论出发，而马克思主义创始人则从经济和世界市场的观点出发。

②《尼伯龙根之歌》，日耳曼民族的民间史诗，近代德国音乐家常用其中传说作歌剧和乐曲。

③《伊菲革涅亚》悲剧中的人物。

④《哀格蒙特》的女主角，哀格蒙特的情人。

的人物都显出那位伟大诗人的高尚心灵。莎士比亚走得更远些，把他所写的罗马人变成了英国人。他这样做是对的，否则英国人就不会懂。”①……



①诗的真实与历史的真实是个大问题，也就是文艺与现实的关系的问题，应参看马克思和恩格斯分别给拉萨尔的论悲剧的信和毛泽东《在延安文艺座谈会上的讲话》。

# 歌德的《颜色学》以及他对其他自然科学的研究

这篇日记记载了歌德对于颜色学、植物学、矿物学的兴趣，在这些方面做出的研究成果，可以看出他研究的广博和他的才华。

在爱克曼表现出对自然科学的兴趣时，歌德曾劝阻他不要分心，专心致志写诗，你对此有什么看法？

（1827年2月1日）

……歌德把他的《颜色学》打开放在我面前……我阅读了关于生理颜色的第一段。

歌德说："你看，凡是在我们外界存在的，没有不同时在我们内界存在，眼睛也和外界一样有自己的颜色。颜色学的关键在于严格区分客观的和主观的，所以我正从属于眼睛的颜色开始。这样我们在一切知觉中就经常可以分清哪种颜色是真正在外界存在的，哪种颜色只是由眼睛本身产生的貌似的颜色。所以我认为我介绍这门科学时，先谈一切知觉和观察都必须依据的眼睛，是抓住了正确的起点的。"

我继续阅读下去，读到了谈所要求的颜色那些有趣的段落，其中讲的是眼睛需要变化，从来不愿只老看某一种颜色，经常要求换另一种颜色，甚至活跃到在看不到所要求的颜色时，自己就把它造出来①。

由此就谈到一个适用于整个自然界而为整个人生和人生乐趣所凭依的重大规律。歌德说："这种情况不仅其他各种感官都有，就连在我们的高级精神生活中也有。由于眼睛是最重要的感官，所以要求变化的规律在颜色中显得特别突出，所以我们都可以清楚地意识到。例如舞蹈，大音阶和小音阶交替变化，就令人感到很愉快，如果老是用大音阶或小音阶，就马上令人厌倦了。"

我说："一种好的艺术风格看来也是根据这条规律的，在这方面我们也是讨厌听单一的调子。就连在戏剧里这条规律也大可应用，只要用得恰当。剧本，特别是悲剧，如果始终用一个调子，没有变化，总有些令人生厌。演悲剧时如果在上一幕

①参看《歌德的宗教观点和政治观点》。

与下一幕之间休息时，乐队还是演奏悲伤阴郁的乐调，就会令人感到简直不能容忍，想尽方法要避开了。”

歌德说：“莎士比亚放到他的悲剧里的一些生动活泼的场面，也许就是依据这条要求变化的规律。但是对古希腊人的高级悲剧来说，这条规律似乎并不适用，毋宁说，古希腊悲剧总是自始至终都用一个基本的调子。”

我说：“古希腊悲剧都不太长，所以始终一律的调子并不能使人厌倦，而且古希腊悲剧中合唱队的歌唱和演员的对话总是交替轮换的。此外，古希腊悲剧有一种崇高感，不易令人厌倦，因为它总有一种纯真的现实做基础，而这一般是爽朗愉快的。”

歌德说：“你也许说得对，不过这条要求变化的普遍规律在多大程度上适用于古希腊悲剧，还是值得研究一下。你可以看出，一切事物都是互相依存的，就连一条颜色规律也可以用来研究古希腊悲剧。要当心的只是不能把这样一条规律勉强推得太广，把它看成许多其他事物的基础。比较稳妥的办法也许是只用它作为一种类比或例证。”

接着我们谈到歌德表达他的颜色学的方式。他从一些普遍的总规律中推演出颜色学，遇到个别现象总是把它推演到这些总规律，从而使这种现象可以理解，成为精神的一项大收获。

歌德说：“也许是这样，因此你可以赞扬我。不过这种方法要求研究者专心致志，而且有能力掌握基本原理。有一些很聪明的人钻研过我的颜色学，不过很不幸，他们不能坚持正路，乘我不意就转到邪路上去了。他们不是始终把眼睛盯住客观对象，而是从观念出发。不过一个有头脑的聪明人如果真正寻求真理，总是大有作为的。”

我们谈到，某些教授在发现较好的学说之后还老是在讲解牛顿的学说。歌德说：“这并不足为奇，那批人坚持错误，因为他们依靠错误来维持生活，否则他们要重新从头学起，那就很不方便。”我说：“但是他们的实验怎么能证明真理，既然他们的学说的基础就是错误的？”

歌德说：“他们本来不是在证明真理，他们也没有这种意图，他们唯一的意图是要证明自己的意见。因此，他们把凡是可证明真理、证明他们的学说靠不住的实验结果都隐瞒起来了。

“至于谈到一般学者，他们哪里顾得什么真理？他们像其他人一样，只要能靠经验的方式就一门学问高谈阔论一通，就已心满意足了。全部真相就是如此。人们的性格一般是奇怪的。湖水一旦冻了冰，成百上千的人都跑到平滑的冰面上逍遥行乐，从来不想到要研究一下湖水有多深，冰底下有什么鱼在游泳。尼布尔①最近发现一份很古的罗马和迦太基订立的商业条约，由此可以证明，罗马史学家李维著作中关于古罗马民族生活情况的全部记载都只是些无稽之谈，因为条约证明罗马在远古时代就已有很高的文化，比李维所描述的高得多。不过你如果认为这份新发现的条约会在罗马史学领域里造成翻

---

①尼布尔（Niebuhr，1770—1831），荷兰著名史学家，他的《罗马史》三卷在欧洲有各种译本。

天覆地的大变革，你就大错特错了。请经常想到那冻了冰的湖水，我已学会认识人们了，他们正是如此，没有什么别的样子。”

我说：“不过您不会追悔写成了这部颜色学，因为您不仅替这门卓越的科学打下了坚实基础，而且您也替科学处理方法树立了榜样，人们可以用这种方法来处理类似的科目。”

歌德说：“我毫不追悔，尽管我在这门学问上已费了半生的功夫。要不然，我或许可以多写五六部悲剧，不过如此而已。在我之后会有够多的人来干写剧本的工作。

“不过你说得对，我处理题材的方式是好的，其中有方法条理。我还用这种方法写过一部声学，我的《植物变形学》也是根据同样的观察和推演的。

“我研究植物变形，是走自己特有的道路的。我搞这门学问，就像赫舍尔①发明他的星宿。赫舍尔太穷，买不起望远镜，不得不自造了一架。但是他的幸运就在此。他自造的望远镜比以往的一切望远镜都好，他就用此做出他的许多重大发现。我走进植物学领域是凭实际经验的。现在我才认识清楚，这门科学在雌雄性别的形成过程上牵涉到的问题太广泛，我没有勇气掌握它了。这就迫使我用自己的方式来钻研这门科学，来寻求适用于一切植物的普遍规律，不管其中彼此之间的差别。这样我就发现了变形规律，植物学的个别部门不在我的研究范围之内，我把这些个别部门留给比我高明的人去研究。我的唯一任务就是把个别现象归纳到普遍规律里。

“我对矿物学也发生过兴趣。这有两点理由，一点是因为它有重大的实际利益，另一点是因为我想在矿物中找出实证来说明原型世界是如何形成的。维尔纳②的学说已使这个问题有解决的希望。自从这位卓越的科学家去世以来，矿物学已闹得天翻地覆，我不想再公开介入这场辩论，在默不作声中保持自己的信念。

“在‘颜色学’里，下一步我还要钻研虹的形成。这是一个非常难的课题，不过我希望能解决它。因此我很高兴和你一起重温一下颜色学，你既然对这门科学特别感兴趣，借此可以重新受到启发。”

歌德接着说：“我对各门自然科学都试图研究过，我总是倾向于只注意身旁地理环境中一些可用感官接触的事物，因此我不曾从事天文学。因为在天文学方面单凭感官不够，还必须求助于仪器、计算和力学，这些都要花毕生精力来搞，不是我分内的事。

“如果我在顺便研究过的一些学科中做出了一点成绩，那就要归功于我出生的时代在自然界的重大发明上比任何其他时代都更丰富。在儿童时期我就接触到富兰克林关于电的学说，他当时刚发现了电的规律。在我这一生中，一直到现在，重大的科学发明一

---

①赫舍尔（W.Herschel，1738—1822），著名的英籍德国天文学家，他用自制的望远镜发现了天王星和许多卫星运行规律。他的望远镜据说有四十英尺长。

②维尔纳（A.Werner,1750—1817），德国矿物学家。他的学说在当时矿物学界引起了激烈争论，他是“水成岩论”者，反对赫顿（J.Hutton）的“火成岩论”。歌德是站在维尔纳一边的。

个接着一个出现，所以我不仅在早年就投身到自然界，而且把对自然界的兴趣一直保持到现在。

“就在我们指引的道路上现在也已有人迈出了前进的步子，这是我没有预料到的。我好比一个人迎着晨曦前进，等到红日东升，它的灿烂光辉会使他不由自主地感到惊讶。”①……

①歌德毕生除文艺之外一直孜孜不倦地研究自然科学，特别是光学和颜色学。在《谈话录》里他经常谈到这方面的问题。1824 年 2 月 4 日的谈话稍稍涉及了牛顿，现在又增选了这一篇，因为它多少是总结性的。歌德的一些科学研究现已过时，但在科学历史上的功劳是得到公认的，特别是他在达尔文以前就提出生物进化的学说。他在文艺上反对从概念出发，强调要有现实生活做基础。这种现实主义的文艺观点和他的科学训练有密切关联。

# 黑格尔门徒亨利克斯的古希腊悲剧论

（1827年3月21日）

歌德给我看亨利克斯①论古希腊悲剧本质的一本小册子。他说："我已读过，很感兴趣。亨利克斯用索福克勒斯的《俄狄浦斯王》和《安提戈涅》两部悲剧来阐明他的观点。这本书很值得注意，我把它借给你读一读，以便下次我们讨论。我并不赞成他的意见，但是看一看像亨利克斯这样受过彻底哲学教养的人怎样从他那一派哲学观点来看诗的艺术作品，是很有教益的。今天我的话就到此为止，免得影响你自己的意见。你且读一读，就可以发现它会引起各种各样的思想。"

①亨利克斯（W.Hinrichs，1794—1861），德国黑格尔派美学家，他的悲剧论只是黑格尔的悲剧论的阐述。他的书出版时，黑格尔的《美学》还没有出版，亨利克斯的悲剧论是根据他听黑格尔讲美学课时所作的笔记来写成的。

# 对莫里哀的赞扬，评施莱格尔

（1827年3月28日）

亨利克斯的书已仔细读过，今天我把它带还歌德。为着完全掌握他所讨论的题目，我把索福克勒斯的全部现存作品重温了一遍。

歌德问我："你觉得这本书如何？是不是把问题谈得很透？"

我回答说："我觉得这本书很奇怪。旁的书从来没有像这本书一样引起我这么多的思考和这么多的反对意见。"

歌德说："正是如此。我们赞同的东西使我们处之泰然，我们反对的东西才使我们的思想获得丰产。"

我说："我看他的意图是十分可钦佩的，他从来不停留在表面现象上。不过他往往迷失在细微的内心情况里，而且纯凭主观，因而既失去了题材在细节上的真相，也失去了对整体的全面观察。在这种情况下，我们就不得不对自己和题材都施加暴力，勉强予以歪曲，才能和他想到一起。此外，我还往往感觉到自己的感官仿佛太粗糙，分辨不出他所提出的那些非常精微奥妙的差别。"

歌德说："假如你也有他那样的哲学训练，事情就会好办些。说句老实话，这位来自德国北方海边的亨利克斯无疑是个有才能的人，而他竟被黑格尔哲学引入迷途，我真感到很惋惜。他因此就失去了用无拘束的自然方式去观察和思考的能力。他在思想和表达两方面都逐渐养成了一种既矫揉造作又晦涩难懂的风格。所以他的书里有些段落叫我们看不懂，简直不知所云。……①

"我想这就够了！我不知道英国人和法国人对于我们德国哲学家们的语言会怎样想，连我们德国人自己也不懂他们说些什么。"

我说："尽管如此，我们还是一致同意，承认这部书毕竟有一种高尚的意图，而且还有一个能激发思考的特点。"

歌德说："他对家庭和国家的看法，以及对家庭和国家之间可能引起的悲剧冲突的看法②，当然很好而且富于启发性，可是我不能承认他的看法对于悲剧艺术来说是最好的，

---

①歌德引了一段晦涩的话，这里没有译出。

②亨利克斯的悲剧冲突论完全来自黑格尔。参看黑格尔的《美学》第一卷和第三卷论戏剧体诗的悲剧部分。黑格尔也把《俄狄浦斯王》和《安提戈涅》看作悲剧冲突的典型例证。

甚至是唯一正确的。我们当然都在家庭里生活，也都在国家里生活。一种悲剧命运落到我们头上，当然和我们作为家庭成员和作为国家成员很难毫无关系。但是我们单是作为家庭成员，或单是作为国家成员，还是完全可以成为很适合的悲剧人物。因为悲剧的关键在于有冲突而得不到解决，而悲剧人物可以由于任何关系的矛盾而发生冲突，只要这种矛盾有自然基础，而且真正是悲剧性的。例如埃阿斯①由于荣誉感受损伤而终于毁灭，赫拉克勒斯②由于妒忌而终于毁灭。在这两个事例里，都很难见出家庭恩爱和国家忠贞之间的冲突。可是按照亨利克斯的说法，家与国的冲突却是古希腊悲剧的要素。”……

歌德接着说："就一般情况来说，你想必已注意到，亨利克斯是完全从理念③出发来考察古希腊悲剧的，并且认为索福克勒斯在创作剧本时也是从理念出发，根据理念来确定剧中人物及其性别和地位。但是索福克勒斯在写剧本时并不是从一种理念出发，而是抓住在古希腊人民中久已流传的某个现成的传说，其中已有一个很好的理念或思想，他就从这个传说构思，想把它描绘得尽可能地美好有力，搬到舞台上演出。”……

我插嘴说："亨利克斯关于克瑞翁的行为所说的话好像也站不住脚。他企图证明克瑞翁禁止埋葬波吕尼刻斯是纯粹执行国法，说他不仅是一个普通人，而是一个国王，国王是国家本身的人格化，正是他才能在悲剧中代表国家权力，也正是他才能表现出最高的政治道德。”④

歌德带着微笑回答说："那些话是没有人会相信的。克瑞翁的行动并不是从政治道德出发，而是从对死者的仇恨出发。波吕尼刻斯在他的家族继承权被人用暴力剥夺去之后，设法把它夺回来，这不是什么反对国家的滔天罪行，以至死还不足赎罪，还要惩罚无辜的死尸。

---

①埃阿斯是仅次于阿喀琉斯的希腊远征军的猛勇将领。阿喀琉斯死后，埃阿斯和俄底修斯争着要他的盔甲武器，主帅判决给俄底修斯，埃阿斯认为这有损他的荣誉，发了疯，终于自杀。

②赫拉克勒斯是大力神，他的妻子被半人半马的怪物强奸，他用毒箭把怪物射死，怪物临死前告诉大力神的妻子，说自己的中毒的血可以防治丈夫不忠贞。赫拉克勒斯后来另有所恋，他妻子把他的衬衫浸在这毒血里，再交给他穿，他因此中毒身死，所以说他死于妒忌。

③理念是黑格尔的术语，指绝对概念。

④这里讲的是索福克勒斯的名剧《安提戈涅》中的情节。安提戈涅是波吕尼刻斯的妹妹，俄狄浦斯的女儿。俄狄浦斯死后，忒拜国王位规定先由长子继承到指定的时期，到期由次子波吕尼刻斯继承。但长子到期不肯让位，次子就借邻国的兵来夺权，在战争中弟兄两人都被打死了。新国王克瑞翁下令禁止收葬波吕尼刻斯的尸体。和克瑞翁的儿子订了婚的安提戈涅为了家庭骨肉的恩情，违令收葬了死者。克瑞翁又下令要把她关在墓道里活活闷死，但是她自杀了，克瑞翁的儿子也随之自杀了。黑格尔把《安提戈涅》看作典型的古希腊悲剧，其中冲突起于家庭义务和国家义务，双方都是片面性的要求。亨利克斯的说法也完全是依照黑格尔的。

“一种违反一般道德的行动绝不能叫作政治道德。克瑞翁禁止收葬波吕尼刻斯，不仅使腐化的死尸污染空气，而且让鹰犬之类把尸体上撕下来的骨肉碎片衔着到处跑，以致污染祭坛。这样一种人神共嫉的行动绝不是一种政治德行，而是一种政治罪行。不仅如此，剧中每个人物都是反对克瑞翁的：组成合唱队的国中父老、一般人民、星相家乃至他自己的全家人都反对他。但是他都不听，顽固到底，直至毁灭了全家人，而他自己也终于只成了一个阴影。”

我说：“可是听到克瑞翁说的话，我们却不免相信他有理。”

歌德说：“这里正足以见出索福克勒斯的大师本领，这也是一般戏剧的生命所在。索福克勒斯所塑造的人物都有这种口才，懂得怎样把人物动作的动机解释得头头是道，使听众几乎总是站在最后一个发言人一边。

“人们都知道，索福克勒斯自幼受过很好的修辞训练，惯于搜寻一件事物的真正的道理和表面的道理。”……

接着我们进一步谈到索福克勒斯在他的剧本里着眼于道德倾向的较少，他着眼较多的是对当前题材的妥当处理，特别是关于戏剧效果的考虑。

歌德说：“我并不反对戏剧体诗人着眼于道德效果，不过如果关键在于把题材清楚而有力地展现在观众眼前，在这方面他的道德目的就不大有帮助；他就更多地需要描绘的大本领以及关于舞台的知识，这样才会懂得应该取什么和舍什么。如果题材中本来寓有一种道德作用，它自然会呈现出来，诗人所应考虑的只是对他的题材做有力的艺术处理。诗人如果具有像索福克勒斯那样高度的精神意蕴，不管他怎样做，他的道德作用会永远是好的。此外，他了解舞台情况，懂得他的行业。”……

歌德接着说：“就我们近代的戏剧旨趣来说，我们如果想学习如何适应舞台，就应向莫里哀请教。你熟悉他的《幻想病》吧？其中有一景，我每次读这部喜剧时都觉得它象征着对舞台的透彻了解。我所指的就是幻想病患者探问他的小女儿是否有一个年轻人到过她姐姐房子里那一景。另一个作家如果对他的行业懂得不如莫里哀那样透彻，他就会让小路易莎马上干干脆脆把事实真相说出来，那么，一切就完事大吉了。可是莫里哀为着要产生生动的戏剧效果，在这场审问中用了各种各样的延宕花招。他首先让小路易莎听不懂她父亲的话，接着让她说她什么都不知道。她父亲要拿棍子打她，她就倒下装死。她父亲气得发昏，神魂错乱，她却从装死中狡猾地嬉皮笑脸地跳起来，最后才逐渐把真相吐露出来。

“我这番解释只能使你对原剧的生动活泼有个粗浅的印象。你最好亲自去细读这一景，去深刻体会它的戏剧价值。你会承认，从这一景里所获得的实际教益比一切理论所能给你的都要多。”

歌德接着说：“我自幼就熟悉莫里哀，热爱他，并且毕生都在向他学习。我从来不放松，每年必读几部他的剧本，以便经常和优秀作品打交道。这不仅因为我喜爱他的完美的艺术处理，特别是因为这位诗人的可爱的性格和有高度修养的精神生活。他有一种优美的特质、一种妥帖得体的机智和一种适应当时社会环境的情调，这只有像他那样生性优美的人每天都能和当代最卓越的人物打交道，才能形成的。对于米南德①，我只读过他一些残篇断简，但对他怀有高度崇敬，我认为他是唯一可和莫里哀媲美的伟大希腊诗人。”

我回答说：“我很幸运，听到您对莫里哀的好评。你的好评和施莱格尔先生的话当然不同调啊！就在今天，我把施莱格尔在戏剧体诗讲义②里关于莫里哀的一番话勉强吞了下去，很有反感。施莱格尔高高在上地俯视莫里哀，依他的看法，莫里哀是一个普通的小丑，只是从远处看到上等社会，他的职业就是开各种各样的玩笑，让他的主子开心。对于这种低级趣味的玩笑，他倒是顶灵巧的，不过大部分还是剽窃来的。他想勉强挤进高级喜剧领域，但是没有成功过。”

歌德回答说：“对于施莱格尔之流，像莫里哀那样有才能的人当然是一个眼中钉。他感到莫里哀不合自己的胃口，所以不能忍受他。莫里哀的《厌世者》令我百读不厌，我把它看作我最喜爱的一种剧本，可是施莱格尔却讨厌它。他勉强对《伪君子》说了一点赞扬话，可还是在尽量贬低它。他不肯宽恕莫里哀嘲笑有些学问的妇女们装腔作态。像我的一位朋友所说的，施莱格尔也许感觉到自己如果和莫里哀生活在一起，就会成为他嘲笑的对象。”

歌德接着说：“不可否认，施莱格尔知道的东西极多。他的非凡的渊博几乎令人吃惊，但是事情并不到此为止。知识渊博是一回事，判断正确又是另一回事。施莱格尔的批评完全是片面的。他几乎对所有的剧本都只注意到故事梗概和情节安排，经常只指出剧本与前人作品的某些微末的类似点，毫不操心去探索一部剧本的作者替我们带来什么样的高尚心灵所应有的美好生活和高度文化教养。但是一个有才华的人要出一切花招有什么用处，如果从一部剧本里我们看不到作者的可敬爱的伟大人格？只有显出这种伟大人格的作品才能为民族文化所吸收。

“在施莱格尔处理法国戏剧的方式中，我只看到替一个低劣的评论员所开的药方，这位评论员身上没有哪一个器官能欣赏高尚卓越的东西，遇到才能和伟大人物性格也熟视无睹，仿佛那只是糟糠。”③……

---

①米南德（Menander,公元前342—公元前291），古希腊新喜剧的始祖，其剧本留存下来的很少，直到1905年法国学者勒弗夫勒（Lefebvre）才在埃及发现他的四部喜剧的残卷。

②指浪漫派理论家奥·威·施莱格尔（1767—1845）的《戏剧艺术和文学讲义》（1808年）。这部书在19世纪影响很大，但是歌德很瞧不起它。

③这篇谈话概括了歌德对西方一些重要的剧作家的看法，特别是对当时两个影响最大的文艺理论家黑格尔和施莱格尔的评论。他高度评价古希腊悲剧，但认为莫里哀着眼到舞台效果，更值得近代剧作家效法。在理论方面他和黑格尔派是对立的，黑格尔派从理念出发，而歌德却主张从现实具体情况出发。对浪漫派理论家施莱格尔，歌德表示极端鄙视，因为他只炫耀渊博的知识而缺乏判断力，迷失在细节里而抓不住艺术作品的真正灵魂。

# 谈道德美，戏剧对民族精神的影响，学习伟大作品的作用

（1827 年 4 月 1 日）

……昨晚剧院上演了歌德的《伊菲革涅亚》……

歌德说："一个演员也应该向雕刻家和画家请教，因为要演一位希腊英雄，就必须仔细研究流传下来的古希腊雕刻，把古希腊人的坐相、站相和行为举止的自然优美铭刻在自己心里。但是只注意身体方面还不够，还要仔细研究古今第一流作家，使自己的心灵得到高度文化教养。这不仅对了解他所扮演的角色有帮助，而且也使自己整个生活和仪表获得一种较高尚的色调。"……

话题转到索福克勒斯的《安提戈涅》以及贯串其中的道德色彩，最后又谈到世间道德的起源问题。

歌德指出，诗人不仅要有创作才能，还要有高尚的道德，这样的创作对于民族会有很好的影响。

歌德说："像一切美好的事物一样，道德也是从上帝那里来的。它不是人类思维的产品，而是天生的内在的美好性格。它多多少少是一般人类生来就有的，但是在少数具有卓越才能的心灵里得到高度显现。这些人用伟大事业或伟大学说显现出他们的神圣性①，然后通过所显现的美好境界，博得人们喜爱，有力地推动人们尊敬和竞赛。

"但是道德方面的美与善可以通过经验和智慧而进入意识，因为在后果上，丑恶被证实是要破坏个人和集体幸福的，而高尚正直则是促进和巩固个人和集体幸福的。因此，道德美便形成教义，作为一种明白说出的道理在整个民族中传播开来。"

我插嘴说："我最近还在阅读中碰到一种意见，据说古希腊悲剧把道德美看作一个特殊的目标。"

歌德回答说："与其说是道德，倒不如说是整个纯真人性。特别是在某种情境中，它和邪恶势力发生了冲突，它就变成悲

①这是明显的人性论和天才论。

剧性格。在这个领域里，道德确实是人性的主要组成部分。

“此外，《安提戈涅》中的道德因素并不是索福克勒斯创造的，而是题材本来就有的，索福克勒斯采用了它，使道德美本身显出戏剧性效果。”①……

话题接着转到一般剧作家及其对人民大众所已起或能起的重要影响。

歌德说：“一个伟大的戏剧体诗人如果同时具有创造才能和内在的强烈而高尚的思想情感，并把它渗透到他的全部作品里，就可以使他的剧本中所表现的灵魂变成民族的灵魂。我相信这是值得辛苦经营的事业。高乃依就起了能培育英雄品格的影响。②这对于需要有一个英雄民族的拿破仑是有用的，所以提到高乃依时他说过，如果高乃依还在世，他就要封他为王。所以一个戏剧体诗人如果认识到自己的使命，就应孜孜不倦地工作，精益求精，这样他对民族的影响就会是造福的、高尚的。

“我们要学习的不是同辈人和竞争对手，而是古代的伟大人物。他们的作品从许多世纪以来一直得到一致的好评和尊敬。一个资禀真正高超的人就应感觉到这种和古代伟大人物打交道的需要，而认识这种需要正是资禀高超的标志。让我们学习莫里哀，让我们学习莎士比亚，但是首先要学习古希腊人，永远学习古希腊人。”③……

歌德对于古希腊作品一直很推崇，这与德国民族文化贫瘠有关系。可以结合1827年5月3日《民族文化对作家的作用，德国作家处境不利，德国和法、英两国的比较》这篇日记来分析。

①歌德基本上从人性论出发，但也不忽视经验和教育对“人性”的作用。他主张戏剧应有道德美，但这是题材本身就已包含有的，而不是由诗人外加的。

②高乃依的名著《熙德》《贺拉斯》等都是歌颂英雄人物的。

③歌德和席勒都是德国古典派的代表，所以尊崇古希腊，厚古习气很浓。这一方面是受到文艺复兴的影响，另一方面也是因为当时德国文学还在草创时代，优秀作品确实不多（除掉歌德和席勒以外）。在18世纪高特舍特及其门徒把法国新古典主义输入德国，歌德鄙之为“学究派”。流行的德国浪漫派是消极的，也是和歌德对立的。

# 吕邦斯的风景画妙肖自然而非模仿自然，评莱辛和康德

（1827年4月11日）

……我们回来[①]了，吃晚饭还太早，歌德趁这时让我看看吕邦斯[②]的一幅风景画，画的是夏天的傍晚。在前景左方，可以看到农夫从田间回家，画的中部是牧羊人领着一群羊走向一座村舍。稍往后一点，右方停着一辆干草车，人们正在忙着装草，马还没套上车，在附近吃草。再往后一点，在草地和树丛里，有些骡子带着小骡在吃草，看来是要在那里过夜。一些村庄和一个小镇市远远出现在地平线上，最美妙地把活跃而安静的意境表现出来了。

我觉得整幅画安排得融贯，显得很真实，而细节也画得惟妙惟肖，就说吕邦斯完全是临摹自然的。

歌德说："绝对不是，像这样完美的一幅画在自然中是从来见不到的。这种构图要归功于画家的诗的精神。不过吕邦斯具有非凡的记忆力，他脑里装着整个自然，自然总是任他驱使，包括个别细节在内。所以无论在整体还是在细节方面，他都显得这样真实，使人觉得他只是在临摹自然。现在没有人画得出这样好的风景画了，这种感受自然和观察自然的方式已完全失传了。我们的画家们所缺乏的是诗。"……

晚饭后歌德带我到园子里继续谈话。

我说："关于莱辛，有一点很可注意，在他的理论著作里，例如《拉奥孔》，[③]他不马上得出结论，总是先带着我们用哲学方式去巡视各种意见，反对意见和疑问，然后才让我们达到一种大致可靠的结论。我们体会到的毋宁是他自己在进行思考和搜索，而不是拿出能启发我们思考，使我们具有创造力的那种重大观点和重大真理。"

歌德说："你说得对。莱辛自己有一次就说过，假如上帝把真理交给他，他会谢绝这份礼物，宁愿自己费力去把它找到……

"莱辛本着他的好辩的性格，最爱停留在矛盾和疑问的领域，分辨是他在行的本领，

---

①从乡间游玩回来。

②吕邦斯（Rubens，1577—1640），荷兰大画家，擅长历史画、风景画和风俗画。

③莱辛的主要理论著作有《汉堡剧评》和《拉奥孔：论绘画与诗的界限》。

在分辨中他最能显出他的高明的理解力。你会看出我和他正相反。我总是回避矛盾冲突，自己设法在心里把疑问解决掉。我只把我所找到的结果说出来。”

我问歌德，在近代哲学家之中他认为谁最高明。

歌德说：“康德，毫无疑问。只有他的学说还在发生作用，而且深深渗透到我们德国文化里。你对康德虽没有下过功夫，他对你也发生了影响。现在你已用不着研究他了，因为他可以给你的东西，你都已经有了。如果你将来想读一点康德的著作，我推荐你读《判断力批判》①。”

我问歌德是否和康德有过私人来往。

歌德回答说：“没有。康德没有注意到我，尽管我本着自己的性格，走上了一条类似他所走的道路。我在对康德毫无所知的时候就已写出了《植物变形学》，可是这部著作却完全符合康德的教义。主体与客体②的区分，以及每一物的存在各有自己的目的，软木生长起来不是只为我们做瓶塞之类看法，我和康德是一致的，我很高兴在这方面和他站在一起。后来我写了《实验论》③，可以看作对主体与客体的批判和主体与客体的中介。

“席勒经常劝我不必研究康德哲学。他常说康德对我不会有用处。但是席勒自己对研究康德却极热心，我也研究过康德，这对我并非没有用处④。”……

---

①这是近代一部最重要的唯心主义和形式主义的美学经典著作。

②即对象。

③原题是《实验作为客体与主体的中介者》，1793年出版。德文Vermittellung直译为“中介”或“调解”，黑格尔常用来表示“统一”。值得注意的是此书带有实践观点。

④歌德经常提到的德国哲学家只有康德、莱辛和黑格尔。他对黑格尔不甚赞同，黑格尔的《美学》他没有来得及读，其中对歌德的评价却很高。康德对歌德的影响没有对席勒的那么大。歌德在精神和方法上倒更近于莱辛，两人都是从客观现实而不是从概念出发的。

“艺术与自然”的关系是歌德一个重要的文艺思想。在歌德看来，“艺术既服从自然，又超越自然。”

# 就吕邦斯的风景画泛论美；艺术既服从自然，又超越自然

（1827年4月18日）

晚饭前，我陪歌德乘马车沿着通往埃尔富特的道路游了一阵子。我们碰到各种各样的车辆运货上莱比锡的集市，也碰到一长串的马，其中有很美的。

歌德说：“我对美学家们不免要笑，笑他们自讨苦吃，想通过一些抽象名词，把我们叫作美的那种不可言说的东西化成一种概念。美其实是一种本原现象（Urphänomen），它本身固然从来不出现，但它反映在创造精神的无数不同的表现中，都是可以目睹的，它和自然一样丰富多彩。”

我说：“我听说过，自然永远是美的，它使艺术家们绝望，因为他们很少有能完全赶上自然的。”

歌德回答说：“我深深了解，自然往往展示出一种可望而不可攀的魅力，但是我并不认为自然的一切表现都是美的。自然的意图①固然总是好的，但是使自然能完全显现出来的条件却不尽是好的。

这里用了自然、绘画和文学作品中生动具体的事例来说明他的观点。

“拿橡树为例来说，这种树可以很美。但是需要多少有利的环境配合在一起，自然才会产生一棵真正美的橡树呀！一棵橡树如果生在密林中，周围有许多大树围绕着，它就总是倾向于朝上长，争取自由空气和阳光，树干周围只生长一些脆弱的小枝杈，过了百把年就会枯谢掉。但是这棵树如果终于把树顶

①意图就是目的，歌德在这一点上受到康德的目的论的影响。康德认为一切事物不但各有原因，而且各有目的，也不以人的意志为转移。这当然还是先验论和命定论。

上升到自由空气里，它就会不再往上长，开始向四周展开，形成一种树冠。但是到了这个阶段，树已过了中年了，多少年来向上伸展的努力已消耗了它最壮健的气力。它于是努力向宽度发展，也就得不到好结果。长成了，它高大强健，树干却很苗条，树干与树冠的比例不相称，还不能使树显得美。

“如果这棵橡树生在低洼潮湿的地方，土壤又太肥沃，只要有合适的空间，它就会过早地在树干四周长出无数枝杈，没有什么抵抗它或使它长慢一点的力量，这样它就显不出挺拔嶙峋、盘根错节的姿势，从远处看来，它就像菩提树一样柔弱，仍然不美，至少是没有橡树的美。

“最后，如果这棵橡树生在高山坡上，土壤瘦，石头多，它会生出太多的疖疤，不能自由发展，很早就枯凋，不能令人感到惊奇。”

我听到这番话很高兴，就说：“几年以前，我从格廷根到威悉河流域作短途旅行，倒看到过一些橡树很美，特别是在霍克斯特附近。”

歌德接着说：“沙土地或夹沙土使橡树可以向各方面伸出茁壮的根，看来于橡树最有利。它坐落的地方还应有足够的空间，使它从各方面受到光线、太阳、雨和风的影响。如果它生长在避风雨的舒适地方，那也长不好。它须和风雨搏斗上百年才能长得健壮，在成年时它的姿势就会令人惊赞了。”

我问：“从你这番话是否可以得出结论说，事物达到了自然发展的顶峰就显得美？”

歌德回答说：“当然，不过什么叫作自然发展的顶峰，还须解释清楚。”

我回答说：“我指的是事物生长的一定时期，到了这个时期，某一事物就会完全现出它所特有的性格。”

歌德说：“如果指的是这个意思，那就没有什么可反对的，但还须补充一句：要达到这种性格的完全发展，还需要一种事物的各部分肢体构造都符合它的自然定性，也就是说，符合它的目的。

“例如达到结婚年龄的姑娘，她的自然定性是孕育孩子和给孩子哺乳。如果骨盘不够宽大，胸脯不够丰满，她就不会显得美。但是骨盘太宽大，胸脯太丰满，也还是不美，因为超过了符合目的的要求。

“为什么我们可以把我们在路上看到的某些马看作美的呢？还不是因为体格构造符合目的吗？这不仅因为它们的运动姿势的轻快秀美，而且还有更多的因素，这些因素只有善骑马的人才会说明，而我们一般人只能得到一般印象。”

我问：“我们可不可以把一匹驾车的马也看作美的呢？例如我们不久以前看到的拉货车到布拉邦特去的那些马？”

歌德说：“当然可以，为什么不可以？一位画家也许会觉得这种驾车的马性格鲜明，筋骨发展得很健壮，比起一匹较温良、较俊秀的驯马更能显出各种各样的美丰富多彩地配合在一起。”

歌德接着说："要点在于种[1]要纯，没有遭到人工的摧残，一匹割掉鬃和尾的马，一条剪掉耳尖的猎狗，一棵砍掉大枝、其余枝杈剪成圆顶形的树，特别是一位身体从小就被紧束胸腹的内衣所歪曲和摧残的少妇，都是使鉴赏力很好的人一看到就要作呕的，只有在庸俗人的那一套美的教条里才有地位。"……

吃晚饭时大家都很热闹。歌德的公子刚读过他父亲的《海伦后》，谈起来很有些显出天生智力的看法。他显然很喜欢用古曲精神写出的那部分，但是我们可以看出，他读这篇诗时，对其中歌剧性和浪漫色彩较浓的部分并不大起劲。

歌德说："你基本上是正确的，这篇诗有一点奇特。我们固然不能说，凡是合理的都是美的，但凡是美的确实都是合理的，至少是应该合理的。你欢喜写古代的那部分，因为它是可以理解的，可以巡视其中各个部分，可以用你自己的理解力来推测我的理解力。诗的第二部分虽然也运用并展开了各种各样的知解力和理解力，但是很难，须经过一番研究，读者才能理解其中的意义，才可以用自己的理解力去探索出作者的理解力。"……

歌德叫人取出登载荷兰大画师们的作品复制件的画册……他把吕邦斯的一幅风景画摆在我面前。

他说："这幅画你在这里已经看过[2]，但是杰作看了多次都还不够，而且这次要注意的是一种奇特现象。请你告诉我，你看到了什么？"

我说："如果先从远景看，最外层的背景是一片很明朗的天光，仿佛是太阳刚落的时候。在这最外层远景里还有一个村庄和一座市镇，由夕阳照射着。画的中部有一条路，路上有一群羊忙着走回村庄。画的右方有几堆干草和一辆已装满干草的大车。几匹还未套上车的马在附近吃草。稍远一点，散布在小树丛中的有几匹骡子带着小骡子吃草，看来是要在那里过夜。接近前景的有几棵大树。最后，在前景的左方有一些农夫在下工回家。"

歌德说："对，这就是全部内容。但是要点还不在此。我们看到画出的羊群、干草车、马和回家的农夫这一切对象，是从哪个方向受到光照的呢？"

我说："光是从我们对面的方向照射来的，照到对象的阴影都投到画中来了。在前景中那些回家的农夫特别受到很明亮的光照，这产生了很好的效果。"

歌德问："但是吕邦斯用什么办法来产生这样美的效果呢？"

我回答说："他让这些明亮的人物显现在一种昏暗的地面[3]上。"

歌德又问："这种昏暗的地面是怎样画出来的呢？"

我说："它是一种很浓的阴影，是从那一丛树投到人物方面来的。呃，怎么搞的？"我惊讶起来了，"人物把阴影投到画这边来，而那一丛树又把阴影投到和看画者对立的

---

①血缘。

②参看《吕邦斯的风景画妙肖自然而非模仿自然，评莱辛和康德》。

③底色。

那边去！这样，我们就从两个相反的方向受到光照，但这是违反自然的！”

歌德笑着回答说：“关键正在这里啊！吕邦斯正是用这个办法来证明他伟大，显示出他本着自由精神站得比自然要高一层，按照他的更高的目的来处理自然。光从相反的两个方向射来，这当然是牵强歪曲，你可以说，这是违反自然。不过尽管这是违反自然，我还是要说它高于自然，要说这是大画师的大胆手笔，他用这种天才的方式向世人显示：艺术并不完全服从自然界的必然之理，而是有它自己的规律。”

歌德接着说：“艺术家在个别细节上当然要忠实于自然，要恭顺地模仿自然，他画一个动物，当然不能任意改变骨骼构造和筋络的部位。如果任意改变，就会破坏那种动物的特性，这就无异于消灭自然。但是，在艺术创造的较高境界里，一幅画要真正是一幅画，艺术家就可以挥洒自如，可以求助于虚构（Fiktion），吕邦斯在这幅风景画里用了从相反两个方向来的光，就是如此。

“艺术家对于自然有着双重关系：他既是自然的主宰，又是自然的奴隶。他是自然的奴隶，因为他必须用人世间的材料来进行工作，才能使人理解；同时他又是自然的主宰，因为他使这种人世间的材料服从他的较高的意旨①，并且为这较高的意旨服务。

“艺术要通过一种完整体向世界说话。但这种完整体不是他在自然中所能找到的，而是他自己的心智的果实，或者说，是一种丰产的神圣的精神灌注生气的结果。

“我们如果只从表面看吕邦斯这幅风景画，一切都会显得很自然，仿佛是直接从自然临摹来的。但事实并非如此。这样美的一幅画是在自然中看不到的，正如普尚或克劳德·劳冉②的风景画一样，我们也觉得它很自然，但在现实世界里却找不出。”

我问：“像吕邦斯用双重光线这样的艺术虚构的大胆手笔，在文学里是否也有呢？”

歌德想了一会，回答说：“不必远找，我可以从莎士比亚

艺术家怎样才能获得“超越自然”的能力呢？

①目的。

②克劳德·劳冉（Claude Lorrain，1600—1682），法国风景画家。

的作品里举出十来个例子给你看。姑且只举《麦克白》。麦克白夫人要唆使她丈夫谋杀国王，说过这样的话：

……我喂过婴儿的奶……①

这话是真是假，并没有关系，但是麦克白夫人这样说了，而且她必须这样说，才能加强她的语调。但是在剧本的后部分，麦克达夫听到自己的儿女全遭杀害时，狂怒地喊道：

他没有儿女啊！②

这话和上面引的麦克白夫人的话正相反。但这个矛盾并没有使莎士比亚为难。他要的是加强当时语调的力量。麦克达夫说'他没有儿女'，正如麦克白夫人说'我喂过婴儿的奶'，都是为着加强语调。"

歌德接着说："一般地说，我们都不应把画家的笔墨或诗人的语言看得太死、太窄狭。一件艺术作品是由自由大胆的精神创造出来的，我们也就应尽可能地用自由大胆的精神去观照和欣赏。"③……

---

①见《麦克白》第一幕第七景。麦克白夫人怂恿丈夫杀国王篡位，到了有机可乘时他却犹豫不决，她骂他是胆小鬼，说她自己为着遵守誓言，可以把自己喂过奶的心爱的婴儿杀掉，毫不犹豫。

②见原剧第四幕第三景。麦克达夫是国王的忠臣，麦克白杀害了他全家儿女，他听到这消息时非常悲愤，他的同伙中有人说要报仇，他说这个仇报不了，麦克白没有儿女可杀害。

③在这篇极重要的谈话里，歌德用自然、绘画和文学作品中生动具体的事例来说明他的基本美学观点：艺术要服从自然，也要超越自然。从美学观点看，这篇谈话是最值得注意的，也是一般美学著作经常援引的。

# 民族文化对作家的作用，德国作家处境不利，德国和法、英两国的比较

（1827年5月3日）

斯塔普弗[①]译的歌德戏剧集非常成功，安培尔先生[②]去年在巴黎《地球》杂志上发表了一篇也很高明的书评。这篇书评歌德很赞赏，经常提到它，并表示感激。

他说："安培尔先生的观点是很高明的。我国评论家在这种场合总是从哲学出发，评论一部诗作时所采取的方式，使意在阐明原书的文章只有他那一派的哲学家才看得懂，对其余的人却比他要阐明的原著还更难懂。安培尔先生的评论却切实而又通俗。作为一个行家，他指出了作品与作者的密切关系，把不同的诗篇当作诗人生平不同时期的果实来评论。

"他极深入地研究了我的尘世生活的变化过程以及我的精神状态，并且也有本领看出我没有明说而只在字里行间流露出来的东西。他正确地指出，我在魏玛做官的宫廷生活头十年中几乎没有什么创作，于是在绝望中跑到意大利，在那里带着创作的新热情抓住了塔索的生平，用这个恰当的题材来创作[③]，从而摆脱了我在魏玛生活中的苦痛阴郁的印象和回忆。所以他把我的塔索恰当地称为提高了的维特[④]。

"关于《浮士德》，他说得也很妙，他指出不仅主角浮士德的阴郁的、无餍的企图，就连那恶魔的鄙夷态度和辛辣讽刺，都代表着我自己性格的组成部分。"

……我们一致认为安培尔先生一定是个中年人，才能对生活与诗的互相影响懂得那样清楚。所以我们感到很惊讶，前几天安培尔先生到魏玛来了，站在我们面前的却是一个活泼快乐的二十岁左右的小伙子！我们和他多来往了几次，还同样惊讶地听他说，《地球》的全部撰稿人（这些人的智慧、克制精神和高度文化教养是我们一向钦佩的）都是

①斯塔普弗（P.A.Stapfer）的法文译本出版于1826年。

②安培尔（J.J.Ampère，1800—1864），法国文学家和史学家。他的父亲是著名的物理学家。在电学方面有些发明。

③歌德的剧本《塔索》是用意大利16世纪诗人塔索（T.Tasso，《耶路撒冷的解放》的作者）的生平来影射自己在魏玛宫廷的苦闷生活。

④指《少年维特的烦恼》的主角。

歌德一直强调要继承前人的宝贵"财富"，民族文化是作家创作的源泉。脱离民族文化，就会使作家孤陋寡闻。

歌德将德国同法国和英国对比来说明这个问题。

年轻人，和他的年纪差不多。

我说："我很理解一个年轻人能创作出重要的作品，例如梅里美在二十岁就写出了优秀作品。但是像这位《地球》撰稿人那样年轻就能如此高瞻远瞩，见解深刻，显出高度的判断力，这对于我却完全是件新鲜事。"

歌德说："对于像你这样在德国荒原上出生的人来说，这当然是不很容易的，就连我们这些生在德国中部的人要得到一点智慧，也付出了够高的代价。我们全都过着一种基本上是孤陋寡闻的生活！我们很少接触真正的民族文化，一些有才能、有头脑的人物都分散在德国各地，东一批，西一批，彼此相距好几百里，所以个人间的交往以及思想上的交流都很少有。当亚·韩波尔特来此地时，我一天之内从他那里得到的我所寻求和必须知道的东西，是我在孤陋状态中钻研多年也得不到的。从此我体会到，孤陋寡闻的生活对我们意味着什么。

"但是试想一想巴黎那样一个城市。一个大国的优秀人物都聚会在那里，每天互相来往，互相斗争，互相竞赛，互相学习和促进。在那里，全世界各国最好的作品，无论是关于自然还是关于艺术的，每天都被摆出来供人阅览；还试想一下在这样一个世界首都里，每走过一座桥或一个广场，就令人回想起过去的伟大事件，甚至每一条街的拐角都与某一历史事件有联系。此外，还须设想这并不是死气沉沉时代的巴黎，而是19世纪的巴黎，当时莫里哀、伏尔泰、狄德罗之类人物已经在三代人之中掀起的那种丰富的精神文化潮流，是在全世界任何一个地点都不能再看到的。这样想一想，你就会懂得，一个像安培尔这样有头脑的人生长在这样丰富的环境中，何以在二十四岁就能有这样的成就。

"你刚才说过，你可以理解一位二十岁的青年能写出梅里美所写的那样好的作品，我毫不反对你的话。但是总的来说，我也同意你的另一个看法：对于一个年轻人来说，写出好作品要比做出正确判断来得容易。但是在我们德国，一个人最好不要在梅里美那样年轻时就企图写出像梅里美的《克拉拉·加苏尔》①那样成熟的作品。席勒写出《强盗》《阴谋

①指1825年梅里美假托西班牙女演员克拉拉·加苏尔的名义所发表的《克拉拉·加苏尔戏剧集》。

与爱情》和《费厄斯柯》那几部剧本时，年纪固然还很轻，不过说句公道话，这三部剧本都只能显出作者的非凡才能，还不大能显出作者文化教养的高度成熟。不过这不能归咎于席勒个人，而是要归咎于德国文化情况以及我们大家都经历过的在孤陋生活中开辟道路的巨大困难。

“另一方面可举贝朗瑞为例。他出身于贫苦的家庭，是一个穷裁缝的后裔。他有一个时期是个穷印刷学徒，后来当个低薪小职员。他从来没有进过中学或大学。可是他的诗歌却显出丰富的成熟的教养，充满着秀美和微妙的讽刺精神，在艺术上很完满，在语言的处理上也特具匠心。所以不仅得到整个法国，而且也得到整个欧洲文化界的惊赞。

“请你设想一下，这位贝朗瑞假若不是生在巴黎，并且在这个世界大城市里成长起来，而是耶拿或魏玛的一个穷裁缝的儿子，让他在这些小地方困苦地走上他的生活途程，请你自问一下，一棵在这种土壤和气氛中生长起来的树，能结出什么样的果实呢？

“所以我重复一句，我的好朋友，如果一个有才能的人想迅速地幸运地发展起来，就需要有一种很昌盛的精神文明和健康的教养在他那个民族里得到普及。

“我们都惊赞古希腊的悲剧，不过用正确的观点来看，我们更应惊赞的是使它可能产生的那个时代和那个民族，而不是一些个别的作家。因为这些悲剧作品彼此之间尽管有些小差别，这些作家之中尽管某一个人显得比其他人更伟大、更完美一点，但是总的看来，他们都有一种始终一贯的独特的性格。这就是宏伟、妥帖、健康、人的完美、崇高的思想方式、纯真而有力的观照以及人们还可举出的其他特质。但是，如果这些特质不仅显现在流传下来的悲剧里，而且也显现在史诗和抒情诗里，乃至在哲学、辞章和历史之类著作里，此外，在流传下来的造型艺术作品里这些特质也以同样的高度显现出来，那么我们由此就应得出这样的结论：上述那些特质不是专属于某些个别人物，而是属于并且流行于那整个时代和整个民族的。

“试举彭斯①为例来说，倘若不是前辈的全部诗歌都还在人民口头上活着，在他的摇篮旁唱着，他在儿童时期就在这些诗歌的陶冶下成长起来，把这些模范的优点都吸收进来，作为他继续前进的有生命力的基础，彭斯怎么能成为伟大诗人呢？再说，倘若他自己的诗歌在他的民族中不能马上获得会欣赏的听众，不是在田野中唱着的时候得到收割庄稼的农夫们的齐声应和，而他的好友们也唱着他的诗歌欢迎他进小酒馆，彭斯又怎么能成为伟大诗人呢？在那种气氛中，诗人当然可以做出一些成就！

“另一方面，我们这些德国人和他们比起来，现出怎样一副可怜相！我们的古老诗歌也并不比苏格兰的逊色，但是在我们青年时代，有多少还在真正的人民中活着呢？赫尔德尔和他的继承者才开始搜集那些古老诗歌，把它们从遗忘中拯救出来，然后至少是

---

①彭斯（R.Bums，1759—1796），英国苏格兰的农民诗人，近代西方少数伟大的工农出身的诗人之一，他的许多诗歌至今还在苏格兰民间传诵着。

印刷出来，放在图书馆里。接着，毕尔格尔和弗斯[①]还不是写出了许多诗歌！谁说他们的诗歌就比不上彭斯的那样重要，那样富于民族性呢？但是其中有多少还活着，能得到人民齐声应和呢？它们写出来又印出来了，在图书馆里摆着。和一般德国诗人的共同遭遇完全一样。也许其中有一两首还由一个漂亮姑娘弹着钢琴来唱着，但是在一般真正的人民中它们却是音沉响绝了。当年我曾亲耳听到过意大利渔夫歌唱我的《塔索》中的片段，我的情绪是多么激昂呀！

"我们德国人还是过去时代的人。我们固然已受过一个世纪的正当的文化教养，但是还要再过几个世纪，我们德国人才会有足够多和足够普遍的精神和高度文化，使得我们能像古希腊人一样欣赏美，能受到一首好歌的感发兴起，那时人们才可以说，德国人早已不是野蛮人了。"[②]

---

①弗斯（Voss，1751—1826），研究希腊古典文艺的德国学者，译过荷马史诗，写过民歌体的反映农民生活的抒情诗，曾任耶拿大学教授。

②在这篇谈话里，歌德从自己的创作经验谈到诗歌同时代和民族的一般文化的密切关系。他拿德国同法国和英国对比来说明这个问题，深深感慨于当时德国诗人脱离人民和民族文化的孤陋境地。

# 谈贝朗瑞的政治诗

（1827年5月4日）

歌德家举行盛大宴会，招待安培尔和他的朋友斯塔普弗。谈论很活跃、欢畅，谈到多方面的问题。安培尔告诉歌德许多关于梅里美、德·维尼[①]和其他重要文人的事情。关于贝朗瑞也谈得很多，歌德经常想到贝朗瑞的绝妙的诗歌。谈论中提到一个问题：是贝朗瑞的爽朗的爱情歌还是他的政治歌比较好。歌德发表的意见是：一般地说，一种纯粹诗性的题材总比政治性题材好，正如纯粹永恒的真理总比党派观点好。

他接着又说："不过贝朗瑞在他的政治诗歌方面显示了他是法国的恩人。联盟国入侵法国之后，法国人在贝朗瑞那里找到了发泄受压迫情绪的最好的喉舌。贝朗瑞指引他们回忆在拿破仑皇帝统治下所赢得的光辉战绩。对拿破仑的伟大才能，贝朗瑞是爱戴的，不过他不愿拿破仑的独裁统治继续下去。在波旁王朝统治下贝朗瑞似乎感到不自在。那一批人当然是孱弱腐朽的。现在的法国人希望高居皇位的人具有雄才大略，尽管同时也希望自己能参加统治，在政府里有发言权。"……

①德·维尼（Alfred de Vigny，1797—1863），法国浪漫派诗人，其作品感伤色彩很重，带点哲理意味。

# 《威廉·退尔》的起源，歌德重申自己作诗不从观念出发

（1827 年 5 月 6 日）

歌德家举行第二次宴会，来的还是前晚那些客人。关于歌德的《海伦后》和《塔索》谈得很多。歌德对我们讲，1797 年他有过一个计划，想用“退尔传说”①写一部用六音步诗行的史诗。

他说：“在所说的那一年，我再次（去瑞士）游历了几个小州和四州湖。那里美丽而雄伟的大自然使我再度得到很深的印象，我起了一个念头，要写一篇诗来描绘这样丰富多彩、瞬息万变的自然风景。为着使这种描绘更生动有趣，我想到最好用一些引人入胜的人物来配合这样引人入胜的场所和背景。于是我想起退尔的传说在这里很合适。

“我想象中的退尔是个粗豪健壮、优游自得、纯朴天真的英雄人物。作为一个搬运夫，他在各州奔波，到处无人不知道他、不喜爱他，他也到处乐意给人一臂之助。他平平安安地干他的行业，供养着老婆和小男孩，不操心去管谁是主子，谁是奴隶。

“关于对立的一方，盖斯洛在我想象中是个暴君，不过他贪安逸，很随便，有时做点坏事，有时也做点好事，都不过借此寻寻开心。他对人民和人民的祸福概不关心，在他眼中没有人民存在。

“与此对立的人性中一些较高尚善良的品质，例如对家乡的热爱，对祖国法律保护下的自由和安全感，对遭受外国荒淫暴君的枷锁和虐待的屈辱感以及最后逐渐酝酿成熟的要摆脱可恨枷锁的坚强意志，我把这些优良品质分配给瓦尔特·富斯特、斯陶法肖和

①退尔，传说中的瑞士英雄和神箭手。瑞士在中世纪受奥地利统治，奥皇派驻乌理州（退尔出生的小州）的总督盖斯洛很残暴专横。把自己的帽子挂在竿子上，饬令过路人都要向帽子敬礼。退尔独不肯敬礼，被盖斯洛拘捕。盖斯洛把一个苹果放在退尔的儿子头上，罚他用箭把苹果射掉。退尔一箭命中苹果，回头用另一箭射死盖斯洛。从此退尔便领导瑞士人民起义，使瑞士摆脱奥地利帝国的统治。这个传说始见于 15 世纪一首民歌。近代历史家大半认为退尔这个人物是虚构，不过他代表被压迫民族争取解放的热烈希望。歌德的史诗没有写，席勒用这个传说写了他的著名剧本《威廉·退尔》。近代音乐家也爱用这个传说谱歌曲。

文克尔里特[1]之类高尚人物。这些才是我要写的史诗中的真正英雄人物，代表自觉行动的崇高力量，至于退尔和盖斯洛虽有时出现在情节里，总的来说，却只是一些被动的人物。

“当时我专心致志地在这个美好题目上运思，而且哼出了一些六音步格诗行。我看到静悄悄的湖光月色，以及月光照到的深山浓雾。然后我又看到最美的一轮红日之下充满生命和欢乐的森林和草原。我在心中又描绘出一阵雷电交加的暴风雨从岩壑掠过湖面。那里也不缺少寂静的夜景和小桥僻径的幽会。

“我把这一切都告诉了席勒。在他的意匠经营中，我的一些自然风景和行动的人物就形成了一部戏剧。因为我有旁的工作，把写史诗的计划拖延下去，到最后我就把我的题目完全交给席勒，他用这个题目写出了一部令人惊赞的大诗。”

我们听到这番引人入胜的叙述都感到高兴。我指出，《浮士德》第二部第一景用三行同韵格[2]写的那段描绘红日东升的壮丽景致，可能就是根据对四州湖的回忆。

歌德说：“我不否认，那些景物确实是从四州湖来的。如果不是对那里的美妙风景记忆犹新，我就不会用三行同韵格。不过我用退尔传说中当地风光的金子所熔铸成的作品也就止于此。其余一切我都交给席勒了。大家都知道，席勒对这种材料利用得非常美妙。”

话题于是转到《塔索》以及歌德在这部剧本中企图表现的观念。

歌德说：“观念？我似乎不知道什么是观念！我有塔索的生平，有我自己的生平，我把这两个奇特人物和他们的特性融会在一起，我心中就浮起塔索的形象，我又想出安东尼阿[3]的形象作为塔索形象的散文性的对立面，这方面我也不缺乏蓝本。此外，宫廷生活和恋爱纠纷在魏玛还是和在菲拉拉[4]完全一样。关于我的描绘，可以说句真话：这部剧本是我的骨头中的一根骨头，我的肉中的一块肉。

“德国人真是些奇怪的家伙！他们在每件事物中寻求并且塞进他们的深奥的思想和观念，因而把生活搞得不必要地繁重。哎，你且拿出勇气来完全信任你的印象，让自己欣赏，让自己受感动，让自己振奋昂扬，受教益，让自己为某种伟大事业所鼓舞！不要老是认为只要不涉及某种抽象思想或观念，一切都是空的。

“人们还来问我在《浮士德》里要体现的是什么观念，仿佛以为我自己懂得这是什么而且说得出来！从天上下来，通过世界，下到地狱，这当然不是空的，但这不是观念，而是动作情节的过程。此外，恶魔赌输了，而一个一直在艰苦的迷途中挣扎，向较完善境界前进的人终于得到了解救，这当然是一个起作用的、可以解释许多问题的好思想，但这不是什么观念，不是全部戏剧乃至每一幕都以这种观念为根据。倘若我在《浮士德》

---

①退尔传说中一些英雄人物，都无史实可稽。

②“三行同韵格”就是但丁在《神曲》中使用的格律。

③安东尼阿，《塔索》中一个配角。

④菲拉拉，意大利的一个小公国，塔索在那里受到长期礼遇，最后被幽禁放逐。

里所描绘的那丰富多彩、变化多端的生活能够用贯穿始终的观念这样一条细绳串在一起，那倒是一件绝妙的玩意儿哩！”

歌德继续说：“总之，作为诗人，我的方式并不是企图要体现某种抽象的东西。我把一些印象接受到内心里，而这些印象是感性的、生动的、可喜爱的、丰富多彩的，正如我的活跃的想象力所提供给我的那样。作为诗人，我所要做的事不过是用艺术方式把这些观照和印象融会贯通起来，加以润色，然后用生动的描绘把它们提供给听众或观众，使他们接受的印象和我自己原先所接受的相同。

“如果我作为诗人，还想表现什么观念，我就用短诗来表现，因为在短诗中较易显出明确的整体性和统观全局，例如我的动物变形和植物变形两种科学研究以及《遗嘱》之类的小诗。我自觉地要力图表现出一种观念的唯一长篇作品也许是《情投意合》[①]。这部小说因表现观念而较便于理解，但这并不是说，它因此就成了较好的作品。我毋宁更认为，一部诗作愈莫测高深，愈不易凭知解力去理解，也就愈好。”[②]



①又译《亲和力》。

②在这篇谈话里，歌德用自己的创作经验说明诗不应从抽象概念出发，而应从现实生活的具体印象出发。这种看法有它的进步意义，但也不能把它推到极端，以至否定文艺的思想性。

# 拜伦的《唐·璜》，歌德的《海伦后》，知解力和想象的区别

（1827 年 7 月 5 日）

……这就把话题引到素描。歌德拿意大利一位大师的一幅很好的素描给我看，画的是婴儿耶稣和一些法师在庙里。接着他又让我看一幅按素描作出的绘画的复制品，我们看来看去，一致认为素描更好。

歌德说："我近来很幸运，没花很多钱就买到一些名画家的很好的素描。这些素描真是无价之宝，它们不仅显示出艺术家们本来的用意，而且立刻让我们感觉到他们在创作时的心情。例如这幅《婴儿耶稣在庙里》，每一笔都使我们看到作者心情的晶明透彻和镇静果断，而且在观赏中感染到这种怡悦的心情。此外，造型艺术还有一个很大便利，它是纯粹客观的，引人入胜，却不过分强烈地激起情感。这种作品摆在面前，不是完全引不起情感，就是引起很明确的情感。一首诗却不然，它所产生的印象模糊得多，所引起的情感也随听众的性格和能力而各有不同。"

我接着说："我最近在读斯摩莱特的一部好小说《罗德瑞克·蓝登》①，它给我的印象却和一幅好画一样。它照实描述，丝毫没有卖弄风骚的气息，它把实际生活如实地摆在我们面前，这种生活是够讨人嫌厌的，可是通体来说，给人的印象是明朗的，就因为它的确是真实的。"

歌德说："我经常听到人称赞这部小说，我相信你的话是对的，不过我自己还没读过。"……

我又说："在拜伦的作品里我也经常发现把事物活灵活现地描绘出来，在我们内心引起的情绪也正和一位名手素描所引起的一样。特别在他的《唐·璜》②里有很多这样的例子。"

---

①斯摩莱特（Smollet，1721—1771），英国小说家，《罗德瑞克·蓝登》是他的第一部小说，写一个水手的各种遭遇，是以人为纲把许多互不连贯的事件串在一起的范例，描写很生动。

②《唐·璜》写一个美男子浪游希腊、君士坦丁堡、俄国和英国沿途所发生的恋爱故事，其中包括他和俄国女皇叶卡捷琳娜的关系。但是主要的内容是对各国（特别是英国）社会生活的辛辣讽刺。此诗第三乐章《哀希腊》歌很早就译成了中文。

歌德说：“对，拜伦在这方面是伟大的，他的描绘有一种信手拈来、脱口而出的现实性，仿佛是临时即兴似的。我对《唐·璜》知道得不多，但他的其他诗中有一些片段是我熟记在心的，特别是在他写海景的诗里间或出现一片船帆，写得非常好，使人觉得仿佛海风在荡漾。”

我说：“我特别欣赏他在《唐·璜》里描绘伦敦的部分。那里信手拈来的诗句简直就把伦敦摆在我们眼前。他丝毫不计较题材本身是否有诗意，抓到什么就写什么，哪怕是理发店窗口挂的假发或给街灯上油的工人。”

歌德说：“我们德国美学家们大谈题材本身有没有诗意，在某种意义上他们也许并非一派胡说，不过一般说来，只要诗人会利用，真实的题材没有不可以入诗或非诗性的。”……

我说：“……我对拜伦的作品读得愈多，也就愈惊赞他的伟大才能。您在《海伦后》里替拜伦树立了一座不朽的爱情纪念坊，您做得很对。”①

歌德说：“除掉拜伦以外，我找不到任何其他人可以代表现代诗。拜伦无疑是本世纪最大的有才能的诗人，他既不是古典时代的，也不是浪漫时代的，他体现的是现时代。我所要求的就是他这种人。他具有一种永远感不到满足的性格和爱好斗争的倾向，这就导致他在密梭龙基②丧生，因此用在我的《海伦后》里很合适。就拜伦写一篇论文既非易事，也不合适，我想抓住一切恰当时机，去向他表示尊敬和怀念。”

既然谈到《海伦后》，歌德就接着谈下去。他说：“这和我原来对此诗所设想的结局完全不同，我设想过各种各样的结局，其中有一种也很好，现在不必告诉你了。当时发生的事件才使我想到用拜伦和密梭龙基作为此诗的结局，于是把原来的其他设想都放弃了。不过你会注意到，合唱到了挽歌部分就完全走了调子。前此整个气氛是古代的，还没有抛弃原来的处女性格，到了挽歌部分，它就突然变得严肃、深沉起来，说出原来不曾想到也不可能想到的话来了。”

我说：“我当然注意到了这一点。不过我从吕邦斯的风景画里所用的双重阴影③理解到虚构的意义，我对此就不觉得奇怪了。这类小矛盾只要能构成更高的美，就不必去吹毛求疵。挽歌是要唱的，既然没有男合唱队在场，那也就只得让处女们去唱了④。”

---

①歌德在《海伦后》（后并入《浮士德》第二部）里写浮士德和古希腊海伦后结了婚，生的儿子叫作欧福良，代表诗人拜伦。海伦后代表古典美，浮士德代表浪漫精神，两人的结婚代表古典美与浪漫精神的统一。

②拜伦在 1823 年参加希腊解放战争，次年病死在希腊的密梭龙基，年仅三十六岁。此事轰动一时。歌德当时正在写《海伦后》，所以把它写进诗里。

③参看《就吕邦斯的风景画泛论美；艺术既服从自然，又超越自然》。

④希腊戏剧的合唱队男女分工，轻快部分归女声唱，较严肃的部分归较年老的男声唱。《浮士德》下卷只有青年女子合唱队，没有男声合唱队，所以较严肃的部分仍由女声合唱队来唱。

歌德笑着说："我倒想知道德国批评家们对此会怎么说，他们有足够的自由精神和胆量去绕过这个弯子么？对法国人来说，知解力是一种障碍，他们想不到想象有它自己的规律，知解力对想象的规律不但不能而且也不应该去窥测。想象如果创造不出对知解力永远是疑问的事物来，它就做不出什么事来了。这就是诗和散文的分别。在散文领域里起作用的一向是，而且也应该是，知解力。"①

这时已到十点钟，我就告别了。我们坐谈时一直没有点烛，夏夜的亮光从北方照到魏玛附近的厄脱斯堡。②

---

①德国古典哲学家康德和黑格尔都把理性（Vernunft）和知解力（Verstand）严格分开，理性是先验和超验的，根据绝对或最高原则来下判断；知解力（过去误译为"悟性"）是根据经验的，以归纳和演绎的方式来就经验事实作出结论，参看1829年2月13日谈话。此外，西方美学家又常把知解力和想象力（Phantasie，Imagination）严格分开，前者用于散文，用于常识和经验科学领域之类实事求是的论述；想象用于诗和艺术的虚构。实际上过去所讲的超验理性根本不存在，至于知解力和想象虽有分别，文艺也不能单凭想象而不要知解力（即不能单凭形象思维而不要抽象思维）。

②这篇谈话重申歌德的一些基本文艺观点，即从现实出发，要使作品如实地反映现实，但并不排除艺术虚构。歌德说明了《海伦后》何以要用拜伦代表海伦后（古典美）和浮士德（浪漫精神）结合所产生的近代诗艺，作为全诗的结局。

# 歌德接到瓦尔特·司各特的信

（1827年7月25日）

歌德最近接到瓦尔特·司各特的一封信，感到很高兴。今天他把这封信拿给我看，因为英文书法他不大认得清楚，就叫我把信的内容译出来。他像是先写过信给这位著名的英国诗人，①而这封信就是答复他的。司各特写道：

我感到很荣幸，我的某些作品竟有幸受到歌德的注意，我从1798年以来就是歌德的赞赏者之一。②当时我对德文虽然懂得很肤浅，却够大胆地把《葛兹·封·伯利欣根》译成英文了。在这种幼稚的尝试中，我忘记了只感觉到一部天才作品的美并不够，还要精通作品所用的语文才能把作品的美显示给旁人看。不过我还是认为我的幼稚尝试有点价值，它至少可以显示出我能选择一部值得惊赞的作品来译。

我曾从我的女婿洛克哈特③那里听到关于您的情况。这位年轻人有些文学才能，他在和我家结成亲属关系之前几年，就已荣幸地拜访过德国文学之父了。您不可能记得那么多向您致敬者之中的每一个人，但是我相信，我的家庭中这个年轻成员比任何人都更敬仰您。

我的朋友品克的霍浦爵士不久以前本来有访问您的荣幸，我原想通过他写信给您，我后来又想通过预定要到德国去旅行的他的两位亲戚带信给您，可是他们因病未能成行，以致过了两三个月才把信退还给我。所以老早以前，还在歌德那样友好地向我致意以前，我就已冒昧地设法结识他了。

凡是赞赏天才的人们知道一位最大的欧洲天才典范在高龄受到高度崇敬，在享受幸福而光荣的退隐生活，都会感到非常欣慰。可怜的拜伦勋爵的命运却没有让他获得这样的幸运，而是在盛年就剥夺了他的生命，使一切对他的希望和期待都落了空。他生前对您给他的荣誉曾感到荣幸，对一位诗人深怀感激，而对这位诗人，现代一切诗人都深怀感激，感到自己不得不用婴儿的崇敬心情来仰望着他。

---

①歌德曾于1827年1月12日写信给司各特。

②信中对歌德有时用第三人称，表示尊敬。

③洛克哈特（J.G.Lockhart，1794—1854）写过《瓦尔特·司各特传》，这是英国最著名的传记之一。

我已冒昧地托特劳伊特尔和伍尔茨图书公司把我为一位值得注意的人物所试写的传记[①]寄给你，这位人物多年来对他统治过的世界起过大得可怕的影响。我不知道我自己是否有应当感谢他的地方，因为他使得我拿起武器打了十二年的仗[②]，当时我在一个英国民兵团服役，尽管长期跛腿，我还是变成了一个骑马、打猎和射击的能手。这些好手艺近来有些离开我了，而风湿病这种北方天气的祸害已侵袭到我的肢腿了。不过我并不抱怨，因为我虽放弃了骑射，却看到儿子们正在从骑射中找得乐趣。

我的长子现在掌管着一个轻骑兵连，这对于一个二十五岁的青年人总是够高的地位了。我的次子最近在牛津大学得了文学学士的学位，在他走进世界以前，先在家里待几个月。由于老天爷乐意要他们的母亲抛开人世，我最小的女儿在管理家务。最大的女儿结了婚，已有她自己的家庭了。

承垂询到我，我的家庭情况就是如此。此外，尽管曾遭受过巨大损失，我还有足够的家资使我生活得很称意。我承继了一座宏大的老邸宅，歌德的任何朋友来这里会随时受到欢迎。大厅里摆满了武器，这甚至配得上雅克斯特豪生[③]，还有一只猎犬守着大门。

不过我忘记了在世时曾多方努力使人们不要忘记他的那一位[④]。我希望您能原谅这部作品中的一些毛病，考虑到作者本意是想在他的岛国成见所能容许的范围内尽量忠诚地描述这位非凡人物。

这次一位游客提供我写信给您的机会来得很突然，也很偶然，他不能等，我没有时间再写下去了。我只能祝愿您保持健康和休养，向您表示最诚恳、最深厚的敬意！

瓦尔特·司各特

1827 年 7 月 9 日，爱丁堡

我已说过，歌德看到这封信很高兴。不过他认为这封信对他表示那样高度崇敬，是由于作者的爵位和高度文化教养使他这样有礼貌。

他提到瓦尔特·司各特那样和蔼亲切地谈他的家庭情况，这显示出兄弟般的信任，使他很高兴。

他接着说：“我急于想看到他答应寄来的《拿破仑传》。我已听到许多对这部书的反驳和强烈抗议，我敢说它无论如何是值得注意的。”

我问到洛克哈特，问他是否还记得这个人。

---

①指司各特所写的《拿破仑传》。

②指英国参加的围攻拿破仑的战役。

③葛兹·封·伯利欣根的堡垒。司各特景仰中世纪的骑士，在住房陈设乃至一般生活方面都喜欢模仿中世纪传奇人物。

④指拿破仑，下文指司各特的《拿破仑传》。

歌德回答说："还记得很清楚，他的风度给人不会很快就能忘掉的深刻印象。从许多英国人乃至我的儿媳谈到他的话来看，他一定是一个在文学方面有很大希望的青年人。

"此外我感到有些奇怪，司各特没有一句提到卡莱尔[①]的话，卡莱尔对德国文化有浓厚的兴趣，司各特一定知道他。

"卡莱尔值得钦佩的是，在评判我们德国作家时他总是特别着眼到精神的和伦理的内核，把它看作真正起作用的因素。卡莱尔是一种有重大意义的道德力量，他有许多预兆未来的东西，现在还不能预见到他会产生什么结果或发生什么影响。"

---

①卡莱尔（Thomas Carlyle，1795—1881），苏格兰作家、历史学家、唯心主义哲学家，德国文学的热情宣传者，译过歌德的《威廉·麦斯特》，写过《席勒传》《弗里德里希大帝的历史》《英雄和英雄崇拜》等。恩格斯在《英国状况》中屡次对他作过评介。

# 访耶拿，谈弗斯和席勒，谈梦和预感，歌德少年时代一段恋爱故事

（1827年10月7日）

今晨天气顶好。八点钟以前我就陪歌德乘马车到耶拿去，他打算在耶拿待到明晚。

到达耶拿还很早，我们就先到植物园。歌德浏览了园里的草木，看到一切井然有条，欣欣向荣。我们还观看了矿物馆以及其他自然科学方面的收藏，然后就应邀乘车到克涅伯尔先生家[1]吃晚饭。

克涅伯尔先生很老了，走到门口去拥抱歌德时几乎跌倒了。席间大家都很亲热活跃，不过没有谈什么重要的话。这两位老朋友都沉浸在重逢的欢乐中。

饭后我们乘车向南走，沿着莎勒河往前行驶。我早先就熟识这个地区，但是一切都很新鲜，仿佛不曾见过似的。

回到耶拿街上时，歌德吩咐马车沿着一条小溪前行，到了一座外观不大堂皇的房子门前就停下来。

他说："弗斯从前就住在这里，我带你来看看这个带有古典意味的场所。"我们穿过房子走进花园，里面花卉不多，名品种很少。我们在果树荫下的草地上走着。歌德指着果树说："这是为恩涅斯丁[2]而栽的。她老家在欧亭，到了耶拿还忘不了家乡的苹果。她曾向我夸奖这种苹果多么香甜。这是她儿时吃的苹果，原因就在此！我和弗斯夫妇在这里度过许多欢畅的良宵，现在我还爱回忆过去那种好时光。像弗斯那样的人物不易再碰到了，现在很少有人能像他那样对德国高等文化发生深广的影响。他的一切都是健康而坚实的，所以他对古希腊人的爱好并不是矫揉造作而是自然的，对我们这些人产生了顶好的结果。像我这样深知他的好处的人简直不知道怎样怀念他才够。"

到了六点钟左右，歌德想起该是到旅馆去过夜的时候了。他原已在挂着熊招牌的旅馆里预定了房间。分配给我的房间很宽敞，套间里摆着两张床。日落未久，窗户上还有亮光，我们觉得不点烛再坐一会儿是很惬意的。

歌德又谈起弗斯，说："无论对耶拿大学还是对我自己，弗斯都很有益。我本想把

---

①参看《初次会见》。

②弗斯夫人。

他留下来，但是海德尔堡大学向他提供了很优厚的条件，凭我们这里不宽裕的经济情况无法和它竞争。我让弗斯走了，心里很难过，幸好我得到了席勒。我和席勒的性格尽管不同，志向却是一致的。所以我们结成了亲密的友谊，彼此都觉得没有对方就根本无法过活。”

歌德接着向我谈了席勒的一些逸事，颇能显出席勒的性格特征。

他说：“席勒的性格是光明磊落的，我们可以想象到，他痛恨人们有意或确实向他表示任何空洞的尊敬和陈腐的崇拜。有一次考茨布要在席勒家里替席勒正式举行庆祝，席勒对此非常讨厌，感到恶心，几乎晕倒了。①他讨厌陌生人来访。如果他当时有事不能见，约来客午后四时再来，到了约定的时间，他照样怕自己会感到糟心甚至生病。在这种场合，他总是显得很焦躁甚至粗鲁。我亲眼看见过一位素昧平生的外科大夫没有经过传达就闯进门来拜访他，他那副暴躁的神色使那个可怜的家伙惊慌失措，抱头鼠窜了。

“我也说过，而且这也是大家都知道的，我和席勒的性格很不同，尽管志向一致。这种不同不仅表现在心理方面，也表现在生理方面。对席勒有益的空气对我却像毒气。有一天我去访问他，适逢他外出。他夫人告诉我，他很快就会回来，我就在他的书桌旁边坐下来写点杂记。坐了不久，我感到身体不适，愈来愈厉害，几乎发晕。我不知道怎么会得来这种怪病。最后发现身旁一个抽屉里发出一种怪难闻的气味。我把抽屉打开，发现里面装的全是些烂苹果②，不免大吃一惊。我走到窗口，呼吸了一点新鲜空气，才恢复过来。这时席勒夫人进来了，告诉我那只抽屉里经常装着烂苹果，因为席勒觉得烂苹果的气味对他有益，离开它，席勒就简直不能生活，也不能工作。”

歌德接着说：“明天早晨我带你去看看席勒在耶拿的故居。”

这时上了灯，我们吃了一点晚饭，然后又坐了一会儿，闲谈了一些往事。

我谈起我在少年时代做过一次怪梦，到第二天早晨，这个梦居然成了真事。

我说：“我从前养过三只小红雀，把整个心神都灌注在它们身上，爱它们超过爱任何东西。它们在我房间里自由地飞来飞去，我一进门，它们就飞到我手掌上。有一天中午发生了一件不幸的事故，我走进房间里，有一只小红鸟掠过我头上飞了出去，不知道飞到哪里去了。当天整个下午，我到所有的房顶上去找它，可是终于失望，一直到天黑，小红鸟连影子也见不到。我就带着悲痛上床睡觉了。睡到早晨，我做了一个梦，梦见我还在附近逛来逛去，找那只失去的小红鸟。突然间，我听到它的叫声，看到它在我们住宅的花园后邻家的屋顶上。我召唤它，它鼓翼向我飞来，好像在求食，可是还不肯飞到我手掌上来。看到这种情况，我就飞快地穿过花园跑回到房子里，用盒子装满小米，再跑回去，举起它爱吃的食物给它看，它就飞到我的手掌上来了。于是我满心高兴地把它

---

①考茨布这位新起的剧作家对歌德和席勒所宣传的古典主义表示反对，所以他庆祝席勒是虚伪的。

②文学家和艺术家往往借喝酒、抽烟来振奋精神，烂苹果发过酵，有点酒味，可能起刺激和振奋的作用。

带回房子里，同它的两个小伙伴放在一起。

“我醒来时天正大亮，我赶快穿起衣服，匆匆忙忙地穿过小花园，飞奔到我梦见小红鸟落脚的那座房子。小红鸟果然在那里！一切经过就和我梦见的完全一样。我召唤它，它转过身来，却不肯马上飞到我手掌上。我赶快跑回家，搬出鸟食，等它飞到我手掌上，然后我就把它同另外两个小红鸟放在一起了。”

歌德说：“你那段少年时代的经历倒是顶奇特的。不过自然界类似这样的事例还很多，尽管我们还没有找到其中的奥妙。我们都在神秘境界中徘徊着，四周都是一种我们不认识的空气，我们不知道它怎样起作用，它和我们的精神怎样联系起来。不过有一点是可以确定的：在某些特殊情况下，我们灵魂的触角可以伸到身体范围之外，使我们能有一种预感，可以预见到最近的未来。”

我说：“我最近也经历过类似的情况。我正在沿埃尔富特公路散步回来，大约再过十分钟就可以到达魏玛的时候，心里忽然有一种预感，仿佛到了剧院的拐角就要碰见一个经年没有见面而且许久不曾想念过的人。想到我会碰见她，我心里有些不安。没想到，到了剧院的拐角，我果然碰见了她，正是在十分钟以前我在想象中看见她的那个地方，这使我大为惊讶。”

歌德回答说：“那也是一件怪事，而且并非偶然。刚才已说过，我们都在神秘而奇异的境界中摸索。此外，单是默然相遇，一个灵魂就可以对另一个灵魂发生影响，我可以举出很多事例。我自己就有过这样的经历。有一次我和一个熟人一道散步，我心里在沉思某一事物时，他马上就向我谈起那个事物。我还认识一个人，他能一声不响，单凭他的意力操纵，使正在谈得很欢的一群人突然鸦雀无声。他甚至还能在这一群人中间制造一种困难气氛，使他们感到不安。我们身上都有某种电力和磁力，像磁石一样，在接触到同气质或不同气质的对象时，就发出一种吸引力或抗拒力。如果一位年轻姑娘无意中碰巧和一个存心要谋害她的男子待在同一间黑屋里，尽管她不知道他也在那里，她心里也可能很不安地感觉到他就在那里，栗栗危惧起来，力图逃脱这间黑屋，跑回家去。”

我插嘴说：“我知道有一部歌剧，其中有一场就表演一对远别很久的情人无意中同待在一间黑屋里，彼此本来不知道对方也在那里，可是没有多久，磁力就发挥作用，把这两人吸引到一起，那位年轻姑娘很快就倒在那年轻男子怀抱中去了。”

歌德接着说：“在钟情的男女中间，这种磁石特别强烈，就连距离很远，也会发生作用。我在少年时代，像这样的事例经历过很多。有时我孤零零一个人在散步，渴望我所爱的那位姑娘来给我做伴，一心一意地想念着她，直到她果然来到我身边，对我说：‘我在房子里闷得慌，忍不住走到这里来了。’

“我还记得从前我住在耶拿这里头几年中的一段经历。我到这里不久又爱上一个女子。那时我远游回来已经有好几天，因为每夜都被宫廷事务拖住，抽不出时间去看我爱的那位女子。我和她相爱已引起人们注意，所以白天我不敢去看她，怕惹起更多的流言蜚语。等到第四天或第五天晚上，我再也忍不住了，就走上到她家的那条路，不知不觉地走到了她家门口。我轻步登上楼梯，正准备进她房子里，却听见里面人声嘈杂，显然她不是单独一个人在家。我就悄悄地下了楼，很快又回到黑暗的街头，当时街上还没有点灯。我心里既烦躁又苦痛，在这个镇市里四面八方地乱冲乱闯，差不多有一个钟头，又闯回到她家门口，一直在想念着她。最后我终于准备回到我的孤独的房子里去，又穿过她家门前，望见她房里灯已熄灭，就自言自语地说，她也许出门了，但是在这黑夜里她到哪里去呢？我在哪里能碰见她呢？我又逛了好几条街，碰见了许多人，往往碰见的人模样和身材很像她，但是近看又不是她。我当时已深信强烈的交感力，单凭强烈的眷恋就可以把她吸引到我身边来。我还相信我周围有无形可见的较高的精灵，于是我向他们祷告，请求把她的脚步引向我，或是把我的脚步引向她。这时我又自己骂自己说：'可是你真傻呀！你不想再尝试一次，回到她那里去，却在央求什么征兆和奇迹！'

"这时我已走到大街尽头的空地，到了席勒从前住过的那所小房子，心里忽然想要朝宫殿方向转回去，然后转到右边的小道。我朝这个方向还没有走上一百步，就看见一个女子向我走来，体形完全像我梦寐以求的那个人。偶尔有窗口射出微弱的灯光，照得街道还有点亮。当晚我已多次因体形类似受了骗，所以不敢冒昧地向她打招呼。我们两人走得很靠近，胳膊碰到了胳膊。我站住不动，巡视着周围，她也采取这种姿势。她开口道：'是你？'我认出她的口音，就说：'终于见到啦！'欢喜得流泪。我们的手紧握住了。我说：'哈，我的愿望到底没有落空，我万分焦急地四处找你，我心里想，一定会把你找到。现在我可快活啦！多谢老天爷，我的预感成了现实啦！'她说：'你这人真坏，为什么不来？今天我听说你回来已经三天了，今天我哭了一个下午，以为你把我忘掉了。刚才，一个钟头以前，我突然又非常想你，说不出来多么焦躁。有两位女友来看我，老待着不走。她们一走，我马上抓起帽子和大衣，有一股力量迫使我非出门在黑夜里走走不可，要走到哪里，我也没有个打算。你经常盘踞在我心坎里，我感觉到你一定会来看我。'她说的是真心话。我们紧握着手，紧紧地拥抱着，让对方了解到别离并不曾使我们的爱情冷下来。我陪她走到门口，走进她家里。楼梯黑暗，她走在前面，捉住我的手拉着我跟她走。我说不出地欢喜，不仅因为我终于再见到她，而且也因为我的信心和我对冥冥中无形影响的预感都没有落空。"

歌德的心情显得顶舒畅。我就是再听他继续谈几个钟头也是乐意的，可是他逐渐感到疲倦了，我们就到套间，不久就上床睡觉了。①

---

①这篇记录得很生动的谈话，表明歌德对西方一向流行的占梦、异地交感、"天眼通"、无形神力之类迷信仍感到津津有味，尽管他的科学训练养成了他基本上倾向唯物主义的世界观。他和席勒的个性差异和亲密友谊也是西方文艺界传诵的佳话。歌德在少年时代有不少的恋爱经历，从这篇谈话所叙述的那件事例也可以想见一般。这里谈到的女子据说就是著名的夏洛蒂·冯·斯坦因夫人（Frau Charlotte von Stein，1742—1827），参看1930年《万人丛书》中英译本所载的英国评论家哈夫洛克·霭理斯（Havelock Elis）的序文。斯坦因夫人有一点文名。歌德给她的书信集在1848年到1851年发表过。

# 歌德和黑格尔谈辩证法

（1827年10月18日）

黑格尔来到魏玛。歌德对黑格尔这个人很尊敬，尽管对黑格尔哲学所产生的某些效果不太满意。今晚他举行茶会招待黑格尔，准备今晚离开魏玛的泽尔特也在座。

关于哈曼[①]谈得很多，黑格尔是主要发言人。他对这位才智非凡的哲学家发表了一些深刻的见解，要不是他对哈曼进行过最仔细、最认真的研究，就不会有那样深刻的见解。

后来话题转到辩证法的本质。黑格尔说：“归根到底，辩证法不过是每个人所固有的矛盾精神经过规律化和系统化而发展出来的。这种辩证才能在辨别真伪时起着巨大的作用。”

歌德插嘴说：“但愿这种灵巧的辩证技艺没有经常被人误用来把真说成伪，把伪说成真！”

黑格尔说：“你说的那种情况当然也会发生，但也只限于精神病患者。”

歌德说：“幸好对自然科学的研究使我没有患精神病！因为在研究自然时，我们所要探求的是无限的、永恒的真理，一个人如果在观察和处理题材时不抱着老实认真的态度，他就会被真理抛弃掉。我还深信，辩证法的许多毛病可以从研究自然中得到有效的治疗。”

这篇日记体现了歌德的哲学观，歌德从自然科学来谈他的哲学观，而黑格尔从“精神”来谈哲学。歌德明显倾向唯物主义，而黑格尔带有唯心主义倾向。

你接触过哲学吗？你怎么看待辩证法？

①哈曼（J.G.Hamann，1730—1788），德国启蒙运动中的哲学家。

大家谈得正欢，泽尔特站了起来，一声不响就离开了。我们明白泽尔特对于要和歌德告别感到很难过，所以采用这种办法来避免告别时的悲伤。①

①这篇短兵相接的谈话生动地说明了歌德和黑格尔在哲学观点上的基本对立。歌德从自然科学出发，倾向唯物主义，坚持实际观察和实验，所以反对黑格尔的从“理念”出发的辩证法，认为它不免颠倒真伪。不过从歌德在自然科学方面强调有机观和综合法来看，以及从他在美学方面强调艺术与自然、特殊与一般以及客观世界与主观世界的对立统一来看，他的思想中也有很明显的辩证因素，他所反对的不过是黑格尔宣扬的那种辩证法而已。

## 1828 年

# 论天才和创造力的关系，天才多半表现于青年时代

（1828 年 3 月 11 日）

……今天饭后我在歌德面前显得不很自在，不很活泼，使他感到不耐烦。他不禁带着讽刺的神气向我微笑，还开玩笑说："你成了第二个项狄，有名的特利斯川的父亲[①]啦。他有半生的光阴都因为房门吱吱嘎嘎地响而感到烦恼，却下不定决心在门轴上抹上几滴油，来消除这种每天都碰到的干扰。

"不过我们一般人都是这样。一个人精神的阴郁和爽朗就形成了他的命运！我们总是每天都需要护神牵着走，每件事都要他催促和指导。只要这位精灵丢开我们，我们就不知所措，只有在黑暗中摸索了。

"在这方面拿破仑真了不起！他一向爽朗，一向英明果断，每时每刻都精神饱满，只要他认为有利和必要的事，他说干就干。他一生就像一个迈大步的半神，从战役走向战役，从胜利走向胜利。可以说，他的心情永远是爽朗的。因此，像他那样光辉灿烂的经历是前无古人的，也许还会后无来者。

"对呀，好朋友，拿破仑是我们无法模仿的人物啊。"……

歌德关于拿破仑的一番话引起我深思默想，于是我设法就这个题目谈下去。我说："我想拿破仑特别是在少年时代精力正在上升的时期，才不断地处在那样爽朗的心情中，所以我们看到当时仿佛有神在保佑他，他一直在走好运。他晚年的情况却正相反，爽朗精神仿佛已抛弃了他，他的好运气和他的守护星也就离开他了。"

歌德回答说："你想那有什么办法！就拿我自己来说吧，我也再写不出我的那些恋歌和《维特》了。我们看到，创造一切非凡事物的那种神圣的爽朗精神总是同青年时代和创造力联系在一起的。拿破仑的情况就是如此，他就是从来没有见过的最富于创造力的人。

"对了，好朋友，一个人不一定要写诗歌、戏剧才显出富于创造力。此外还有一种事

---

①《特利斯川·项狄》是英国作家斯泰恩（Sterne，1713—1768）写的一部著名的长篇小说。主角的父亲是个典型的脾气坏而心地善良的古怪人。

业方面的创造力,在许多事例中意义还更为重要。医生想医好病,也得有创造力,如果没有,他只能碰运气,偶尔医好病,一般地说,他只是一个江湖医生。”

我插嘴说:“看来你在这里是把一般人所谓‘天才’(Genie)叫作创造力。”

歌德回答说:“天才和创造力很接近。因为天才到底是什么呢?它不过是一种创造力——这种创造力所成就的伟大事业能大方呈现给上帝和大自然,因此天才这种创造力是产生结果的,长久起作用的。莫扎特的全部乐曲都属于这一类,其中蕴藏着一种生育力,一代接着一代地发挥作用,取之不尽,用之不竭。

“其他大作曲家和大艺术家也是如此。斐底阿斯和拉斐尔在后代产生了巨大影响,还有丢勒①和霍尔拜因②。最初发明古代德国建筑形式比例,为后来斯特拉斯堡大教堂和科隆大教堂③创造条件的那位无名建筑师也是一位天才,因为他的思想到今天还作为长久起作用的创造力而保持它的影响。路德就是一位意义很重大的天才,他在过去不少的岁月里产生过影响。他在未来什么时候会不再发挥创造力,我们还无法估量。莱辛不肯接受天才这个大头衔,但是他的持久影响就证明他是天才。另一方面,我们在文学领域里也有些要人在世时曾被捧为伟大天才,身后却没有发生什么影响,他们比自己和旁人所估计的要渺小。因为我已经说过,没有发生长远影响的创造力就不是天才。此外,天才与所操的是哪一行哪一业无关,各行各业的天才都是一样的。不管是像奥肯④和洪堡那样显示天才于科学,像弗里德里希、彼得大帝和拿破仑那样显示天才于军事和政治,还是像贝朗瑞那样写诗歌,实质都是一样,关键在于有一种思想、一种发明或所成就的事业是活的而且还要活下去。

“我还应补充一句,看一个人是否富于创造力,不能只凭他的作品或事业的数量。在文学领域里,有些诗人被认为富于创造力,因为诗集一卷接着一卷地出版。但是依我的看法,这种人应该被看作最无创造力的,因为他们写出来的诗既无生命,又无持久性。反之,哥尔德斯密斯写的诗很少,在数量上不值得一提,但我还是要说他是最富于创造力的,正是因为他的少量诗有内在的生命,而且还会持久。”

谈话停了一会,歌德在房子里踱来踱去,我很想他就这个重要题目再谈下去,因此设法引他再谈,就问他:“这种天才的创造力是单靠一个重要人物的精神,还是也要靠身体呢?”

歌德回答说:“身体对创造力至少有极大的影响。过去有过一个时期,在德国人们常

---

①丢勒(Dürer,1471—1528),文艺复兴时代日耳曼民族最大的画家和版画家。

②霍尔拜因(Holbein,1497—1549),长期在英国工作的德国名画家。

③两座著名的德国哥特式建筑。歌德早年在斯特拉斯堡大学就学,受哥特式建筑影响很深,写过一篇有名的文章歌颂斯特拉斯堡大教堂。

④奥肯(Oken,1779—1851),当时耶拿一位自然科学家,他和歌德一样是进化论的先驱,参看《反杜林论》三版序言,《马克思恩格斯选集》第三卷。

把天才想象为一个矮小瘦弱的驼子。但是我宁愿看到一个身体健壮的天才。

"人们常说拿破仑是个花岗石做的人，这也是主要就他的身体来说的。有什么艰难困苦拿破仑没有经历过！从火焰似的叙利亚沙漠到莫斯科的大雪纷飞的战场，他经历过无数次的行军、血战和夜间露营！哪样的困倦饥寒他没有忍受过！觉睡得极少，饭也吃得极少，可是头脑仍经常显得高度活跃。在雾月十八日的整天紧张活动①之后，到了半夜，虽然他整天没有进什么饮食，却毫不考虑自己的体力，还有足够的精力在深更半夜里写出那份著名的告法兰西人民书。如果想一想拿破仑所成就和所忍受的一切，就可以想象到，在他四十岁的时候，身上已没有哪一点还是健全的了。可是甚至到了那样的年龄，他还是作为一个完好的英雄挺立着。

"不过你刚才说得对，他的鼎盛时期是在少年时期。一个出身寒微的人，处在群雄角逐的时代，能够在二十七岁就成为一国三千万人民的崇拜对象，这确实不简单啊。呃，好朋友，要成就大事业，就要趁青年时代。拿破仑不是唯一的例子……历史上有成百上千的能干人在青年时期就已在内阁里或战场上立了大功，博得了巨大的声誉。"

歌德兴致勃勃地继续说："假如我是个君主，我决不把凭出身和资历逐级上升、而现已到了老年、踏着习惯的步伐蹒跚爬行的人摆在高位上，因为这种人成就不了什么大事业。我要的是青年人，但是必须有本领，头脑清醒，精力饱满，还要意志善良，性格高尚。这样，统治国家和领导人民前进，就会成为一件乐事！但是哪里去找愿意这样做、这样用得其才的君主呢？

"我对现在的普鲁士王太子②抱有很大的希望。据我所知道和听到的，他是个杰出的人物。既是杰出的人物，他就必须选用德才兼备的人。因为不管怎么说，毕竟还是物以类聚，只有本身具有伟大才能的君主，才能识别和重视他的臣民中具有伟大才能的人。'替才能开路！'这是拿破仑的名言。拿破仑自己确实别具识人的慧眼，他所选用的人都是用得其才，所以在他毕生全部伟大事业中都得到妥当的人替他服务，这是其他君主难以办到的。"……

我觉得值得注意的是：歌德自己在这样高龄仍任要职，却这样明确地重视青年，主张国家最高职位应由年轻而不幼稚的人来担任。我不禁提到一些身居高位的德国人，他们虽届高龄，可是在掌管各种重要事务的时候，却并不缺乏精力和年轻人的活跃精神。

歌德回答说："他们这种人是些不平凡的天才，他们在经历一种第二届青春期，至于旁人则只有一届青春……

"我生平有过一段时期，每天要提供两印刷页的稿件，这是我很容易办到的。我写《兄妹俩》花三天，写《克拉维哥》花一星期，这你是知道的。现在我好像办不到了。我也还不应抱怨自己年老，已缺乏创造力了，不过年轻时期在任何条件下每天都办得到的事，

①法国共和八年雾月十八日即 1799 年 11 月 9 日，是拿破仑发动政变、实行军事独裁的日子。

②指威廉亲王，即后来的普鲁士国王和德国皇帝威廉一世。

现在只有在时作时息而条件又有利的情况下才办得到了。十年或十二年以前，在解放战争后那些快乐的日子里，我全副精神都贯注在《西东胡床集》那些诗上，有足够的创造力每天写出两三首来，不管在露天、在马车上还是在小旅店里都是一样。现在我写《浮士德》第二部，只有上午才能工作，也就是睡了一夜好觉，精神抖擞起来了，还要没有生活琐事来败兴才行。这样究竟做出了多少工作呢？在最好的情况下能写出一页手稿，一般只写出几行，创造兴致不佳时写得更少。”

我就问：“一般说来，有没有一种引起创作兴致的办法，或是创作兴致不够佳时有没有办法提高它？”

歌德回答说：“这是一个引起好奇心的问题，可想到的道理和可说的话很多。

“每种最高级的创造、每种重要的发明、每种产生后果的伟大思想，都不是人力所能达到的，都是超越一切尘世力量之上的。人应该把它看作来自上界、喜出望外的礼物，看作纯是上帝的婴儿，而且应该抱着欢欣感激的心情去接受它，尊重它。它接近精灵或守护神，能任意操纵人，使人不自觉地听它指使，而同时却自以为在凭自己的动机行事。在这种情况下，人应该经常被看作世界主宰的一种工具，看作配得上接受神力的一种容器。我这样说，因为我考虑到一种思想往往能改变整个世纪的面貌，而某些个别人物往往凭他们创造的成果给他们那个时代打下烙印，使后世人永记不忘，继续产生有益的影响。

“不过此外还有另一种创造力，是服从尘世影响、人可以更多地凭自己的力量来控制的，尽管就是在这里，人也还是有理由要感谢上帝。属于这一类创造力的有按计划来执行的一切工作，其结果已经历历在目的思想线索的一切中间环节以及构成艺术作品中可以眼见的形体的那一切东西。①

“例如莎士比亚最初想到要写《哈姆雷特》时，全剧精神是作为一种突如其来的印象呈现到他心眼前的，他以高昂的心情巡视全剧的情境、人物和结局，这个整体对他纯粹是来自上界的一种礼物，他对此没有直接的影响，尽管他见到这个整体的可能性总要以具有他那种心灵为前提。至于一些个别场面和人物对话却完全可以凭他自己的力量去操纵，他可以时时刻刻写，天天写，写上几个星期，只要他高兴。我们从他的全部作品看，的确可以看出他始终显出同样的创造力，在他的全部剧本里我们指不出某一片段来说：‘他在这里走了调子，写时没有使尽全力。’我们读他的作品时所得到的印象是，他这个人无论在精神方面还是在身体方面都很健康刚强。

“不过假如一个戏剧体诗人身体没有这样强健，经常生病虚弱，每天写作各幕各景所需要的创造力往往接不上来，一停就是好几天，在这种时候他如果求助于酒来提高他的已亏损的创造力，弥补它的缺陷，这种办法也许有时生效，但是，凡是用这种办法勉强写出的部分，总会使人发现很大的毛病……

---

①指事业、科学哲学和文艺三方面的天才。

“……创造力在休息和睡眠中和在活动中都可以起作用。水有助于创造力，空气尤其如此。空旷田野中的新鲜空气对人最适宜。在那里，仿佛上帝把灵气直接嘘给人，人由此受到神力的影响。拜伦每天花大部分时间露天过活，时而在海滨骑马遨游，时而坐帆船和用橹划的船，时而在海里洗澡，用游泳来锻炼身体。他是从来少见的一个最富于创造力的人物。”①

微信扫码

- 阅读助手
- 名著精析
- 走近作者
- 读后练习

①这篇谈话从歌颂拿破仑说起，着重地讨论了天才这个西方文艺界的老问题。歌德基本上没有摆脱唯心主义的先验论观点，认为天才是天生的，是一种非人力所能控制的神力。但他一般强调学习甚于强调天才，在这里也提出了几个新论点：一、天才必须有民族文化的基础；二、天才是一种创造力，表现于政治和军事、科学和哲学、艺术和文学各方面；三、衡量天才的标准是有所创造，而所创造的须对人类发生有益的影响而且有持久性；四、天才必须有刚强爽朗的精神和健壮的身体，因此它最易表现于青年时代。从最后一点出发，歌德主张国家重用青年，但这些青年必须具备他所列举的几项条件。他又认为，有些人老而益壮，是在经历“第二届青春期”。

# 近代文化病根在城市，年轻一代受摧残，理论和实践脱节

（1828年3月12日）

……歌德说："我们这老一辈欧洲人的心地多少都有点恶劣，我们的情况太矫揉造作、太复杂了，我们的营养和生活方式是违反自然规律的，我们的社交生活也缺乏真正的友爱和良好的祝愿。每个人都彬彬有礼，但没有人有勇气做个温厚而真诚的人，所以一个按照自然的思想和情感行事的老实人就处在很不利的地位。人们往往宁愿生在南海群岛上做所谓野蛮人，尽情享受纯粹的人的生活，不掺一点假。

"如果在忧郁的心情中深入地想一想我们这个时代的痛苦，就会感到我们愈来愈接近世界末日了。罪恶一代接着一代地逐渐积累起来了！我们为我们的祖先的罪孽受惩罚还不够，还要加上我们自己的罪孽去贻祸后代。"

我回答说："我往往也有这种心情。不过这时我只要碰到一队德意志骑兵走过，看到这些年轻人的飒爽英姿，我就感到宽慰，对自己说，人类的远景毕竟还不太坏啊。"

歌德说："我们的农村人民确实保持着健全的力量，还有希望长久保持下去，不仅向我们提供英勇的骑兵，而且保证我们不会完全腐朽和衰亡。应该把他们看作一种宝库，没落的人类将从那里面获得恢复力量和新生的源泉。但是一走到我们的大城市，你就会看到情况大不相同。你且到'跛鬼第二'或生意兴隆的医生那边打一个转，他会悄悄地对你谈些故事，使你对其中的种种苦痛和罪恶感到震惊和恐怖，这些都是搅乱人性，贻害社会的……

"就拿我们心爱的魏玛来说，我只消朝窗外看一看，就可以看出我们的情况怎样。最近地上有雪，我的邻家的小孩们在街头滑小雪橇，警察马上来了，我看到那些可怜的小家伙赶快纷纷跑开了。现在春天的太阳使他们在家里关不住，都想和小朋友们到门前游戏，我看见他们总是很拘谨，仿佛感到不安全，生怕警察又来光顾。没有哪个孩子敢抽一下鞭子，唱个歌儿，或是大喊一声，生怕警察一听到就来禁止。在我们这里总是要把可爱的青年人训练得过早地驯良起来，把一切自然、一切独创性、一切野蛮劲都驱散掉，结果只剩下一派庸俗市民气味。

"你知道，我几乎没有一天不碰见生人来访。看到他们的面貌，特别是来自德国东北部的青年学者们那副面貌，我要是说我感到非常高兴，那我就是撒谎。近视眼，面色苍白，胸膛瘦削，年轻而没有青年人的朝气，他们多数人给我看到的面相就是这样。等

到和他们谈起话来，我马上注意到，凡是我们感到可喜的东西对他们都像是空的、微不足道的，他们完全沉浸在理念里，只有玄学思考中最玄奥的问题才能引起他们的兴趣，他们对健康意识和感性事物的喜悦连影子也没有。他们把青年人的情感和青年人的爱好全都排斥掉，使它们一去不复返了。一个人在二十岁就已显得不年轻，到了四十岁怎么能显得年轻呢？”

歌德叹了一口气，默然无语。

我想到上一个世纪歌德还年轻时那种好时光，色任海姆的夏日微风就浮上心头，于是念了他的两句诗给他听：

我们这些青年人，

午后坐在凉风里。①

歌德叹息说：“那真是好辰光啊！不过我们不要再想它吧，免得现在这种阴雾弥漫的愁惨的日子更使人难过。”

我就说：“要来第二个救世主，才能替我们消除掉现时代这种古板正经、这种苦恼和沉重压力哩。”

歌德说：“第二个救世主要是来了，也会第二度被钉上十字架处死。我们还不需要那样大的人物，如果我们能按照英国人的模子来改造一下德国人，少一点哲学，多一点行动的力量，少一点理论，多一点实践，我们就可以得到一些拯救，用不着等到第二个基督出现了。人民通过学校和家庭教育可以从下面做出很多事来，统治者和他的臣僚们从上面也可以做出很多事来。

“举例来说，我不赞成要求未来的政治家们学习那么多的理论知识，许多青年人在这种学习中身心两方面都受到摧残，未老先衰。等到他们投身实际工作时，他们固然有一大堆哲学和学术方面的知识，可是在所操的那种窄狭行业中完全用不上，因而作为无用的废物忘得一干二净了。另一方面，他们需要的东西又没有学到手，也缺乏实际生活所必需的脑力和体力……

“所有这些人情况都很糟。那些学者和官僚有三分之一都捆在书桌上，身体糟蹋了，愁眉苦脸。上面的人应该采取措施，免得未来的世世代代人都再像这样毁掉。”

歌德接着微笑说：“让我们希望和期待一百年后我们德国人会是另一个样子，看那时我们是否不再有学者和哲学家而只有人。”②

---

①一首题为《狐狸死了，皮还有用》的小诗的头两句。

②在这篇谈话中，歌德已看到西方文明在开始没落，并且把原因归到城市与乡村的差别以及理论和实践的脱节。他把德国未来的希望寄托在乡村中身心健全的青年人，他还没有来得及见到城市产业工人的有组织的力量。他的教育理想着重实践和身心两方面的健全，反对当时德国空谈哲理的风气。

# 翻译语言，古典的和浪漫的

（1828年10月17日）

歌德近来很爱阅读《地球》，常拿这个刊物作谈话资料。库辛[①]和他那个学派的工作在他看来特别重要。

他说："这批人在努力开辟沟通法国和德国的渠道，他们铸造了一种完全适合于交流两国思想的语言[②]。"

他对《地球》特别感兴趣，也因为它经常评论法国文学界的最新作品，而且热情地为浪漫派的自由或摆脱无用规律进行辩护。

他今天说："过去时代那一整套陈旧规律有什么用处？为什么在古典的和浪漫的这个问题[③]上大叫大嚷！关键在于一部作品应该通体完美，如果做到了这一点，它也就会是古典的。"

---

①库辛（V.Cousin，1792—1867），法国自由主义派和折中主义派哲学家，早年接近《地球》杂志的文艺立场，与歌德有些私交，在法国开创了研究德国古典哲学的风气。

②用甲国语言介绍乙国思想，往往不能完全按照甲国语言习惯，而须迁就乙国思想和语言的习惯，仿佛要形成一种新语言。这说明翻译对一国语文的发展有一定的影响。

③这是当时争论激烈的问题，特别在德国。歌德对当时德国浪漫派是不同情的，反陈旧规律是针对法国新古典主义说的。

# 艺术家凭伟大人格去胜过自然

这篇日记紧承1827年4月18日的“艺术既服从自然，又超越自然”。这里告诉我们怎么样才能够胜过自然——凭借伟大的人格！还告诉我们怎么样才能够获得伟大人格——提高自己的文化教养！

（1828年10月20日）

……歌德说：“……已经发现许多杰作，证明古希腊艺术家们就连在刻画动物时也不仅妙肖自然，而且超越了自然。英国人在世界上是最擅长相马的，现在也不得不承认有两个古代马头雕像在形状上比现在地球上任何一种马都更完美。这两个马头雕刻是古希腊鼎盛时代传下来的。在惊赞这种作品时，我们不要认为这些艺术家是按照比现在更完美的自然马雕刻成的，事实是，随着时代和艺术的进展，艺术家们自己的人格已陶冶得很伟大，他们是凭着自己的伟大人格去对待自然的。”……

歌德又说：“……关键在于是什么样的人，才能做出什么样的作品。但丁在我们看来是伟大的，但是他以前有几个世纪的文化教养。罗特希尔德家族①是富豪，但是他们的家资不只是由一代人积累起来的。这种事情比人们所想到的要更深刻些。我们的守旧派艺术家们不懂得这个道理，他们凭着人格的软弱和艺术上的无能去模仿自然，自以为做出了成绩。其实他们比自然还低下。谁要想做出伟大的作品，他就必须提高自己的文化教养，才可以像古希腊人一样，把猥琐的实际自然提高到他自己的精神的高度，把自然现象中由于内在弱点或外力阻碍而仅有某种趋向的东西②实现出来。”

---

①罗特希尔德（Rothschild）家族是18、19世纪欧洲最大的犹太富豪。

②露点苗头而未发展完满的东西。

# 德国应统一，但文化中心要多元化，不应限于国都

（1828 年 10 月 23 日）

……接着我们谈到德国的统一以及在什么意义上统一才是可能的和可取的。

歌德说："我倒不怕德国不能统一，我们的很好的公路和将建筑的铁路对此都会起作用。但是首先德国应统一而彼此友爱，永远应统一以抵御外敌。它应统一，使得德国货币的价值在全国都一律，使得我的旅行箱在全境三十六邦都通行无阻，用不着打开检查，而一张魏玛公民的通行证就像外国人的通行证一样，在德国境内邻邦边界上不被关吏认为不适用。德国境内各邦之间不应再说什么内地和外地。此外，德国在度量衡、买卖和贸易以及许多其他不用提的细节方面也都应统一。

"不过，我们如果设想德国的统一只在于这样一个大国有个唯一的都城，既有利于发展个别人物的伟大才能，又有利于为人民大众谋幸福，那我们就想错了。

"有人曾很恰当地把一国比作一个活人的身体，这样，一国的都城也就可以比作心脏，维持生命和健康的血液从心脏里流到全身远近各个器官去。但是如果某个器官离心脏很远，接受到的血液就渐渐微弱起来。有一个聪明的法国人——我想是杜邦①——绘制过一幅法国文化情况图，用色调的明暗程度去表示法国各地区文化程度的高低。某些地区，特别是远离都城的南方各省，就用纯黑色来表示普遍的蒙昧状态。但是美丽的法兰西如果不只有一个大中心点，而有十个中心点在输送光和生命，它的情况会怎样呢？

"德国假如不是通过一种光辉的民族文化平均地流灌到全国各地，它如何能伟大呢？但是这种民族文化不是从各邦政府所在地出发而且由各邦政府支持和培育的吗？试设想自从几百年以来，我们在德国只有维也纳②和柏林两个都城，甚或只有一个，我倒想知道，在这种情况下德国文化会像什么样，以及与文化携手并进的普及全国的繁荣富足又会像什么样！

"德国现在有二十余所大学分布在全国，还有一百余所公家图书馆也分布在全国。此外还有数量很大的艺术品收藏和自然界动、植、矿物标本的收藏，因为各邦君主都在留心把这类美好事物搜来摆在自己身边。中等学校和技艺专科学校多得不可胜数，几乎没有哪个德国乡村没有一所学校。在这一点上，法国的情况怎么样！

①杜邦（Dupin，1784—1873），法国经济学家和工程师。

②维也纳现在是奥地利首都，有个长时期，德、奥还没有分为两国。

“再看德国有多少剧院，全国已有七十多座了。剧院作为支持和促进高级民族文化教养的力量，是决不应忽视的。

“还要想一想德累斯顿、慕尼黑、斯图加特、卡泽尔、不伦瑞克、汉诺威之类城市，想一想这些城市里有何其多的生活必需品，它们对附近各地起了什么作用。然后再想一想，它们假如不是许久以来就是各邦君主坐镇的处所，能有这种情况吗？

“法兰克福、不来梅、汉堡和卢卑克都是伟大光辉的城市，它们对德国繁荣所起的作用是无法估计的。但是它们要是丧失了各自的主权，作为直辖区城市而并入一个大德国，它们还能像过去一样吗？我有理由对这一点表示怀疑。”①

①德国在威廉一世称帝以前还是些封建割据的小邦，情况很落后，统一德国成为当时德国人民的普遍希望。德国启蒙运动先驱们大半从唯心史观出发，希望通过文化统一来达到政治统一。歌德基本上还是如此，不过他提出文化中心不宜过度集中而应分布到全国各地，这一点是值得注意的。

# 歌德与席勒合作的情况，歌德的文化教养来源

（1828 年 12 月 16 日）

今天我单独和歌德在书房里吃饭，我们谈了各种文学问题。歌德说："德国人摆脱不掉庸俗市民习气。他们现在就某些诗既印在席勒的诗集里又印在我的诗集里这个问题争论不休。在他们看来，把哪些作品归席勒，哪些作品归我分清楚仿佛是件大事，仿佛这种划分有什么益处，仿佛客观存在的事实还不够。

"像席勒和我这样两个朋友，多年结合在一起，兴趣相同，朝夕晤谈，互相切磋，互相影响，两人如同一人，所以关于某些个别思想，很难说其中哪些是他的，哪些是我的。有许多诗句是咱俩在一起合作的，有时意思是我想出的，而诗是他写的，有时情况正相反，有时他作头一句，我作第二句，这里怎么能有你我之分呢？一个人如果把解决这种疑问当做大事，他准是在庸俗市民习气中还陷得很深。"

我说："类似的情况在文学界也不少见，例如人们怀疑这个或那个名人是否有独创性，要追查他的教养来源。"

歌德说："那太可笑了，那就无异于追问一个身体强健的人吃的是什么牛、什么羊、什么猪，才有他那样的体力。我们固然生下来就有些能力，但是我们的发展要归功于广大世界千丝万缕的影响，从这些影响中，我们吸收我们能吸收的和对我们有用的那一部分。我有许多东西要归功于古希腊人和法国人，莎士比亚、斯泰恩和哥尔斯密给我的好处更是说不尽的。但是这番话并没有说完我的教养来源，这是说不完的，也没有必要。关键在于要有一颗爱真理的心灵，随时随地碰见真理，就把它吸收进来。

"还有一点，这个世界现在太老了。几千年以来，那么多的重要人物已生活过，思考过，现在可找到和可说出的新东西已不多了。就连我关于颜色的学说也不完全是新的。柏拉图、达·芬奇，还有许多其他卓越人物都已在一些个别方面先我有所发现，有所论述，我只不过又有所发现，有所论述而已。我努力在这个思想混乱的世界里再开辟一条到达真理的门路。这就是我的功绩。

"我们对于真理必须经常反复地说，因为错误也有人在反复地宣传，并且不是有个别的人而是有大批的人宣传。在报刊上、辞典里，在中学里、大学里，错误到处流行，站在错误一边的是明确的多数。

"人们还往往把真理和错误混在一起去教人，而坚持的却是错误。例如，几天前我还在一部英国百科全书里读到关于蓝色起因的学说。先提到达·芬奇的正确观点，然后就偷偷摸摸地转到牛顿的错误观点，而且还加上一句评语说，牛顿的观点是应该遵从的，因为它已被普遍接受了。"……

## 1829 年

# 常识比哲学可靠，奥斯塔特的画，阅读的剧本与上演的剧本

（1829 年 2 月 4 日）

歌德说：“我在继续读舒巴特[①]，他确实是个有意思的人，如果把他的话翻译成我们一般人的语言，他有很多话是顶好的。他这部书的要义是：在哲学之外还有一种健康人的常识观点，科学和艺术如果完全离开哲学，单靠自由运用人的自然力量，就会做出更好的成绩。这些话对我们都是有益的。我自己对哲学一向敬而远之，健康人的常识观点就是我的观点，所以舒巴特肯定了我毕生所说的和所行的。

“他有一点却是我不能完全赞同的，那就是他在某些问题上所知道的比所说出来的更好，这样他就不是抱着老实态度进行工作。像黑格尔一样，他硬要把基督教扯进哲学里，实际上这二者却互不相干。基督教本身有一种独立的威力，堕落的受苦受难的人们往往借此来提高精神。我们既然承认基督教能起这种作用，它就已提高到哲学之上，就不能从哲学得到什么支持。另一方面，哲学也不必乞灵于基督教，以便证明某些学说，例如永生不朽说[②]。人应当相信灵魂不朽，他有相信这一点的权利，这是符合他的本性的，他可以信任宗教的许诺。但是哲学家如果想根据一种传说来证明灵魂不朽，这种证明就很软弱，没有多大价值。对于我来说，灵魂不朽的信念是由行动这个概念中生出来的。因为我如果孜孜不倦地工作直到老死，在今生这种存在不再能支持我的精神时，大自然就有义务给我另一种形式的存在。”……

歌德叫人取来一部装满素描和版画的画册。他默默地看了几幅之后，就让我看根据奥斯塔特[③]原画刻制的一幅很美的版画。他说：“这里你可以看到一个贤夫贤妻的场面。”我看到这幅版画很欢喜。画的是一间农民住房的内部，厨房、客厅和卧房都是这一间。夫妻面对面坐着，妻在纺纱，夫在络纱，两人脚边躺着一个婴儿。房里面摆着一张床，地上到处摆着一些最粗陋、最必需的日用家具，门直通露天空地。这幅画充分表现出局促情况下的婚姻生活的幸福。从这对夫妻对面相觑的面容上，可以看出心满意足、安适

---

①舒巴特（K.E.Schubarth，1796—1861），发表过评论歌德以及有关文学和艺术的著作。这里提到的是他的《泛论哲学，并特论黑格尔的哲学科学全书》（1829 年，柏林）。

②即灵魂不朽说。

③奥斯塔特（Ostade，1610—1685），荷兰名画家。

和恩爱的意味。

我说："这幅画愈看愈使人欢喜，它有一种独特的魔力。"

歌德说："那是一种感性魔力，是任何艺术所不可缺少的，而在这类题材中则全靠它才引人入胜。另一方面，在表现较高的意趣时，艺术家走到理想方面，就很难同时显出应有的感性魔力，因而不免枯燥乏味。在这方面，青年人和老年人就有宜与不宜之分，因此艺术家选择题材时应省度自己的年纪。我写《伊菲革涅亚》和《塔索》那两部剧本获得了成功，就因为当时我还够年轻，还可以把我的感性气质渗透到理想性的题材里去，使它有生气。现在我年老了，理想性题材对我已不合适，我宁愿选择本身已具有感性因素的题材……"

歌德接着说："……一部写在纸上的剧本算不得什么大事。诗人必须了解他用来进行工作的手段，必须把剧中人物写得完全适应要扮演他们的演员……为舞台上演而写作是一种特殊的工作，如果对舞台没有彻底了解，最好还是不写。每个人都认为一种有趣的情节搬上舞台后也还一样有趣，可是没有这么回事！读起来很好乃至思考起来也很好的东西，一旦搬上舞台，效果就很不一样，写在书上使我们着迷的东西，搬上舞台可能就枯燥无味。读过我的《赫尔曼与窦绿台》的人认为它可以上演。特普费尔[①]就尝试过，但是效果如何呢？特别是演得不太高明时，谁能说它在各方面都是一部好剧本呢？一个人为舞台上演写剧本，既要懂行，又要有才能。这两点都是难能罕见的，如果不结合在一起，就很难收到好效果。"[②]

---

①特普费尔（Karl Topfer，1792—1871），德国剧作家，曾把歌德这部牧歌体诗改写成剧本，上演过多次。

②在这篇谈话里，歌德从常识观点出发，驳斥当时流行的抽象哲学，反对把基督教扯到哲学里。但他并不彻底，还舍不得抛弃灵魂不朽说，尽管他对灵魂不朽作了一种新的解释。接着他较着重地讨论了艺术中理性因素与感性因素的关系和适当配合，以及供阅读的剧本与上演的剧本的区别。

# 歌德的建筑学知识，艺术忌软弱

（1829 年 2 月 12 日）

……我们接着谈到歌德自己的建筑知识。我提到，歌德在意大利一定获得很多这方面的知识。

歌德说："意大利使我懂得什么才是严肃和伟大，但是没有教会我什么熟练的技巧。魏玛宫堡的建筑给我的教益比什么都多。我不得不参加这项工程，有时还得亲自绘制柱顶盘的蓝图。我比专业人员有一点长处，我在意境方面比他们强。"

接着我们谈到泽尔特。歌德说："我接到他的一封信，他埋怨他的《救世主》乐曲在演唱中被他的一个女徒弟弄糟了。她在一个唱段里显得太软弱、太感伤。软弱是我们这个时代的特征，我有一个假想，在德国，软弱是力图摆脱法国影响的结果。画家们、自然科学家们、雕刻家们、音乐家们、诗人们，很少有例外，都显得软弱，就连广大观众也不见得较好。"……

这篇日记体现了歌德的哲学观和艺术观。

“自然永远正确，错误都是人犯的”，这体现了歌德的唯物主义观和艺术来源于自然的艺术观。

# 自然永远正确，错误都是人犯的；知解力和理性的区别

（1829年2月13日）

和歌德单独吃了晚饭。他说：“在写完《漫游时代》之后，我要回头研究植物学，和梭瑞继续进行翻译①。我只怕这项工作牵涉很广，终于要成为一种脱不了身的精神负担。有许多大秘密还没有揭开，对有些其他秘奥我现在只有一种预感。”……

接着他谈到，一些自然科学家进行研究，首先是为着要证实自己原有的看法。他说：“布赫②新近出版了一部著作，书名本身就包含一种假说，他要讨论的是到处散布着的花岗岩石，这种岩石是怎样来或是从何而来的，我们全不知道。可是布赫先生心里先有一个假说，认为这些岩石是由地心某种力量迸散出来而分布于地面的，他的书名《迸散出花岗岩石》就已点明了这种假说。这就使迸散这个结论下得太快，把天真的读者们扔到错误的罗网里，而他们还不自知。

“一个人要认清这一切，首先要到了相当的年纪才行，其次是要有足够的钱为经验付出代价。我为我的每一个警句就要花去一袋钱。我花去了五十万私财，才换得现在我所有的这一点知识。我花去的不只是我父亲的全部财产，还有我的薪俸以及五十多年的大量稿费版税收入。此外和我关系很亲密的公侯贵人们为我所参加的一些大事业也花去了一百五十万，他们的措施及其成功和失败之中都有我的一份。

“要想成为一个通人，单是有点才能还不够，更重要的是身居高位，有机会去观摩当代一些国手赛棋，而角逐的输赢也

①歌德原已着手写《植物变形学》，现在由梭瑞译成法文，歌德亲自指导翻译工作。

②布赫（L.Buch，1774—1853），德国地质学家。看下文，他似是火成岩论者。

牵涉到他自己。

“如果我没有在自然科学方面的辛勤努力，我就不会学会认识人的本来面目。在自然科学以外的任何一个领域里，一个人都不能像在自然科学里那样仔细观察和思维，那样洞察感觉和知解力的错误以及人物性格的弱点和优点。一切都是多少具有弹性、摇摆不定的，一切都是可以这样或那样处理的，但是自然从来不开玩笑，她总是严肃的、认真的，她总是正确的，而缺点和错误总是属于人的。自然对无能的人是鄙视的；她对有能力的、真实的、纯粹的人才屈服，才泄露她的秘密。

“知解力高攀不上自然，人只有把自己提到最高理性的高度，才可以接触到一切物理的和伦理的本原现象所自出的神。神既藏在这种本原现象背后，又借这种本原现象而显现出来。①

“但是神只在活的事物而不在死的事物中起作用，只存在于发展和变革的事物中，不存在于已成的、凝固的事物中。所以倾向神的理性只管在变化发展中的活的事物，而知解力只管它所利用的、已成的、凝固的事物。

“所以矿物学是为实际生活运用知解力的科学，它的对象是一种死的不再生长的事物，不再有综合的可能了。气象学的对象却是一种活的事物，我们每天都看见它在活动和生长，它是以综合为前提的，只不过参加协作的因素极复杂，人还够不上进行这种综合，不免要在观察和研究中白费一些精力。我们在起航驶向综合这个想象的岛屿，也许这块陆地终于是发现不到的。我并不为此感到奇怪，因为我知道从植物和颜色这类简单事物达到某种综合是多么困难的事。”②

知解力是知性，它与理性相区别。知解力是根据经验，以归纳和演绎的方式来就经验事实来做出结论。理性是先验和超验的，根据绝对或最高原则来下判断。

---

①歌德把宇宙间最高的原理或“绝对理念”叫作“神”，这是根据康德而和黑格尔一致的。本原现象就是最高原理的具体显现，例如各种科学和哲学所研究的对象。参看《就吕邦斯的风景画泛论美；艺术既服从自然，又超越自然》。

②植物变形和颜色是歌德毕生研究的两个科目。当时矿物学和气象学都还很幼稚，歌德的话在很大程度上已过时了。他要着重说的是他心爱的综合法，反对用机械的分析法去研究活的事物。分析法凭知解力，综合法却要凭理性。

# 哲学派别和发展时期，德国哲学还要做的两件大事

（1829 年 2 月 17 日）

……我们的话题转到印度哲学。

歌德说："如果英国人所提供的资料可靠，印度哲学也并不稀奇，它毋宁是重演了我们大家都经历过的几个时期。我们还是孩子时都是感官主义者；到了讲恋爱时成了理想主义者，在所爱的对象身上发现了本来没有的特点；等到爱情发生动摇，疑心对方不忠实，于是我们又变成怀疑论者了，连自己也不知其所以然。到了暮年，一切都无足轻重，我们就听其自然，终于变成清静无为主义者了，就像印度哲学那样。

"在我们德国哲学里，要做的大事还有两件。康德已经写了《纯粹理性批判》，这是一项极大的成就，但是还没有把一个圆圈画成，还有缺陷。现在还待写的是一部更有重要意义的感觉和人类知解力的批判。如果这项工作做得好，德国哲学就差不多了。"

歌德接着说："黑格尔在《柏林年鉴》上发表了一篇对哈曼①的批判。这几天我在反复地阅读这篇论文，对它很赞赏。作为批判者，黑格尔的判断向来是很好的。"②……

---

①哈曼，见《歌德和黑格尔谈辩证法》注①。

②这篇谈话须和上篇论知解力和理性的谈话合在一起看，话虽简短，却涉及哲学的未来命运这一重大问题，亦即科学之外是否还需要一门独立的哲学？以往西方哲学家们为哲学的存在辩护，大半是说哲学和科学毕竟不同：科学只研究个别领域里的特殊对象，哲学却要研究统摄全宇宙的原则方法或概念；科学用的是知解力，哲学用的却是比知解力更高的理性。德国古典哲学在康德和黑格尔手里都是以绝对概念和永恒理性为其主要支柱的。这里需要说明的是，西方哲学的"理性"和毛泽东所说的"理性认识"是两回事。理性认识是以感性认识为基础的，是根据感性经验所得出的对自然和社会规律的认识，而西方唯心哲学的"理性"则是先验的，甚至是超验的，即超然独立于感性经验之外的。从马克思主义观点看，绝对是无限相对的总和，而先验和超验的理性根本不存在。独立于感性认识之外的理性既站不住脚，则独立于以感性认识为基础的科学之外的哲学就势必垮台了。还须存在的只有关于思维本身规律的形式逻辑和辩证逻辑，其他一切都归到关于自然和历史的实证科学中去了。恩格斯在《反杜林论》的《概论》里把这个道理说得最透辟。歌德还没有摆脱康德的《纯粹理性批判》的影响。但是作为一个杰出的自然科学家，他已看出德国哲学的最大漏洞在于蔑视感觉和知解力，而感觉和知解力正是恩格斯所说的"实证科学"的工具。在这一点上，歌德也受到前两世纪英国经验主义哲学和法国启蒙运动的影响，这两派代表们一直在探索的正是感觉和知解力的批判。

# 建筑是僵化的音乐，歌德和席勒的互助和分歧

（1829 年 3 月 23 日）

歌德今天说：“我在手稿中查出一篇文稿，里面说到建筑是一种僵化的音乐①。这话确实有点道理。建筑所引起的心情很接近音乐的效果。

“高楼大厦是盖给王公富豪们住的。住在里面的人们觉得安逸满足，再也不要求什么别的了。我的性格使我对此有反感。像我在卡尔斯巴德②的那座漂亮房子，我一住进去就懒散起来，不活动了。一所小房子，像我们现在住的这套简陋的房间，有一点杂乱而又整齐，有一点吉卜赛流浪户的气派，恰好适合我的脾胃。它使我在精神上充分自由，能凭自力创造。”

我们谈到席勒的书信，他和歌德在一起过的生活以及两人每天在工作中互相促进的情况。我说：“就连对《浮士德》，席勒好像也很感兴趣。看到他怎样敦促你，怎样受他自己的思想驱遣，想由他自己来替《浮士德》作续篇，倒顶有意思。我由此看出他的性格有点急躁。”

歌德说：“你说得对。他和一切太爱从观念出发的人一样，从来不肯安静，从来没有个完。从他那些有关《威廉·麦斯特》的书信，你就可以看出他时而主张这样改，时而又主张那样改。我总要费些周折，才能坚持自己的立场，不要使他的作品或我的作品受到这种影响。”

歌德告诉我们要坚持自己的创作想法，不要受到其他人的影响。

我说：“我今天上午在读席勒的《印第安人的丧歌》，写得顶好，我很喜欢。”

---

①僵化的音乐，原文是 erstarrte Musik，后来美学家们常援引这句话。改作“冻结的音乐”似较好。

②现名卡罗维发利，属捷克斯洛伐克。

歌德说："你看，席勒是个多么伟大的艺术家，他也会掌握客观方面，只要这客观方面是作为掌故或传说而摆在他眼前的。那篇《印第安人的丧歌》确实是他的诗中最好的一篇，我只盼望他写上十来篇这样的诗。可是他最亲近的朋友们对这篇诗却进行挑剔，认为没有充分表现出他的理想性，这一点你该想象不到吧？是呀，我的好小伙子，一个人总难免受到朋友的挑剔呀！洪堡挑剔过我的窦绿台①，因为她在受到士兵袭击时居然拿起武器来和他们搏斗。她在当时那种情境中这样做是正确的。如果没有这一点特色，这位非凡的少女的性格就会遭到破坏，降低到一个平凡人的水平。你在将来的生活中会愈来愈看得清楚，很少有人能坚持把立足点摆在必然的道理上。一般人都只能赞赏和创作出符合自己要求的东西，刚才提到的还是第一流人物，至于大众的意见如何，就可想而知了。你由此可以想象到，我们这种人永远是孤立的。

这里歌德提到了"造型艺术和自然科学"对他的影响。

"假如我没有造型艺术和自然科学的基础，我面对这个恶劣时代及其每天都发生的影响，就很难立定脚跟，不屈服于这些影响。幸好造型艺术和自然科学的基础保护了我，我也可以从这方面帮助席勒。"

①《赫尔曼与窦绿台》中的女主角。

# 战士才有能力掌握最高政权，“古典的”与“浪漫的”之区别，评贝朗瑞入狱

（1829年4月2日）

今天吃晚饭时歌德对我说：“我向你泄露一个政治秘密，这迟早总会公布的。卡波·第斯特里亚①掌握希腊国家大权不会很久了，因为他缺少居这样高位所不可缺少的一种品质：他不是一个战士。从来没有先例能证明一个普通内阁阁员有能力去组织一个革命政权，控制军队和军事领袖们。手里握住刀，统率一支大军，一个人才能发号施令，制定法律，有把握使人们服从他。没有这样的条件，掌大权就会危险。拿破仑如果不是个战士，就不会升到最高权力。卡波·第斯特里亚不会久居高位，他很快要变成第二号人物了。我事先告诉你，你将来会亲眼看到。这是事物的自然道理，非如此不可。”

接着歌德畅谈法国人……后来转到法国诗人和“古典的”与“浪漫的”这两个词的意义。

歌德说：“我想到一个新的说法，用来表明这二者的关系还不算不恰当。我把‘古典的’叫作‘健康的’，把‘浪漫的’叫作‘病态的’。这样看，《尼伯龙根之歌》就和荷马史诗一样是古典的，因为这两部诗都是健康的、有生命力的。最近一些作品之所以是浪漫的，并不是因为新，而是因为病态、软弱。古代作品之所以是古典的，也并不是因为古老，而是因为强壮、新鲜、愉快、健康。如果我们按照这些品质来区分古典的和浪漫的，就会知所适从了。”

这段引文主要提出歌德认为的古典和浪漫的区别。

古典：健康、有生命力、强壮、新鲜、愉快、健康。

浪漫：病态、软弱。

①卡波·第斯特里亚（Capo d'Istria，1776—1831），希腊共和国总统。他执政专横，遭到暗杀。

话题转到对贝朗瑞的监禁[1]。歌德说："他是罪有应得。他近来的诗确实违反纪律和秩序，他反对国王、国家政权和公民治安感。他早年的诗却不是这样，都是愉快的、无害的，完全能使一群人欢喜热闹起来。这就是对短歌所能作的最好的赞扬了。"……

① 1828 年，贝朗瑞因诗集触犯禁忌，受到九个月的监禁，还罚了巨款。

# 爱尔兰解放运动，天主教僧侣的阴谋诡计

（1829年4月3日）

……话题从耶稣会教士们及其财富转到天主教徒和爱尔兰解放运动。库德雷[①]说：“可以看到，解放将会得到批准，但是英国国会将会加上许多条文，使解放不致对英国有危险。”

歌德说：“对于天主教徒们，一切预防措施都没有用处。罗马教廷有些我们梦想不到的利益计较，也有些我们毫无概念的暗地使用的手段。假使我是英国国会议员，我也不会防止这种解放运动，但是我要请求把这一条记录在案：倘若有一个重要的爱尔兰新教徒头一次因为天主教徒投票反对他而断送了头颅，就请人们回想一下我这番话。”……

话题又回到天主教徒们以及他们的巨大影响和暗地里的阴谋活动。人们提到汉诺地方有一位青年作家，在他主编的刊物上发表文章讥笑天主教念珠祈祷仪式。僧侣们通过他们的影响，把他们管辖的各教区内所有这一期刊物都买去了。歌德说：“我的《少年维特》出版不久，米兰就出版了意大利文译本，但是没过多少时候，这一版的译本连一本也看不到了。当地大主教吩咐僧侣们在各地区把整版译本都买去了。我并不生气，反而对这班狡猾的老爷们的做法感到高兴。他们马上看出《少年维特》对天主教徒们是一部坏书。我得佩服他们马上采取了有效措施，偷偷摸摸地把它销毁掉。”

---

①库德雷（Coudray，1775—1845），魏玛建筑工程总监，歌德的好友。

# 日耳曼民族个人自由思想的利弊

（1829 年 4 月 6 日）

……歌德谈起基佐，他说："我还在读他的讲义①，还是写得顶好……

"基佐谈到过去时代各民族对高卢族②的影响时，我对他关于日耳曼民族所说的一番话特别注意。他说：'日耳曼人给我们带来了个人自由的思想，这种思想尤其是日耳曼民族所特有的。'这话不是说得很好吗？他不是完全说对了吗？个人自由的思想不是直到今天还在我们中间起作用吗？宗教改革的思想根源在此，瓦尔特堡大学生们的造反阴谋也是如此，好事和坏事都受了这种思想的影响。我们文学界的杂乱情况也与此有关，诗人们都渴望显出独创性，每人都相信有必要另辟蹊径，乃至我们的学者们分散孤立，人各一说，各执己见，都是出于同一个来源。法国人和英国人却不然，他们彼此聚会的机会多得多，可以互相观摩切磋。他们在仪表和服装方面都显出一致性。他们怕标新立异，怕惹人注目或讥笑。德国人却各按自己的心意行事，只求满足自己，不管旁人如何。基佐看得很正确，个人自由的思想产生了很多很好的东西，却也产生了很多很荒谬的东西。"③

---

①基佐（Guizot，1787—1874），1848 年法国革命失败后的法国内阁大臣，著名的历史家。"讲义"指他的《近代史讲义》，下面引文见该书第一卷第七讲（结尾部分）。

②高卢族是法兰西民族的祖先。

③歌德在这篇谈话里看出了个人主义是近代西方资产阶级的一个本质性的特征。不过他把英、法两国人和德国人对立起来，似有问题。一则英、德人同属日耳曼民族，与属于拉丁族的法国人的差别似较突出；二则个人主义的发展与资本主义的发展分不开，既进入资本主义即不可能无个人主义，只是发展的迟早稍有不同而已。

# 拿破仑摆布世界像弹钢琴，他对《少年维特》的重视

（1829年4月7日）

……歌德说："……我在读《拿破仑征埃及记》，这是天天随从他的布里安①写的……可以看出，拿破仑之所以进行这次远征，是因为这段时期他在法国没有什么能使自己成为统治者的事可干。他起初还拿不定主意，曾到大西洋法国海港检阅军舰，看看可不可以去征英格兰。他看出这不行，于是决定去征埃及。"

我说："我感到惊赞的是拿破仑当时那样年轻，却能那样轻易地、稳当地在世界大事中扮演要角，仿佛他早有多年实践经验似的。"

歌德说："亲爱的孩子，那是伟大能人的天生资禀。拿破仑摆布世界，就像胡梅尔②摆布他的钢琴一样。这两人的成就都使我们惊奇，我们不懂其中奥妙，可是事实摆在眼前，确实如此。拿破仑尤其伟大，因为他在任何时候都是一样。无论在战役前还是在战役中，也无论是战胜还是战败，他都一样坚定地站着，对于他要做的事既能看得很清楚，又能当机立断。在任何时候他都胸有成竹，应付裕如，就像胡梅尔那样，无论演奏的是慢板还是快板，是低调还是高调。凡是真正的才能都显出这种灵巧，无论在和平时期的艺术中还是在军事艺术中，无论是面对钢琴还是站在大炮后面。"……

歌德接着很高兴地说："可是你得向我致敬。拿破仑在行军时携带的书籍中有什么书？有我的《少年维特》！"

我说："从他在埃尔富特那次接见中可以看出，他对《少年维特》是仔细研究过的。"

歌德说："他就像刑事法官研究证据那样仔细研究过。他和我谈到《少年维特》时也显出这种认真精神。布里安在他的著作里把拿破仑带到埃及的书开列了一个目录，其中就有《少年维特》。这个目录有一点值得注意，所带的书用不同的标签分了类。例如在政治类里有《旧约》《新约》和《古兰经》，由此可知拿破仑是怎样看待宗教的。"

---

①布里安（Bourrienne），法国传记作家，写过从拿破仑执政到复辟时期的《回忆录》十卷，1828至1830年出版。

②胡梅尔（Hummel），德国音乐家，莫扎特的徒弟，魏玛宫廷乐队指挥。

# 劳冉的画达到外在世界与内心世界的统一，歌德学画的经验

（1829年4月10日）

“在等着上汤，我趁此机会让你饱一下眼福。”说了这句友好的话，歌德就把一本克劳德·劳冉[①]的风景画摆在我面前。

我是初次看到这位大画师的作品。印象不同寻常，每翻阅一页，我愈看愈惊赞。两边分布着大片阴影，显得雄强有力，强烈的日光从背后射到空中，在水里现出返影，也产生出一种明确有力的印象。我觉得这是在这位大画师作品中经常出现的艺术规矩。我也高兴地看到每幅画都构成一个独立小天地，其中没有一件东西不符合或不烘托出主导的情调。不管画的是一个海港，停着一些船，水边渔人在活跃地工作，耸立着一些漂亮的房屋；或是一片寂静的荒山丘，山羊在吃草，小溪上横着小桥，几窝矮树丛夹着一棵枝叶扶疏的大树，一个牧羊人躺在树荫里吹笛；或是一片沼泽地中一些静止的小池塘，在酷热的夏天给人一种清凉感，随便在哪一幅里，你总可以看到全局和谐一致，没有哪一点不和全局相称，没有哪一件是勉强拼凑来的东西。

歌德这里提出了艺术的最高境界是达到外在世界与内心世界的统一。

歌德对我说：“这一次你从这些画里看到了一个完全的人，他想到的和感觉到的都美，他胸中有一个在外界不易看到的世界。这些画都具有最高度的真实，但是没有一点实在的痕迹。克劳德·劳冉最熟悉现实世界，直到其中的最微小的细节，他用这些作为媒介，来表现他的优美的心灵世界。这正是真正的理想性，它会把现实媒介运用来产生一种幻觉，仿佛像是真的

①劳冉（1600—1682），法国风景画家。

东西，像是实在的或实有其事。”[1]……

歌德接着说：“在过去一切时代里，人们说了又说，人应该努力认识自己[2]。这是一个奇怪的要求，从来没有人做得到，将来也不会有人做得到。人的全部意识和努力都是针对外在世界即周围世界的，他应该做的就是认识这个世界中可以为他服务的那部分，来达到他的目的。只有在他感到欢喜或苦痛的时候，人才认识到自己。人也只有通过欢喜和苦痛，才学会什么应追求和什么应避免。除此以外，人是一个蒙昧物，不知道自己从哪里来，向哪里去，他对世界知道得很少，对自己知道得更少。我就不认识我自己，但愿上帝不让我认识自己！我想说的只有一点，当我四十岁在意大利时我才有足够的聪明，认识到自己没有造型艺术方面的才能，原先我在这方面的志向是错误的。如果我画点什么，我就缺乏足够的动力去掌握物体形象。我有点害怕，怕对象对我施加过分强烈的压力，比较柔和有节制的东西才合我的口胃。如果我画一幅风景画，我总是从较暗淡的远景画起，画到中部，对前景总不敢把它画得有足够的魄力，所以我的画产生不出应有的效果。此外，我不经过练习就没有进步，如果没有画完就搁下来，再画时总是要重新从头画起。可是我在这方面也不是毫无才能，特别是就风景画来说。哈克尔特[3]经常对我说：‘假如你愿跟我在一起住上一年半，你会作出使你自己和旁人都喜欢的画哩。’”

我很感兴趣地听了这番话，就问：“一个人怎样才能知道自己在造型艺术方面有真正的才能呢？”

歌德回答说：“真正的才能对形象、关系和颜色要有天生的敏感，不要多少指导，很快就会处理得妥帖。对物体形状要特别敏感，还要有一种动力或自然倾向，能通过光照把物体形状画得仿佛伸手可摸那样活灵活现，纵使在练习间歇期间，

歌德在谈学画的经验时涉及到他的“天才论”，对此，你有什么看法？你赞同他的观点吗？

①这几句话概括了理想主义艺术信条：既要忠实于客观自然，也要表达出艺术家的灵魂世界，表里要融成一片。

②“认识你自己”是古希腊一句格言，西方资产阶级思想家一向认为这句格言体现了人类的最高智慧。

③哈克尔特（Hackert，1737—1807），德国风景画家，歌德的朋友。

画艺仍在下意识里进展和增长。这样一种才能是不难认识出的，认识得最准确的是画师。”①……

微信扫码

- 阅读助手
- 名著精析
- 走近作者
- 读后练习

①歌德早年喜作画，四十岁到意大利游历后，看到一些造型艺术的杰作，认识到自己在这方面很难有成就，就毅然放弃了。在这次谈话里，他现身说法，劝人不要单凭爱好艺术的倾向，就幻想自己可以成为卓越的艺术家。歌德的出发点仍然是天才论，但他这番话是艺术家的甘苦之谈，有值得借鉴的地方。

# 错误的志向对艺术有弊也有利

（1829年4月12日）

……歌德继续说："最糟糕的是人们在生活中经常受到错误志向的阻碍而不自知，直到摆脱了那些阻碍时才明白过来。"

我问："怎样才能知道一个志向是错误的呢？"

歌德回答说："错误的志向不能创作出什么，纵使有所创作，作品也没有价值。察觉旁人的错误志向并不难，难在察觉自己的错误志向，这需要神志非常清醒。就连察觉了也往往无济于事。人们还是在踌躇、犹疑，决定不下来，就像一个人总舍不得抛弃一个心爱的姑娘，尽管已有很多迹象证明她不忠贞。我这样说，是因为我想到自己需要经过许多年才察觉我原先要从事造型艺术的志向是错误的，而且以后又经过许多年，才决定放弃造型艺术。"

我说："你要搞造型艺术的志向给你带来了很大的益处，很难说它是错误的。"

歌德说："我获得了见识，所以我可以安心了。这就是从错误志向中所能得到的益处。对音乐没有适当才能的人要搞音乐，固然不会成为音乐大师，但是他可以由此学会识别和珍视音乐大师所作的乐调。尽管我费过大力，我没有能成为艺术家，可是我既然尝试过每门艺术，我也学会了懂得每一个色调，会区别好坏。这就是个不小的收获，所以错误的志向也不是毫无益处……"①

①这段谈话应该联系前一篇谈话看，说明艺术鉴赏也要有点创作实践的基础，所以"错误的志向"还是有益处。

# 灵魂不朽的意义，英国人在贩卖黑奴问题上言行不一致

（1829年9月1日）

我告诉歌德说，有一个路过魏玛的人听到过黑格尔论证神的存在的演讲。歌德和我一致认为这种演讲已不合时宜了。

歌德说："怀疑的时代已过去了，现在很少有人怀疑自己的存在或神的存在。关于神的本质、灵魂不朽、我们灵魂的存在和灵魂与肉体的关系这类长久不得解决的问题，哲学家们不能再有什么新东西给我们讲了。最近一位法国哲学家很有把握似的开宗明义就讲：'人所共知，人是由肉体和灵魂两部分构成的。我们先讲肉体，接着再讲灵魂。'费希特稍微前进了一步，比较聪明地从这个难题中脱了身。他说：'我们将讨论作为肉体的人和作为灵魂的人。'他懂得很清楚，那样一个紧密结合的整体是不能分开的。康德划定了人类智力所能达到的界限，把这个不可解决的问题①丢开不管，这无疑是最有益的办法。人们在这种问题上费过多少哲学思维，但是达到什么结果呢？我并不怀疑我们的永生，因为自然不能没有生命力②，但是我们并不是同样不朽，要在将来表现出伟大的生命力，就应（在今世）也是一种伟大的生命力③。

"德国人在劳心焦思以求解决哲学问题时，英国人却本着他们的实践方面的理解力在讥笑我们，自己则先把这个世界拿到手再说。每个人都知道英国人反对奴隶买卖的宣言。他们向我们说教，说他们反对奴隶买卖是根据人道主义原则，可是现在人们已发现

①指灵魂和肉体的关系。

②原文用的是个希腊词Entelechie，有人译为"灵魂"，也有人只译音，实际上就是生物所具有的精神特质。故译为生命力。

③灵魂不朽在西方哲学中是经常辩论的问题，特别在基督教流行以后。法国启蒙运动时期无神论才开始抬头。德国古典哲学虽受了无神论的影响，但一般不敢公开反对基督教义，比较进步的也只采用偷梁换柱的办法。黑格尔用客观理念代替神，歌德则用事业、思想或文艺的深远影响代替灵魂不朽。歌德既肯定肉体和灵魂是个不可分割的整体，那么，肉体死后，灵魂也就应消亡。可是歌德没有敢下这个明显的正确结论。

他们真正的动机是追求一种现实目标①。英国人采取某种行动时不会没有某种现实目标，这是众所周知的，我们事前最好懂得这一点。英国人自己在他们的非洲西岸广大领地里就在利用黑奴。如果把黑奴运到别处去卖，他们自己的利益就会受到损害。他们在美洲也建立了一些大面积的黑人区殖民地，都很有生产价值，每年从黑人方面捞得大量利益，他们用这些黑人供应北美的需要。他们既这样进行这种利润很大的买卖，从别处贩运黑人进来就会违反他们的商业利益，所以他们是从实际利益出发来宣扬非洲黑奴买卖不人道的。就连在维也纳会议上英国使节还振振有辞地宣扬这一套，可是葡萄牙使节够聪明，丝毫不动声色地回答说，他不知道大家来开会究竟为什么，是来对世界进行一般的法律裁判呢，还是决定采取哪些道德原则？他很明白英国的目的，他也有自己的目的，他懂得怎样来辩护，怎样达到自己的目的。”②

①或：物质利益。

②英国是继西班牙和葡萄牙之后的老牌殖民帝国，初期都靠剥削黑奴和贩卖黑奴过日子。他们说得冠冕堂皇，做得却阴险卑鄙，在歌德时代已如此。这是一个不能忘记的历史教训。歌德对这一点看得很清楚，足见他还是关心当时的国际政治的。他拿德国和英国对比，觉得德国人搞抽象哲学，让英国人“把这个世界拿到手”，是失算，仿佛劝德国人放弃哲学，也来捞一把。这番谈话是耐人寻味的。

# 《浮士德》下卷第二幕第一景

（1829年12月6日）

今天饭后，歌德向我朗诵了《浮士德》下卷第二幕第一景，给我的印象很深刻，在我的内心里产生了高度的幸福感。我们又回到浮士德的书斋：梅菲斯特发现室中一切陈设还和从前他离开这里时一样。[①]他从挂钩上取下浮士德的旧工作服，成千的蛾子和虫子飞出来，按照梅菲斯特指定的地方藏了起来，于是这间房子看来就很明亮了。他穿上那件工作服，想趁浮士德瘫痪在帘幕后面时再扮演一次书斋主人的角色。他拉了一下门铃，铃子在这座凄凉的古寺院里发出可怕的声响，门开了，墙壁也震荡起来。仆人跑进来，看见梅菲斯特坐在浮士德的座位上，他不认得梅菲斯特，却对他表示尊敬。在答问中，他报告了瓦格纳[②]的消息，说瓦格纳现在成了名人，正在盼望着老师回来，据说瓦格纳此刻正在实验室忙着制造一个人造人。仆人退出，学士[③]就进来了。他还是多年前我们见过的、被穿着浮士德工作服的梅菲斯特开玩笑的那位羞怯的青年学生。这些年来他已长成壮年人，很自命不凡，连梅菲斯特也拿他没有办法，只好把座位逐渐往前移，转向乐队池。

---

①《浮士德》上卷1773年开始写作，1808年出版；下卷一直在歌德思想中酝酿，到他死前几年才继续写作，写到1832年临死前完成，死后才出版。上卷写浮士德贪图世间快乐，出卖灵魂给恶魔，借恶魔之助诱奸了一位乡间少女，又遗弃了她，她愤而自杀，浮士德也变得悲观失望。下卷写数十年之后浮士德又落到那个恶魔的掌握中，后来他和古希腊美人海伦后结婚，据说是象征浪漫艺术与古典艺术的统一，生下一个儿子，据说是象征英国诗人拜伦。浮士德和海伦后的关系也终于破裂，于是他到海边去把海滩开垦成为良田。他做了这件好事，感到宽慰。地狱试图劫夺他的灵魂，但天使们拯救了他，护卫他上了天。《浮士德》是歌德最大的一部作品，虽是根据基督教的犯罪和赎罪的观念，却也表达了一个深刻的意义：书生困守在书斋幻想，贪图满足肉欲，灵魂就遭到毁灭；一旦跳出书斋转到实践行动，开拓新天地，为人类造福，灵魂就获得挽救。

②瓦格纳原是浮士德的助手，典型的学究。

③指瓦格纳。

歌德把这一景朗诵到末尾，我看到其中还显出青年人的创造力，通体融贯紧凑，不胜欣羡。歌德说："这里的构思很早，五十年来我一直在心里想着这部作品。材料积累得很多，现在的困难工作在于剪裁。这第二卷的意匠经营已很久了，像我已经说过的。我把它留到现在，对世间事物认识得比过去清楚，才提笔把它写下来，结果也许会好些。我在这一点上就像一个人在年轻时积蓄了许多银币和铜币，年岁愈大，这些钱币的价值也愈提高，到最后，他青年时代的财产在他面前块块都变成纯金了。"

我们谈到瓦格纳学士盼陛格，我问："他是不是代表讲理念的那一派的某个哲学家呢？"歌德说："不是，他所体现的是某些青年人所特有的那种高傲自大，在我们德国解放战争后头几年里就有些突出的例子。实际上每个人在青年时代都认为自从有了他，世界才开始，一切都是专为他而存在的。在东方确实有过这样一个人，他每天早晨都把他的手下人召集到自己身旁，在他吩咐太阳出来以前，不许他们去工作。不过他还是够机警的，不到太阳快要自动地升起那一刻，他决不下叫太阳出来的命令。"

关于《浮士德》及其写作和有关问题，我们还谈了很多。歌德歇了一会儿，沉浸在默默回忆中，然后接着说："人到老年，对世间事物的想法就和青年时代不同。我不禁想起，有些精灵在戏弄人类，间或把几个特殊人物摆在人间，他们有足够的引诱力使每个人都想追攀他们，却又太高大，没有人能追攀得上。例如摆出一个拉斐尔，无论在构思方面还是在实践方面，他都是十全十美的画家，他的个别的杰出追随者虽然离他很近，却始终没有人能达到那个水平。再如莫扎特在音乐方面是个高不可攀的人物，莎士比亚在诗方面也是如此。我知道你对这番话会提反对的意见，不过我所指的只是自然本性，只是伟大的自然资禀。再如拿破仑也是个高不可攀的人物。俄国人懂得自制，没有去君士坦丁堡，因此也很伟大；拿破仑可以媲美，他也克制了自己，没有去罗马。"

这个大题目可以引起很多联想。我心里想到精灵们摆出歌德来，也有类似的意图，因为他也是能引诱每个人都想去追攀而又太高大、没有人能追攀得上的人物。

## 1830年

# 《浮士德》上卷的法译本，回忆伏尔泰的影响

（1830年1月3日）

歌德拿1830年的英文《纪念年历》给我看，其中有些很美的插画，还有拜伦的几封非常有意思的书信。饭后我阅读了这些书信，歌德自己拿起新出版的杰拉[1]的《浮士德》法译本翻着看，偶尔还随意读一点。

歌德说："我脑子里浮起了一些奇怪的感想。这部诗已用五十年前由伏尔泰统治的那种法文译出供人阅读了。你无法了解我对这一点的感想，因为你对伏尔泰及其同时期的伟大人物在我青年时代产生过多大影响以及他们那批人统治整个文明世界的情况，都毫无概念。我在自传里也没有说清楚这批法国人对我青年时代的影响，以及我费过大力使自己不受这种影响的束缚，以便立定脚跟，正确地对待自然。"……

杰拉的法译本尽管大部分用散文，歌德却称赞他译得成功。他说："我对《浮士德》德文本已看得不耐烦了，这部法译本却使全剧更显得新鲜隽永。"

他接着说："不过《浮士德》这部诗有些不同寻常，要想单凭知解力去了解它，那是徒劳的。第一部是从个人的某种昏暗状态中产生的。不过这种昏暗状态对人也有些魔力，人还是想用心去了解它，不辞困倦，正如对待一切不可解决的问题那样。"

---

①杰拉（Gérard de Nerval，1808—1850），法国一位青年诗人。

# 自然科学家须有想象力

（1830 年 1 月 27 日）

……歌德又回到马蒂乌斯[①]的话题上，称赞他有想象力。他说：“一个伟大的自然科学家根本不可能没有想象力这种高尚资禀。我指的不是脱离客观存在而想入非非的那种想象力，而是站在地球的现实土壤上，根据真实的已知事物的尺度来衡量未知的设想的事物的那种想象力。这样才可以证实这种设想是否可能，是否不违反已知规律。这种想象力的先决条件就是要有开阔的冷静的头脑，把活的世界及其规律都巡视遍，而且能够运用它们。”……

①马蒂乌斯（K.F.P.Martius，1794—1868），德国自然科学家。他有一个重要的假说，说植物生长是按螺旋上升而不是按直线上升。歌德的《植物变形学》多少受到马蒂乌斯的影响，尽管这位科学家比歌德年轻得多。

# 歌德的手稿、书法和素描

（1830年1月31日）

陪魏玛大公爵的公子访问歌德，歌德在书房里接见了我们。

我们谈到歌德著作的各种版本。我很惊讶地听到，这些版本的大部分歌德自己并没有收藏，就连附有他亲笔素描插图的《罗马狂欢节》第一版也没有。他说在拍卖行里出过六个银圆去买它，可是没有买到手。

随后他把《葛兹·封·伯利欣根》的初稿拿给我们看，这还是五十年前他受他妹妹怂恿，在几个星期之内就写成的那个原样子。那时他的书法韶秀而挥洒自如，已完全显出他后来一直到现在的德文书法的风格。手稿写得很清楚，往往整页不见修改痕迹，令人猜想这也许是誊清本而不是原迹。

歌德告诉我们，他的早期著作，包括《维特》在内，都是亲笔写出的，但是手稿已遗失了。到了后来他却把想好的作品口述出来叫旁人写下，只有一些短诗和匆匆加注的提纲才是亲笔写的。他往往无意给新作品留下一个誊清本，听任最有价值的作品由机缘去摆布，经常把唯一的稿本送到斯图加特印刷所。

我们看过《葛兹》的手稿之后，歌德又把《意大利游记》的手稿拿给我们看。从这些逐日记下观察和感想的手稿中，仍可看出早年《葛兹》手稿里的那种优美的书法风格。一切都显得果决刚健，不加修改，可以看出，就连随时加注的细节也总是先在作者心中想得很清楚的。没有什么要改进的，除掉稿纸。稿纸是他游到什么地方就在那地方购买的，样式和颜色都不一致。

在《意大利游记》手稿末尾，我发现歌德亲笔画的一张黑白素描。画的是一位意大利律师，穿着律师制服，手持发言稿，站在法庭上发言。这是人所能想象到的绝妙的人物形象。他那身服装特别突出，令人猜想他选了这套衣，仿佛是准备去参加化装舞会。可是一切都是现实生活的忠实描绘。他把食指放在大拇指的顶端，其余三指都是伸直的。这位身材魁梧的演说家很安稳地站在那里，这点手指的小动作配上他戴的那副庞大的假发，倒也十分相称。

# 谈弥尔顿的《参孙》

（1830 年 1 月 31 日）

在歌德家吃饭，我们谈到弥尔顿[①]。歌德说："不久以前，我读过他的《参孙》。这部悲剧在精神上比任何近代诗人的作品都更能显出希腊古典风格。他是很伟大的。他自己的失明是一个便利条件，使他能把参孙的情况描绘得很真实[②]。弥尔顿真正是个诗人，我们对他应该表示最高的崇敬。"

---

①弥尔顿是 17 世纪英国革命时代最伟大的诗人。《力士参孙》是他写民族斗争中一个被囚禁的大力士摧毁一座大宫殿和敌人同归于尽的一部悲剧，反映出诗人自己的革命情绪。

②参孙也是一个失明的老人。

# 回忆童年的莫扎特

（1830年2月3日）

在歌德家吃晚饭，我们谈起莫扎特。歌德说：“莫扎特还是六岁的小孩时我见过他。他在巡回演奏。我自己当时大约是十四岁。他那副鬈发佩剑的小大人的模样我还记得很清楚。”……

# 歌德讥诮边沁老年时还变成过激派，说他自己属改良派

（1830年2月3日）

因为提到杜蒙，话题就转到他和边沁的关系①，歌德发表了如下的意见："像杜蒙那样一个讲理性、重实际的温和人，居然成了边沁那个疯子的门徒和忠诚的宣扬者，我觉得这倒是一个有趣的问题。"

我回答说："在一定程度上边沁应该被看作一个具有双重性格的人物。我把作为天才的边沁和作为热情人的边沁区别开来。作为天才，他创立了杜蒙加以宣扬和发挥的那些原则；作为热情人，他过分倾心于功利，竟越出了自己学说的界限，所以在政治上和宗教上都变成了过激派。"

歌德说："不过这对我又是一个新问题：一个长寿的白发老人怎么会变成过激派呢？"

我设法解决这个矛盾说："边沁既深信他的学说和立法观点高明，又明知不彻底变革现行制度就不可能在英国实行自己的主张，于是愈被激情冲昏了头脑。还有一点，他和外在世界接触太少，看不出暴力推翻的办法的危险。"

接着我又说："杜蒙却不然，他的清晰理智胜过热情，从来不赞成边沁的过激言论，所以不致犯同样错误。此外，杜蒙自己的祖国——日内瓦，由于当时的政治形势，可以把它看成一个新兴的国家。杜蒙要在那里实施边沁的原则，条件比较便利，所以一切都十分顺利，成效卓著就证明了边沁学说的价值。"

歌德回答说："杜蒙确实是个温和的自由派，一切讲理性的人都应该是温和的自由派，我自己就是一个温和的自由派。在我的漫长的一生中，我都按照这个精神行事。

---

①边沁（J.Bentham，1748—1832），英国哲学家和法学家，是功利主义哲学的开山祖，对英国三权分立制度影响很大。他的忠实门徒在英国有穆勒父子，在瑞士有杜蒙（Dumont，1759—1829）。边沁的一些著作在英国发表之前就由杜蒙译成法文在欧洲大陆上流传，边沁后来在英国出版的文集有不少是由法译本转译成英文的。杜蒙是歌德的密友梭瑞的舅父，和歌德也相识。

“真正的自由派要用所能掌握的手段，尽其所能努力去做好事。但是他要小心避免用火和剑去消灭不可避免的罪恶和缺点，而只采取谨慎的步骤，尽力逐渐排除彰明较著的缺点，但不用暴力措施，免得同时把同样多的优点也消灭掉。在这个本来不是十全十美的世界里，我们只能满足于还好的东西，等到有了有利的时机和条件，再去争取更好的东西。”①

①这篇谈话充分暴露了歌德的性格和政治立场。他颂扬“温和的自由派”(其实就是改良派)杜蒙，贬低当时号称“过激分子”而实际上仍只是较激进的资产阶级自由派的“疯子”边沁。他明确地站在逐步改良的立场，痛恨暴力革命。他欢迎初期法国资产阶级革命而痛恨后期的雅各宾专政，是和这种态度一致的。这就证实了他那种受到恩格斯批判的德国庸俗市民的性格。

# 谈创作经验；文学革命的利弊；就贝朗瑞谈政治诗，并为自己在普法战争中不写政治诗辩护

（1830年3月14日）

今晚在歌德家。他让我看前几天达维①寄来的现已排列好的那一箱珍品。前几天我就已看到歌德忙着开箱取出这些珍品，其中有当代法国主要诗人的像徽，都已摆在桌上顺序排列着。这回他又谈到达维在构思和创作实践两方面都很伟大的非凡才能。他还让我看到法国浪漫派一些最优秀的作家通过达维赠给他的最近作品，其中有圣伯夫、巴朗西、雨果、巴尔扎克、德·维尼、幼尔·雅宁②等人的作品。

歌德说："达维这批礼物够使我度过一些快乐的日子。这整个星期我都在忙着读这些青年诗人的作品。他们给我的新鲜印象使我获得了一种新生命。我准备替这些很可爱的像徽和书籍各编一套目录，在我的艺术品收藏室和图书室里各辟一个专栏。"

可以看出，歌德受到这些法国青年诗人的尊敬，感到非常高兴。

接着他取出爱米尔·德向的《研究论文》③看了一段。他称赞《柯林斯的新娘》④的法译很忠实，很成功。他还说："我手边还有这篇诗的意大利文译本，不但译出原诗的意思，还用了原诗的韵律。"

《柯林斯的新娘》引起歌德谈到他的其他民歌体诗说："这些诗在很大的程度上要归功于席勒，是他鼓励我写的，因为他当时主编《时神》，经常要组织新稿。这些诗原来

---

①达维（P.J.David，1787—1866），当时法国著名的雕塑家，拥护现实主义，访问过魏玛，替歌德做过半身雕像。通过达维，法国一些诗人和作家同歌德有了来往。

②圣伯夫（Sainte-Beuve），当时法国最大的文学批评家，他在《地球》杂志上陆续发表的《星期一谈话》，影响很大。巴朗西（Ballanche），《社会的死后还魂》的作者。幼尔·雅宁（Jules Janin），一个平庸的批评家和小说家。

③爱米尔·德向（Emile Deschamps，1791—1876）曾和雨果共同创办《法国诗神》杂志，著有《法国和外国研究论文集》，译过歌德和席勒的一些短诗。

④《柯林斯的新娘》是歌德的一篇民歌体诗。

在我头脑里已酝酿多年了。它们占据了我的心灵，像一些悦人的形象或一种美梦，飘忽来往。我任凭想象围绕它们徜徉游戏，给我一种乐趣。我不愿下定决心，让这些多年眷恋的光辉形象体现于不相称的贫乏文字，因为我舍不得和这样的形象告别。等到把它们写成白纸黑字，我就不免感到某种怅惘，好像和一位挚友永别了。”

他接着说：“在其他时候我写诗的情况却完全不同。事先毫无印象或预感，诗意突如其来，我感到一种压力，仿佛非马上把它写出来不可，这种压力就像一种本能的梦境的冲动。在这种梦行症的状态中，我往往面前斜放着一张稿纸而没有注意到，等我注意到时，上面已写满了字，没有空白可以再写什么了。我从前有许多像这样满纸纵横乱涂的诗稿，可惜都已逐渐丢失了，现在无法拿出来证明作诗有这样沉思冥想①的过程。”

话题又回到法国文学和最近一些颇为重要的作家的超浪漫主义②倾向。歌德认为这种正在萌芽的文学革命对文学本身是很有利的，而对掀起这种革命的个别作家们却是不利的。他说：“任何一种革命都不免要走极端。一场政治革命在开始时一般只希望消除一切弊端，但是没有等到人们察觉到，人们就已陷入流血恐怖中了。就拿目前法国这场文学革命来说，起先要求的也不过是较自由的形式。可是它并不停留于此，它还要把传统的内容跟传统的形式一起抛弃掉。现在人们已开始宣扬凡是写高尚情操和煊赫事迹的作品都令人厌倦，于是试图描写形形色色的奸盗邪淫。他们抛弃了古希腊神话中那种美好内容，而写起魔鬼、巫婆和吸血鬼来，要古代高大英雄们让位给一些魔术家和囚犯，说这才够味，这才产生好效果！但是等到观众尝惯了这种浓烈作料的味道，就嫌这还不够味，永远要求更加强烈的味道，没有止境了。一个有才能的青年作家想收到效果，博得公众承认，而又不够伟大，不能走自己的道路，就只得迎合当时流行的文艺趣味，而且还要努力在描写恐怖情节方面胜过前人。在这种追求表面效果的竞赛中，一切深入研究、一切循序渐进的才能发展和内心修养，都抛到九霄云外去了。对一个有才能的作家来说，这是最大的祸害，尽管对一般文学来说，它会从这种暂时倾向中获得益处。”

我问：“这种毁坏个别有才能的作家的企图怎么能有利于一般文学呢？”

歌德说：“我所指出的那些极端情况和赘疣会逐渐消失掉，最后却有一个很大的优点保存下来，那就是，在获得较自由的形式之外，还会获得比从前丰富多彩的内容，人们不会再把这广阔世界中任何题材以及多方面的生活看作不能入诗而加以排斥。我把目前这个文学时代比作一场发高烧的病症，本身虽不好，不值得希求，但它会导致增进健康的好结果。目前构成诗作全部内容的那些疯癫材料，到将来只会作为一种便于利用的因素而纳入内容里。还不仅此，目前暂时抛开的真正纯洁高尚的东西，到将来还会被观

---

① “沉思冥想”原文是Vertiefung，照字面可译“深化”，相当于心理学所说的“下意识酝酿”。

② “超”原文是ultra，超浪漫主义即极端或过分的浪漫主义。

众更热烈地追求。”①

我插嘴说：“我觉得很奇怪，就连您所喜爱的法国诗人梅里美在他的《弦琴集》②里也用了令人恐怖的题材，走上超浪漫主义的道路。”

歌德回答说：“梅里美处理这类题材的方式却和他的同辈诗人所用的完全不同。你提到的那些诗里固然用了不少可怕的题材，例如坟场、深夜里的巷道、鬼魂和吸血鬼之类，不过这类可怕的题材并不触及诗人的内心生活，他毋宁是用一种远距离的客观立场和讽刺态度来处理它们的。他是以艺术家的身份进行工作的。他觉得偶尔试一试这种玩意儿也很有趣。我已说过，他完全抛开了私人的内心生活，甚至也抛开了法国人的身份，使人们在初读《弦琴集》时竟以为那些诗歌真是伊利里地方的民歌。他不费大力，故弄玄虚，就获得了成功。”

歌德接着说：“梅里美确实是个人物！一般说来，对题材做客观处理，需要比人们所想象到的更大的魄力和才能。拜伦就是一个例子。他尽管个性很强，有时却有把自己完全抛开的魄力，例如在他的一些剧本里，特别是在《玛利诺·法列罗》③里。人们读这部剧本，毫不觉得它是拜伦甚至是一个英国人写的，仿佛置身于威尼斯和情节发生的时代。剧中人物完全按照各自的性格和所处情境，说出自己的话，丝毫不流露诗人的主观思想情感。作诗的正确方法本来就应该如此，但是这番话对于做得太过分的法国青年浪漫派作家们却不适用。我所读到的他们的作品，无论是诗、小说，还是戏剧，都带着作者个人的色彩，使我忘记不了作者是巴黎人，是法国人。就连在处理外国题材时，他们还是使读者感到自己置身于巴黎和法国，完全困在目前局面下的一切愿望、希求、冲突和酝酿里。”

我试探地问了一句：“贝朗瑞④是不是也只表达出伟大的法国首都的局面和他自己的内心生活？”

歌德回答说：“在这方面贝朗瑞也是个人物，他的描绘和他的内心生活都是有价值的。在他身上可以看出一个重要性格的内容意蕴。他是一个资禀顶好的人，坚定地依靠自己，全靠自己发展自己，自己和自己总是谐和的。他从来不问‘什么才合时宜？什么才产生效果？怎样才会讨人喜欢？别人在干什么？’之类问题，然后相机行事。他总是按照本性独行其是，不操心去揣摩群众期待什么，或这派那派期待什么。在某些危机时期，他固然也倾听人民的心情、愿望和需要，不过这样做只是坚定了他依靠自己的信心，因为

---

①这番话表明了歌德对当时西方那种文化革命的态度，也显出他的思想中的辩证因素。

②梅里美的诗集《弦琴集》又名《伊利里诗歌选集》，出版于 1827 年，作者伪称这是一个叫伊·玛格拉诺维奇的人所搜集的伊利里民歌。伊利里在巴尔干半岛，靠近南斯拉夫。歌德在下文中所说的客观态度，指不流露作者自己的思想情感。

③《玛利诺·法列罗》一剧写 14 世纪威尼斯行政长官阴谋推翻宪法，失败后被判处死刑的故事。

④参看 1827 年 1 月 4 日和 29 日以及同年 5 月 4 日关于贝朗瑞的多次谈话。

他的内心活动和人民的内心活动总是一致的。他从来不说违心的话。

“我一般不爱好所谓政治诗，这是你知道的。不过贝朗瑞的政治诗我却很欣赏。他那里没有什么空中楼阁，没有纯粹出自虚构或想象的旨趣，他从来不无的放矢，他的主题总是十分明确而且有重要意义的。他对拿破仑的爱戴推尊以及对其丰功伟绩的追念，对当时受压迫的法国人民来说是一种安慰。此外，他还痛恨僧侣统治，怕耶稣会那派教徒重新得势，有把法国推回到黑暗时代的危险。我们对这类主题不能不感到衷心同情。而且他每次的处理方式多么高明老练！看他是怎样先在心里把题材想妥帖，然后才把它表达出来！一切都已酝酿成熟了，等到写作，哪一步不表现出高妙的才华、讽刺和讥笑，而又一往情深、天真雅致啊！他的诗歌每年都要给几百万人带来欢乐。就连对工人阶级来说，他的诗歌也是唱起来非常顺口的，而同时又超出寻常的水平。这就使人民大众经常接触到这种爽朗欢畅的精神，自己耳濡目染，在思想方面也势必比以前更美好、更高尚了。这还不够吗？对一个诗人，还能有比这更好的颂扬吗？”

我回答说：“贝朗瑞是个卓越的诗人，这是毫无疑问的。我多年来一直爱好他的诗，这也是您知道的。不过如果要问我比较喜爱他的哪一类诗，我就应回答说，我喜爱他的情诗胜过喜爱他的政治诗，因为我对他的政治诗所涉及的和暗指的事情总是不大清楚。”

歌德说：“那是你的情况，那些政治诗并不是为你写的。你该问问法国人，他们会告诉你那些政治诗究竟好在哪里。一般说来，在最好的情况下，政治诗应该看作一国人民的喉舌，而在多数情况下，它只是某一党派的喉舌。如果写得好，那一国人民或那个党派就会热情地接受它们。此外，政治诗只应看作当时某种社会情况的产物，这种社会情况随时消逝，政治诗在题材方面的价值也就随之消逝。至于贝朗瑞，他却占了一种便宜。巴黎就是法国。他的伟大祖国的一切重要的旨趣都集中在首都，都在首都获得生命和反响。他的大部分政治诗不应只看作某一党派的喉舌，他所反对的那些东西大半都有普遍的全国性的意义，所以他这位诗人是作为发出民族声音的喉舌而被倾听的。在我们德国这里，这一点却办不到。我们没有一个都城，甚至没有一块国土，可以让我们明确地说：这就是德国！如果我在维也纳问这是哪一国，回答是：这是奥地利！如果在柏林提这个问题，回答是：这是普鲁士！仅仅十六年前，我们正想摆脱法国人，当时到处都是德国。当时如果有一位政治诗人，他就会起普遍的影响。可是当时并不需要他的影响。普遍的穷困和普遍的耻辱感，像精灵鬼怪一样把全国都抓在手掌中。诗人所能点燃的精神烈火到处都在自发地燃烧。不过我也不否认阿恩特、克尔纳尔和里克尔特当时产生过一点影响。①”

我无心中向歌德说：“人们都责怪您，说您当时没有拿起武器，至少是没有以诗人的身份去参加斗争。”

---

①阿恩特（Arndt，1769—1860）、克尔纳尔（Korner，1791—1813）、里克尔特（F.Rückert，1788—1886）三位德国诗人在英、俄和普鲁士等国联盟反击拿破仑时都写过鼓动民族解放的政治诗。

歌德回答说："我的好朋友，我们不谈这一点吧！这个世界很荒谬，它不知道自己需要的是什么，也不知道在哪些事上应让人自便，不必过问。我心里没有仇恨，怎么能拿起武器？我当时已不是青年，心里怎么能燃起仇恨？如果我在二十岁时碰上那次事件①，我决不居人后，可是当时我已年过六十啦。

"此外，我们为祖国服务也不能都采用同一方式，每个人应该按照资禀，各尽所能。我辛苦了半个世纪，也够累了。我敢说，自然分配给我的那份工作②，我都夜以继日地在干，从来不肯休息或懈怠，总是努力做研究，尽可能多做而且做好。如果每个人都可以对自己这样说，一切事情也就会很好了。"

我用安慰的口吻回答说："听到那种责怪，您根本不必生气，而且应该引以为荣。旁人责怪您，也不过表明对您重视，看到您为祖国文化所做的事比任何人都多，于是就希望什么事最后都要归您做了。"

歌德回答说："我不愿把自己想到的话说出来。那些责怪我的话里所含的恶意，比你所能想象到的要多。我觉得这是使人们多年来迫害我和中伤我的那种旧仇恨的新形式。我知道得很清楚，我是许多人的眼中钉，他们很想把我拔掉。他们无法剥夺我的才能，于是就想把我的人格抹黑，时而说我骄傲，时而说我自私，时而说我妒忌有才能的青年作家，时而说我不信基督教，现在又说我不爱祖国和同胞。你认识我已多年了，总该认识到这些话有多大价值。不过如果你想了解我这方面所受的痛苦，请读一读我的《讽刺诗集》③，你就会从我的回击中看出人们时常在设法使我伤心。

"一个德国作家就是一个德国殉道者啊！就是这样，我的好朋友，你不会发现情况不是这样。我也不能替自己埋怨，旁的作家们的遭遇也并不比我好，有些人还比我更糟。在英国和法国，情况也和我们德国一样。莫里哀什么冤屈没有受过，卢梭和伏尔泰什么冤屈没有受过！拜伦叫流言蜚语中伤，被赶出英国，要不是早死使他摆脱了庸俗市侩们及其仇恨，他还会逃到天涯海角去哩。

"如果只有心地窄狭的群众才迫害高尚的人物，那还算好！可是事实不然，有才能的文人往往互相倾轧。例如普拉顿和海涅就互相毁谤，互相设法把对方弄成可恨的坏人，④而实际上，这个广阔的世界有足够的地方让自己生活也让旁人生活，大家大可和平相处，

---

①指拿破仑攻克柏林，占领德国后，德国各地自发的解放斗争。

②诗歌。

③这部讽刺短诗是歌德对他的批评者的回击。

④普拉顿，见《体裁不同的戏剧应在不同的舞台上演，思想深度的重要性》注③。他和海涅都是当时比较年轻的诗人。普拉顿发表过《浪漫派的俄狄浦》一文讥诮海涅，海涅也出版《旅行记》一书进行反击。

而且每个人在自己才能范围里都有一个够使他感到麻烦的敌人①。

“仿佛我的任务就是坐在书房里写战歌！如果住在营房里终夜听到敌哨阵地的战马嘶鸣，写战歌倒还凑合。不过这并不是我的生活和任务，这是克尔纳尔的生活和任务。他有完全适合写战歌的条件。至于我，生性并不好战，也没有战斗的情感，战歌就会成为和我这副面孔不相称的假面具。

“我写诗向来不弄虚作假。凡是我没有经历过的东西，没有迫使我非写诗不可的东西，我从来就不用写诗来表达它。我也只在恋爱中才写情诗。本来没有仇恨，怎么能写表达仇恨的诗歌呢？还可以向你说句知心话，我并不仇恨法国人，尽管在德国摆脱了法国人统治时，我向上帝表示过衷心的感谢。对我来说，只有文明和野蛮之分才重要，法国人在世界上是最有文化教养的，我自己的文化教养大半要归功于法国人，对这样一个民族我怎么恨得起来呢？”

歌德接着说：“一般说来，民族仇恨有些奇怪。你会发现在文化水平最低的地方，民族仇恨最强烈。但是也有一种文化水平，其中民族仇恨会消失，人民在某种程度上站在超民族的地位，把邻国人民的哀乐看成自己的哀乐。这种文化水平正适合我的性格。我在六十岁之前，就早已坚定地站在这种文化水平上面了。”②

---

①意谓每个诗人都有够大的困难要克服。

②继 1824 年 2 月 4 日的谈话之后，这篇谈话是理解歌德的世界观、政治观点和文艺观点的最重要的材料。他从自己的创作经验谈起，说明文艺创作有长期苦心经营和诗思突然出现两种情况。接着他就以最近法国文艺动态为例，说明文学革命对一般文学发展有促进作用，尽管对个别作家不免起不利影响。然后他又从贝朗瑞的政治诗和情诗孰优孰劣问题谈到政治诗有两种，一种是作为全民族的喉舌，一种是作为某一党派的喉舌，他肯定前者，贬低后者。在德国人民起来反对拿破仑的占领和统治时，歌德没有用诗歌为民族解放斗争服务，遭到人们责怪。他在这里为自己辩护，提出所谓超民族的文化水平。这种文化水平将来是要到来的，在当时历史情况下却只能是幻想。歌德的基本立场还是“为文艺而文艺”。

# 再次反对边沁过激，主张改良；对英国主教骂《维特》不道德的反击；现实生活比书本的教育影响更大

（1830 年 3 月 17 日）

晚上在歌德家待了两个钟头。我奉大公爵夫人之命，把博恩豪泽的一部悲剧①带还给他。我把我认为的这部剧本的优点也告诉了他。歌德回答说："我每逢看到一部有独创性的、显出才能的作品，总感到高兴。"接着他用双手捧着这部剧本，斜着眼看了一下，说："不过每逢看到一位剧作家把剧本写得太长，而且要照样上演，我总以为不妥。这个缺点就打消了我的乐趣的一半。你只看看这部剧本竟有这样厚！"

我回答说："席勒在这一点上也不见得就好得多，可是他还是一个伟大的剧作家呀。"

歌德说："席勒的确有这个缺点，特别是他的早期剧本。当时他正年轻力壮，写起来总是没完没了，他心里要说的话太多，超出了他的控制力。后来他察觉到这个缺点，尽力通过学习和钻研来克服它，可是没有完全成功。对题材加以适当的控制，不被它缠住，把全副精力集中到绝对必要的东西上去，这套功夫比一般人所想象的要难些，要有很大的诗才才办得到。"

这时仆人把里默尔②引进来了。我准备告辞，因为我知道今晚歌德要和里默尔在一起工作。歌德叫我留下，我欣然听命，因此听到了歌德的一次纵情畅谈，其中充满着讽刺和梅菲斯特式的幽默。

歌德开头说："索莫林③就这样死啦，还不到区区七十五岁哩。多么傻，就没有勇气多活几年！在这一点上，我佩服我的朋友边沁那个过激派疯子。他保养得好，比我还大几个星期哩。"

我插嘴说："还可以补充一点，边沁还有一点可以和您媲美，他现在做工作还和青

---

①博恩豪泽（T.Bornhauser，1799—1856），当时一位不知名的瑞士剧作家，提到的剧本叫《艺术精华》，内容不详。

②里默尔（1774—1845）在歌德家当家庭教师和私人秘书。

③索莫林（S.T.Sommering，1755—1830），魏玛的医生，歌德的朋友。

年人一样起劲。”

歌德说:“那倒是，可是我和边沁处在一条链子上的相反的两极端:他要把房子推翻，我宁愿把它撑起。在他那样高龄还要当过激派，真是疯狂透顶。”

我反驳说：“我认为有两种过激主义，应该区分开。一种过激主义为着建设未来，首先要扫清场地，把一切都推翻打烂；另一种过激主义却满足于指出现行制度的缺点和错误，希望不用暴力就可以获得所想望的好处。假如您生在英国，您不会反对这第二种过激主义。”

歌德于是摆出他的梅菲斯特式的面孔和声调问我：“你拿我当什么人？我在英国就会利用那些弊端过活，你以为我会去搜查和揭露那些弊端吗？假如我生在英国，我会成为拥有巨资的公爵，或者还更好一点，成为领三万镑年俸的主教。”

我说：“那倒顶美。不过您抽到的如果不是头彩，而是一张空白票，怎么办？空白票是数不尽的。”

歌德回答说:“我的老好人呀,不是每个人都生下来就有资格中头彩。你认为我那样傻，只能抽到空白票吗？我会拥护三十九条，特别是那第九条[①]，我对它会特别重视，特别虔诚地遵守，从各方面随时随地宣扬这三十九条。我会扮演伪君子，无论是在诗里还是在散文里，都尽力去撒谎欺骗，免得使三万镑年俸脱了手。我一旦爬上这样的高位，就会不顾一切，把它保持住。我特别要想尽方法，使蒙昧无知产生的黑暗变得更加黑暗。哼，我会哄骗头脑简单的群众，训练可爱的青少年学生，使他们察觉不到我是靠最丑恶的欺骗爬上高位的，纵使察觉到，也不敢说出来。”

我说：“就您来说，我们想到您是凭才能而得到崇高地位，这至少是可以欣慰的。但是在英国，正是最昏庸无能的人才享受到最高的尘世荣华富贵。他们不是凭自己的才能，而是凭恩宠，碰运气，特别是凭家庭出身。”

歌德说：“一个人获得尘世荣华富贵，无论是凭自己的才能，还是凭继承权，事实上都是一样。享有这种权利的头一代人一般都还是有才能的人，有足够的本领去利用旁人的愚昧和弱点来使自己占便宜。这个世界里充满着头脑糊涂的人和疯人，用不着到疯人院去找。这令我想起一件事。已故的大公爵，知道我讨厌疯人院，有一次突然想把我带到疯人院里去看一看。但是我及时地察觉到他的意图，就告诉他说：‘我没有感到有必要去看关起来的疯人，在世间自由行走的疯人我已经看够了。’我说：‘我宁愿跟殿下下地狱，也不愿进疯人院。’

“哼！要是我能用我自己的方式来处理一下那三十九条，让头脑单纯的群众大吃一惊，我会感到多么开心哟！”

---

①三十九条是英国国会通过的关于英国教会的法规。第九条是关于原始罪孽（人类自从亚当和夏娃偷食了禁果就犯了原始罪孽），它对僧侣特别重要，因为僧侣据说是帮助人赎罪、拯救灵魂的上帝代表。歌德不信原始罪孽。

我说："纵使您不当主教，还是可以开这个玩笑。"

歌德回答说："不然，那我要一声不响。要我欺骗，就要给我很高的报酬，如果没有希望当拿三万镑年俸的主教，要我去欺骗，我就不干。"……

歌德接着用同样毒辣的讽刺口吻重新谈到英国高级僧侣的高薪俸，还追述了他和英国德比郡主教勃里斯托勋爵①的一次遭遇。

他说："勃里斯托勋爵路过耶拿，想和我结识，邀我在一天晚上去见他。他这人有时爱要点粗野，但是你如果用同样的粗野回敬他，他就驯良起来了。在谈话中他就《少年维特》向我说教起来，想刺痛我的良心，说我不该让人走向自杀。他骂《维特》是一部极不道德的该受天谴的书。我高声对他说：'住嘴！你对我的可怜的《维特》竟说出这样的话来。那么我问你，世间有些大人物用大笔一挥就把十万人送到战场，其中就有八万人断送了性命，要他们互相怂恿杀人放火和劫掠。你对这种大人物该怎么说呢？在看到这些残暴行为之后，你却感谢上帝，唱起《颂圣诗》来。你还用地狱惩罚的恐怖来说教，把你的教区里孱弱可怜的人们折磨到精神失常，终于关进疯人院去过一辈子愁惨生活！还不仅此，你还用你们的违反理性的传统教义，在你的基督教听众灵魂里播下怀疑种子来毒害他们，迫使这些摇摆不定的灵魂堕入迷途，除了死以外找不到出路！对于这一切，你对自己该怎么说，你该受什么惩罚呢？现在你却把一个作家拖来盘问，想对一部被某些心地褊狭的人曲解了的作品横加斥责，而这部作品至多也不过使这个世界甩脱十来个毫无用处的蠢人，他们没有更好的事可做，只好自己吹熄生命的残焰。②我自以为这是替人类立了一个大功，值得你感谢。现在你竟想把这点战功说成是罪行，而你们这批王公僧侣老爷却容许自己犯那样严重的罪行！'

"这场反攻对那位主教产生了顶好的效果。他变得像绵羊一样驯良，从此在谈话中就对我彬彬有礼，声调也和蔼起来了。当晚我和他处得很好。勃里斯托勋爵尽管粗野，毕竟是个通达世故人情的人，知道在什么场合说什么话。等到告别时，他送我走了几步路，又让他的修道院院长继续送我。走到大街上，这位院长大声向我说：'啊！歌德先生，您说得多妙，叫勋爵多高兴啊！您懂得叫他欢喜的妙诀。要是您说得稍微委婉一点，软弱一点，您回家时就不会对这次访问这样满意了。'"

我接着说："为了《维特》那部作品，您可真惹了不少麻烦。您和勃里斯托的会见令我想起您和拿破仑关于《维特》的谈话。当时塔列朗③也在场，是不是？"

歌德说："他也在场。不过对于拿破仑，我没有什么可埋怨的。他对我极友好，他

---

①歌德和勃里斯托勋爵（1730—1803）在耶拿会见，是在1797年。歌德对这次奇遇很得意，在书信和日记里都叙述过。

②《少年维特》出版后，欧洲有一些青年模仿维特，自杀成风。歌德针对这种情况为自己辩护。

③塔列朗是拿破仑时代的外交家，在他的《回忆录》里约略提到过1808年拿破仑和歌德在埃尔富特的会晤。

谈论《维特》这个题目的方式，也是人们可以期待于他这位具有伟大精神的人物的。”

话题由《维特》转到一般小说和剧本及其对听众道德影响的好坏。歌德说：“如果一部书比生活本身所产生的道德影响更坏，这种情况就一定很糟。生活本身里每天出现的极丑恶的场面太多了，要是看不见，也可以听见，就连对于儿童，人们也无须过分担心一部书或剧本对儿童的影响。我已说过，日常生活比一部最有影响的书所起的教育作用更大。”

我说：“不过当着儿童的面说话还是要当心些，不要使他们听到他们不该听的话。”

歌德回答说：“你提的办法倒很好，我也是那么办。不过我毕竟认为这种警戒是无用的。儿童的嗅觉和狗的嗅觉一样灵敏，什么东西都闻得出来，特别是坏东西……”①

微信扫码

- 阅读助手
- 名著精析
- 走近作者
- 读后练习

①这篇谈话显出歌德的幽默。他对英国教会的讽刺是尖锐的。最后，他提出一种观点，即：书本的影响不可能比实际生活的影响更坏。

# “古典的”和“浪漫的”：这个区别的起源和意义

（1830年3月21日）

……接着我们谈到身体的疾病状态以及身体与心灵的相互影响。

歌德说：“心灵可以起支持身体的作用，这是不易置信的。我经常患胃病，但是心灵的意志和上半身的精力却把我支持住了。不能让心灵屈服于身体！我在温度高时比在温度低时的工作效果好。知道了这一点，我每逢温度低时，就尽力使劲，来抵消低温度的坏影响。我发现这办法行得通。

“不过诗艺方面有些东西却不能勉强，我们须等待好时机来做单凭心灵的意志所不能做到的事。例如我目前在写《瓦尔普吉斯之夜》，写得比较慢，因为我想使全幕显出应有的魄力和美妙风味。我已写得不少了，希望在你出国[①]之前写完。

“我把这一幕中关键性的东西和一些个别对象区别开来，使它具有普遍意义，这样就使读者虽有用作比喻的对象而不了解它究竟何所指。我力图使一切在古典意义上具有鲜明的轮廓，丝毫没有符合浪漫派创作方法的那种暧昧模糊的东西。

“古典诗和浪漫诗的概念现已传遍全世界，引起许多争执和分歧。这个概念起源于席勒和我两人。我主张诗应采取从客观世界出发的原则，认为只有这种创作方法才可取。但是席勒却用完全主观的方法去写作，认为只有他那种创作方法才是正确的。为了针对我来为他自己辩护，席勒写了一篇论文，题为《论

什么是古典诗和浪漫诗？

从客观世界出发的原则实际上就是现实主义。完全主观的方法实际上就是浪漫主义。

这段引文主要提出古典主义和浪漫主义的一个基本分别，即前者从客观世界出发，后者从主观世界出发。

①当时爱克曼将陪歌德的长子去意大利旅行，后来这位长子患病死在途中。

素朴的诗和感伤的诗》[1]。他想向我证明，我违背了自己的意志，实在是浪漫的，说我的《伊菲革涅亚》由于情感占优势，并不是古典的或符合古代精神的，如某些人所相信的那样。施莱格尔弟兄抓住这个看法把它加以发挥，因此它就在世界传遍了，目前人人都在谈古典主义和浪漫主义，这是五十年前没有人想得到的区别。”[2]……

①这是席勒的一篇重要的美学论文，从人与自然的关系讨论古典诗（即素朴诗）与浪漫诗（即感伤诗）的分别。席勒认为古典时代人与自然一体，共处相安，这就是诗的素朴状态；近代人已与自然脱节，却又想“回到自然”，眷恋人类童年的素朴状态，而这又是不可能的，所以心情是感伤的，这就是浪漫诗的特征。

②这篇谈话指出古典主义与浪漫主义的区别。歌德所理解的古典主义实际上就是现实主义。高尔基以前，西方文学史家一般把古典主义和浪漫主义当作文艺的主要流派。实际上这类标签的用处有它的限度。

# 歌德对法国七月革命很冷淡，而更关心一次科学辩论：科学上分析法与综合法的对立

（1830 年 8 月 2 日）

已掀起的七月革命①的消息今天传到魏玛，人们都为之轰动。午后我去看歌德，一进门他就大声问我："你对这次伟大事件是怎么想的？火山终于爆发啦，一切都在燃烧，从此再不会有关着门谈判的情况啦！"

我回答说："这是个可怕的事件！不过尽人皆知的情况既是那样糟，而法国政府又那样腐败，除了王室终于被赶掉以外，我们还能指望什么呢？"

歌德说："我的好朋友，你和我说的像是牛头不对马嘴呀，我说的不是那伙人而完全是另一回事。我说的是，乔弗列与顾维页之间对科学极为重要的争论在法国科学院已公开化啦。"②

歌德的话是我完全没有预料到的，我不知说什么好，踌躇了几秒钟。

歌德说："这件事是极重要的。我听到 7 月 19 日会议③的消息时心情多么激动，是你无法想到的。我们现在发现，乔弗

歌德对"七月革命"漠不关心，反映了他后期思想上对革命的反对。这篇日记主要反映了歌德在科学上反对分析法而宣扬综合法。

分析法是指思维把认识对象分解为各个部分进行研究，并进一步找出决定事物本质的因素的方法。综合法是指思维把认识对象的本质方面按照所固有的内在联系组合为统一整体，从整体上去认识对象的思维方法。

你认为分析法和综合法之间是否存在联系？

---

①法王查理十世于 1830 年 7 月颁布敕令，进一步限制人民自由，剥夺资产阶级选举权，引起巴黎工人和群众武装起义，于同月 29 日攻占王宫，波旁王朝被推翻，史称七月革命。

②顾维页（Guvier，1769—1832）和乔弗列·圣－希莱尔（Geoffroy de Saint-Hilaire，1772—1840）两人都是法国著名的解剖学家，而且前者是后者提拔起来的科学院同事。他们争论的具体问题不详。从歌德的谈话看，顾维页用的是分析法，乔弗列用的是综合法，歌德本人一向主张用综合法，所以欢呼乔弗列的胜利。

③指法国科学院会议。

列·圣－希莱尔长久以来就是我们的一位有力的同盟者。我可以看出法国科学界对这次会议多么关心，因为尽管有这次可怕的政治骚动，7 月 19 日会议还是座无虚席。但是最重要的一点还是，乔弗列介绍给法国的那种研究自然的综合法今后再也不会被抛弃掉了。经过科学院这次自由讨论，这件事就已向广大群众公开，不再可能只是提交秘密委员会，关起门来把它作弄掉或扼杀掉了。今后在法国自然科学研究中，精神会驾驭物质了。我们由此可以窥测出神工鬼斧创造这个世界的一些规律了！如果用分析法，我们就只研究物质的一些个别组成部分，而感觉不到有一种精神气息在规定每一组成部分的发展方向，凭一种内在规律去限制或制裁每一种（对既定方向的）背离，如果不是这样，那还有什么和自然打交道的基础呢？！

“五十年来我一直在努力解决这个大问题。起初我是孤立无援的，后来才得到一些支持，现在终于看到志同道合的人们在这方面走到我前面去了，所以感到欣喜……现在乔弗列·圣希莱尔肯定地站在我这一边，和他合作的还有一些学生和追随者，这对我有难以置信的价值。我有理由欢庆我毕生献身的，主要由我创始的事业最后得到普遍的胜利。”①

---

①这篇谈话有两点值得注意。第一点是，歌德对法国七月革命似无动于衷，不像爱克曼那样激动，却庆幸法国科学院把一个有争论的科学问题公开化。他显然把学术看得重于政治。实际上，他对于七月革命的冷漠，恰恰表现出他对雅各宾专政以后法国革命运动的厌恨。他把参加那次革命的叫作“那伙人”，这又一次表现了“政治上的侏儒”的一面。

另一点是，歌德在科学上反对分析法而宣扬综合法。这是 18、19 世纪西方科学界乃至一般思想界的一个重大分歧，也可以说是一个重大转变，后来一般人把这个转变称为机械观到有机观的转变。机械观把事物整体分析为一些个别的、独立的因素，而不注意整体中各部分互相依存的关系。有机观则重视事物的有机性和完整性，以及各部分互相依存和相反相成的内在规律。前者属于形而上学，后者属于朴素的辩证法。歌德强调综合法和事物的内在关系和内在规律，他的思想有些辩证因素，所以他反对机械论的代表牛顿。不过他似乎受到康德的目的论的影响，认为事物的内在关系仿佛是上帝为着某种目的而预先安排的。可是后来在 1831 年 2 月 20 日谈话里，歌德又明确主张在自然科学领域里排除目的论，可见他在这个问题上仍在犹疑不定。较后的看法是正确的。

# 歌德同圣－西门相反，主张社会集体幸福应该以个人幸福为前提

（1830年10月20日）

……歌德问我对圣西门一派人的意见如何。我回答说："他们学说的要点像是主张个人应为社会整体的幸福而工作，并且认为社会整体的幸福是个人幸福的不可缺少的条件。"

歌德说："我却认为每个人应该先从他自己开始，先获得他自己的幸福，这就会导致社会整体的幸福。我看圣西门派的学说是不实际的、行不通的。因为它违反了自然①，也违反了一切经验和数千年来的整个历史进程。如果每个人只作为个人而尽他的职责，在他本人那一行业里表现得既正直而又能干胜任，社会整体的幸福当然就随之而来了。作为一个作家，我在自己的这一行业里从来不追问群众需要什么，不追问我怎样写作才对社会整体有利。我一向先努力增进自己的见识和能力，提高自己的人格，然后把我认为是善的和真的东西表达出来。我当然不否认，这样工作会在广大人群中发生作用，产生有益的影响，不过我不把这看作目的，它是必然的结果，本来一切自然力量的运用都会产生结果。作为作家，我如果把广大人群的愿望当作我的目的，尽量满足他们的愿望，那么，我就得像已故的剧作家考茨布那样，向他们讲故事，开玩笑，让他们取乐了。"

我说："您这番话是无可反驳的。不过，有我作为个人的幸福，也有我作为公民和广大社会中一成员的幸福，这二者究竟不同。如果不把达到全民族的最大幸福定为原则，凭什么基础来制定法律呢？"

歌德说："如果你要说的就是这一点，我当然没有什么可反对的。不过在这种情况下，也只有极少数优选人物才能应用你那条原则。那只是为君主和立法者们开的方剂。不过就连对于他们来说，我也认为法律的用意毋宁是减少弊病的总和，而不是增加幸福的总和。"

我反驳说："这两件事大致上毕竟是一回事。举例来说，道路坏，我看就是一个大弊病。如果当权的人把全国通到穷乡僻壤的道路都修得平坦整洁，他就不仅消除了一个大弊病，而且同时也给人民带来了一项大幸福。再如司法程序的拖沓也是一个大弊病，如果掌权

①人性。

的人制定出一套司法程序，公布之后又加口头宣传，保证一切案件得到迅速处理，他就不仅消除了一个大弊病，而且也带来一项大幸福。”

歌德打断我的话说：“按你唱的这个调门，我可以唱出另一些歌来。不过我们最好把还没有指出的一些弊病留下，让人类还有机会去施展他们的能力吧。我的基本教义暂时归结为这几句话：做父亲的要照管好他的家，做手艺的要照管好他的顾客，僧侣们要照管好人们互相友爱，警察们不要扰乱我们的安乐。”①

①圣－西门（C.H.Saint-Simon，1760—1825），法国贵族，参加过北美独立战争，《日内瓦书简》和《新基督教》的作者，近代三大空想社会主义者之一。恩格斯在《反杜林论》里对他的学说作过极精当的简介和评价。

歌德不喜欢爱克曼对圣－西门派的景仰，提出了他的个人好社会就好，立法只应减少社会弊端的片面论断。他还认为诗人不应考虑社会需要和社会效果，这表现了他对群众的藐视。在政治上，歌德和圣－西门都是反对暴力革命的改良主义者，不过歌德比圣－西门落后得很远。圣－西门向往社会主义，尽管是空想社会主义；而歌德却向往开明君主，在这里仍是为资产阶级个人主义说教。

## 1831 年

# 评《红与黑》

（1831 年 1 月 17 日）

……我们谈到《红与黑》，歌德认为这是司汤达的最好作品。

他补充说：“不过我不能否认他的一些女角色浪漫气息太重。尽管如此，她们显示出作者的周密观察和对心理方面的深刻见解，所以我们对作者在细节方面偶有不近情理之处是可以宽恕的。”

# 《浮士德》下卷写作过程；文艺须显出伟大人格和魄力，近代文艺通病在纤弱

歌德在1828年10月20日讲过“艺术家凭伟大人格去胜过自然”，在1825年10月15日讲过“近代文学界的弊病，根源在于作家和批评家们缺乏高尚的人格”，这里又强调“文艺须显出伟大人格”，指出“近代文艺通病在纤弱”，这实际上指向了“浪漫主义”。

歌德在1829年4月2日也讲过：“最近一些作品之所以是浪漫的，并不是因为新，而是因为病态、软弱。古代作品之所以是古典的，也并不是因为古老，而是因为强壮、新鲜、愉快、健康。”

你怎么看待歌德对浪漫主义的批判？

（1831年2月13日）

在歌德家吃晚饭。他告诉我他正在写《浮士德》下卷第四幕，开始很顺利，像他原来所希望的那样。他说：“关于写什么题材，我早就想好了，这是你知道的，只是关于怎样写，我总是不大满意。今天想到了一些好主意，所以很高兴。现在我要设法把第三幕《海伦后》和先已写好的第五幕之间的整片空隙填补起来，先写下详细计划，以便今后从容不迫地而且有把握地写下去。对哪些部分兴致比较好，就先写。这第四幕的性质有些特殊，它像一个独立的小世界，和其余部分不相关。它和全剧只借着对前因后果略挂上一点钩而联系在一起。①”

我说：“这样办，第四幕和其他部分在性格上还是融贯一致的。幕中各景也都自成一个独立的小世界，尽管彼此有呼应，而又互不相关。对于诗人来说，他所要表达的是一个丰富多彩的世界。他运用一位有名的英雄人物的故事时只把它作为一根线索，在这上面他爱串上什么就串上什么。这也正是《奥德赛》和《吉尔·布拉斯》②都采用过的办法。”

---

①《浮士德》下卷在结构上是个大胆的尝试，写作程序也很特别。歌德先只拟好纲要，先写第一幕、第二幕和第五幕，第三幕是用久已写好的《海伦后》这篇独立的诗插进来充数的，第四幕最后写成。

②荷马的《奥德赛》写古希腊东征将领之一俄底修斯回国迷航在海上十年和最后还乡的各种奇遇。《吉尔·布拉斯》是18世纪法国小说家勒萨日的著名讽刺小说，写一个西班牙流浪汉的种种奇遇。

歌德说："你说得完全正确。这种作品只有一个要点：个别部分都应鲜明而有重要意义，而整体则是不可以寻常尺度去测量的，像一个没有解决的问题，永远耐人钻研和寻思。"①……

饭后我们在一起翻看最近一些画家的作品，特别是风景画的镌刻复制品，高兴地看到其中没有什么毛病。歌德说："许多世纪以来，画家们在世界上已作出许多好作品，它们产生了影响，又产生了一些好作品，这是不足为奇的。"

我说："不幸的是错误的教条太多，使有才能的青年人无所适从。"

歌德说："你这话确有实证，我们见过整代的人被错误的教条损害了，毁掉了，我们自己也受过害。②此外，在我们的时代，错误的言论很容易通过印刷品而广泛流传。一个文艺批评家经过一些年的阅历会在思想上有所改进，能把后来较正确的信念传播给群众，但是他从前的错误教条同时也还在发生影响，像毒草在蔓延，把好草的地位侵占了。我感到的唯一安慰是，真正伟大的作家是不会误入歧途，遭到毁坏的。"

我们继续研究这些复制的画。歌德说："这倒是些真正的好画。你面临的确实是些颇有才能的画家，他们学习到不少东西，获得了一定程度的艺术鉴赏力和艺术技巧，只是所有这些画似乎都缺乏了什么，缺乏的就是男子汉的魄力，请注意'男子汉'③这个词，并加上着重符号。这些画缺乏打动人的力量。这种力量在过去一些世纪里到处都表现出来，现在却看不到了。这种情况并不限于绘画，其他各种艺术也有同病。我们这一代人的通病是软弱，原因很难说，不知道是由于遗传还是由于贫乏的教育和营养。"

我说："由此可以看出伟大人格在艺术里多么重要，在过去一些世纪里，伟大人格是常见的。记得我们在威尼斯时站在提香和维罗涅斯的作品前，立刻就感到这些画师的雄健精神，无论是在最初题材构思方面，还是在最后创作实践方面。他们的雄伟力量渗透到全幅画的每一部分。在欣赏时，艺术家人格的这种雄伟力量开扩了我们的心胸，把

---

①这段谈话对于理解《浮士德》下卷的结构颇有帮助。它是以人为纲而不是以事为纲。同一人物的不同遭遇虽彼此独立，却仍可以显出他的性格。这种写法在传记体小说中是常用的。至于戏剧，则一般多用以事为纲的写法，顺着一个情节的前因后果的线索写下去，较易紧凑。作为戏剧，《浮士德》下卷用以人为纲的写法，读起来略嫌松散，所以说它是个大胆的尝试。它便于阅读，上演就有困难。

②似指17世纪法国新古典主义理论家布瓦洛的《诗艺》里的一些教条，到了18世纪，英国的蒲柏和德国的高特舍特都受到它的不良影响。后来的浪漫运动的反抗对象就是这一派的陈腐教条。歌德对这种反抗贡献也颇大。

③原文是Das Mannliche，英译作manly，法译作virite，都有"男子汉的强健气魄"的意思。文艺要强健不要软弱，这是歌德多次谈到的一个基本信条。用过去中国文论家的术语来说，歌德是推尊"阳刚"而贬低"阴柔"的。这是上升的资产阶级精神状态的反映。

我们提升到从来没有过的高度。您所说的那种男子汉的魄力，在吕邦斯的风景画里特别可以感觉到。①尽管他画的只是些树木、土壤、水、岩石和云彩，这些形状都显示出他的雄伟力量。所以我们所看到的虽只是熟识的自然景物，它们却渗透了艺术家的雄伟力量，而且是按照艺术家的观点再现出来的。”

歌德说：“在艺术和诗里，人格确实就是一切。但是最近文艺批评家和理论家由于自己本来就虚弱，却不承认这一点。他们认为在文艺作品里，伟大人格不过是微不足道的多余的因素。

“当然，一个人必须自己是个人物，才会感觉到一种伟大人格而且尊敬它。凡是不肯承认欧里庇得斯崇高的人，不是自己够不上认识这种崇高的可怜虫，就是无耻的冒充内行的骗子，想在庸人眼里抬高自己的身价，而实际上也居然显得比他原有的身价高些。”②

---

①提香（Tizian，1490—1576）和维罗涅斯（Veronese，1528—1588）都是威尼斯派名画家。吕邦斯也在威尼斯工作很久，关于他的风景画，参看1827年4月11日的谈话。爱克曼陪歌德的长子游意大利时见过这些大师的画。

②在这篇谈话中，歌德强调在文艺里伟大人格的重要性，而伟大人格主要表现于雄强的魄力。他还慨叹时人是一代软弱的人，指的主要是消极浪漫派作家和理论家。

# 天才的体质基础，天才最早出现于音乐

（1831年2月14日）

陪歌德吃晚饭。他刚读过拉普将军的《回忆录》[①]，因此我们就谈起拿破仑来，谈到他母亲生下一大家强健的儿女，她对此会有什么样的心情。她生下第二个儿子拿破仑时才十八岁，她丈夫才二十三岁，所以拿破仑出世时正当父母都身强力壮，这对他的体格很有好处。在生拿破仑之后，他母亲又生了三个儿子，天资都很高，在世务方面很能干，都精力充沛，而且都有一定的诗才。生下四个儿子之后，她又生了三个女儿，杰罗姆最小，在兄弟姊妹之中，天资似乎也是最差的。

歌德说："才能当然不是天生的，不过要有一种适当的身体基础，一个人是头胎生的还是晚胎生的，是父母年轻力壮时生的还是父母衰弱时生的，并不一样。"

我说："值得注意的是，各种才能之中，音乐才能在很幼小的年龄就露头角。例如莫扎特在五岁，贝多芬在八岁，胡梅尔在九岁，就以音乐演奏和作曲博得亲邻们惊赞了。"

歌德说："音乐才能很可以出现最早，因为音乐完全是天生的，表达内心情感的，用不着从外界吸收多少营养或从生活中吸取多少经验。不过像莫扎特那样一种现象实在永远是个无法解释的奇迹。是不是老天爷到处找机会创造奇迹，有时也凭依个别的非凡的凡人，使我们看到徒感惊奇，而不知道这是从何而来的呢？"[②]

---

①拉普（J.Rapp,1771—1821）是拿破仑的副官,参加过很多战役,立过战功。他的《回忆录》出版于1823年。

②这篇简短的谈话涉及一些理论上的重要问题，例如什么是天才？音乐是否只涉及生理，只表现情感而不表现思想？歌德自己似乎也还在摸索中，所以前后不免自相矛盾。

## 作者在不同的发展阶段看事物的角度不同须如实反映，《浮士德》下卷的进度和程序以及与上卷的基本区别

（1831年2月17日）

陪歌德吃晚饭。我把我在上午刚编辑过的他写的《1807年在卡尔斯巴德居住日记》带给他。我们谈到其中逐日作为感想记下来的一些美妙的段落。歌德笑着说：“人们总以为人到老才会聪明，实际上人愈老就愈不易像过去一样聪明。一个人在生命过程中会变成一个另样的人，但是很难说他会变成一个较高明的人。在某些问题上，他在二十岁时的看法可能就已和在六十岁时的看法一样正确。

“当然，我们对这个世界，从平原上去看是一个样子，从海岬的高处去看另是一个样子，从原始山峰的冰川上去看样子又不同。从一个立足点比从另一个立足点所看到的一片地界可能广阔些，不过如此而已，但是不能说，从这个立足点上看到的就比从另一个立足点上看到的更正确些。由此可见，如果一个作家要在他生平各个阶段上都留下纪念坊，主要的条件是他要有天生的基础和善良意愿，在每个阶段所见所感都既真实而又清楚，然后就专心致志地按照心中想过的样子把它老老实实地说出来。这样，他的作品只要正确地反映当时那个阶段，就会永远是正确的，尽管他后来可能有所发展和改变。”

我对这番高见表示完全赞成。歌德接着说：“我最近碰到一张旧纸，拿起来看了一下，就自言自语地说：‘呃，这上面写的不算坏，我自己也只能这样想，这样写呀！’可是仔细一看，才看出这正是我自己作品中的一个片段。因为我老是拼命写下去，就把已写出的东西忘记了，不久自己的作品就显得生疏了。”

我问到《浮士德》近来进度如何。

歌德回答说：“它不会再让我放下手了，我每天都在想着怎样写下去。我已经把第二部的手稿装订成册，让它作为一个可捉摸的整体摆在眼前。还待写的第四幕所应占的地位，我用空白稿纸夹在本子里去标明。已写成的部分当然会促使我去完成那个尚待完成的部分。这种物质的东西①比人们通常所猜想的更为重要。我们应该用各种办法促进精神活动。”

①指装订成册的手稿。

他叫人把装订好的《浮士德》稿本拿来。我看到他已写了那么多，很惊讶，面前摆着厚厚的一大本哩。

我说："我来魏玛已六年①。这些手稿都是在这六年中写的。您有那么多的事务，能在这部作品上花的功夫实在很少。由此可见，日积月累，积少就可以成多。"

歌德说："人愈老，愈深信你这句话中的真理，而年轻人却以为一切都可以在一天之内完成。如果运气好，我的健康情况如常，我希望到明年春天，第四幕就可以写得差不多了。你知道，这第四幕我早就想好了，但是在写作过程中，这剩下来的部分扩展得很多，以致原来的计划中只有纲要现在还可利用。我得重新构思，使新插进的段落可以和其他部分融贯一致。"

我说："《浮士德》下卷所展现的世界远比上卷丰富多彩。"

歌德说："我也是这样想。上卷几乎完全是主观的，全从一个焦躁的热情人生发出来的，这个人的半蒙昧状态也许会令人喜爱。至于下卷，却几乎完全没有主观的东西，所显现的是一种较高、较广阔、较明朗肃穆的世界。谁要是没有四面探索过，没有一些人生经验，他对下卷就无法理解。"

我说："读下卷须用一些思考，有时也需要一些学问。我很高兴，我读过谢林关于卡比里的小册子②，才懂得您为什么在《古典的瓦尔普吉斯之夜》那一景中的有名段落里援用它。"

歌德笑着说："我经常发现，有点知识还是有用的。"③

---

①爱克曼1823年到魏玛，目前是1831年，应为8年。

②谢林（Schelling，1775—1854），继费希特和黑格尔之后德国有代表性的唯心主义哲学家。他在古代神话方面也下过功夫，写过一部《希腊莎摩特勒斯岛上的一些神》，其中提到卡比里神的秘密宗教仪式。歌德在《浮士德》下卷里引用过它。歌德和谢林本相识。

③歌德写《浮士德》下卷花了7年，临死前才完成。单是最后写成的第四幕就花了1年。他对写作过程的叙述以及对上下卷区别的评价，对研究《浮士德》的人们是很有用的，一般作家也可以从中看出周密思考的重要性。

# 歌德主张在自然科学领域里排除目的论

（1831年2月20日）

……接着歌德对我讲到一位青年自然科学家写的一部书，赞赏他写得很清楚，但对他的目的论倾向要加以审查。

他说："人有一种想法是很自然的，就是把自己看成造物的目的，把其他一切事物都联系到人来看，看成只是为人服务和由人利用的。人把植物界和动物界都据为己有，把人以外的一切物作为自己的适当的营养品。他为这些好处感谢他的上帝对他慈父般的爱护。他从牛取奶，从蜂取蜜，从羊取毛。他既然认为一切物都有供人利用的目的，于是就认为一切物都是为他而创造出来的。他甚至想不到就连一棵小草也不是为他而设的。尽管他现在还没有认识到这种小草对他的功用，他却仍然相信将来有朝一日终会发现它的功用。

"人对一般怎样想，他对特殊也就怎样想，所以不禁把他的习惯看法从生活中移用到科学里去，也对有机物的个别部分追问它的目的和功用。

"这种办法暂时也许行得通，暂时可以用在科学领域里，但是不久就会发现一些现象，从这种窄狭观点很难把它们解释得通。如果不站在一种较高的立场上，不久就会陷入明显的矛盾。

"这些目的论者说，牛有角，是用来保护自己的。但是我要问，羊为什么没有角？就是有，为什么形状蜷曲，长在耳边，使得它对羊毫无用处呢？

"我的看法却不同，我认为牛用角来保护自己，是因为它本来有角。

"一件事物具有什么目的的问题，即为何（Warum）的问题，是完全不科学的，提出如何（Wie）的问题就可以深入一点。因为我要追问牛是如何长起角时，就不得不研究牛的全身构造，这样同时也会懂得狮子何以不长角而且不能长角。

"再如人的头盖骨还有两个未填满的空洞。如果追问为何有这两个空洞，这问题就无法解决；但是如果追问这两个空洞是如何形成的，这就会使我们懂得，这两个空洞是动物的头盖骨空洞的遗迹。在较低级动物的头盖骨上，这两个空洞还要大些，在人头上也还没有填满，尽管人是最高级的动物。

"功用论者①仿佛认为，他们所崇拜的那一位如果不曾使牛生角来保护自己，他们就

①功用论实际上就是目的论。

会失去他们的上帝了。但是我希望还可以崇拜我的上帝，这个上帝在创造这华严世界时显出那样伟大，在创造出千千万万种植物之后，还创造出一种包罗一切植物（属性）的植物；在创造出千千万万种动物之后，还创造出一种包罗一切动物（属性）的动物，这就是人。

“让人们仍旧崇拜给牛造草料、给人造饮食，任他们尽情享受的那一位吧。至于我呢，我所崇拜的那一位放进世界里的生产力只要在生活中用上百万分之一，就足以使世界上芸芸众生繁衍，无论是战争和瘟疫，还是水和火，都不能把这一切杀尽灭绝。这就是我的上帝！”①

①这是理解歌德的世界观和思想方法的一篇极重要的谈话。原始宗教一般都认定世界万物是由一神或多神创造的，神对所造物各定有一种目的或功用。目的可以是为物自身的，也可以是为人的。这就叫作目的论。西方从亚里士多德到康德，很多哲学家都相信这种目的论。目的论的基础是有神论。歌德是泛神论者，泛神论认为大自然本身就是神，神不是在世界之外遥控世界的。所以他是一个不彻底的无神论者。

歌德在科学方法上主张排除目的论，不追究事物为什么目的发生，只追究事物以什么方式发生，侧重事物的内外因和内在规律，这自然否定了创世说或“天意安排”说，对辩证思想的发展是很重要的。他所说的综合法也就指此。

在达尔文之前，歌德的科学思想中已有进化论的萌芽，他对人的头盖骨中两个空洞的解释就是明证，话不多，在科学史上却极为重要。恩格斯肯定歌德对进化论的贡献，见《马克思恩格斯选集》（第四卷），第225页。

# Daemon（精灵）的意义

（1831年3月2日）

今晚在歌德家吃晚饭，不久话题又回到精灵。他提出以下看法来把这个词的意义说得更明确些。①

他说："精灵是知解力和理性都无法解释的。我的本性中并没有精灵，但是要受制于精灵。"

我说："拿破仑像是一个具有精灵的人物。"

歌德说："对，他完全是具有最高度精灵的人物，没有旁人能比得上他。我们已故的大公爵也是个精灵人物。他有无限的活动力，活动从不止息，他的公国对他实在太小了，最伟大的东西在他眼里也太渺小。古希腊人曾把这种精灵看作半神。"

我问："一般发生的事件里是否也显出精灵呢？"

歌德回答："显得特别突出，尤其是在一切不是知解力和理性所能解释的事件里。在整个有形的和无形的自然界，精灵有多种多样的显现方式。许多自然物通体是精灵，也有些只有一部分是精灵。"

我问："《浮士德》里的恶魔有没有精灵的特征？"

歌德说："那个恶魔太消极了，不能具有精灵，精灵只显现于完全积极的行动中。"

接着他又说："在艺术家之中，音乐家的精灵较多，画家的精灵较少。帕格尼尼②显出了高度精灵，所以产生顶大的效果。"……

---

①歌德在《谈话录》里和较早的《诗与真》里多次谈到精灵，这个问题可以说明他没有彻底抛弃"天才论"，因此选译这篇和下篇谈话为例。古希腊人除制造多种大神之外，还制造过一些小神小鬼，叫作Daemon。这个词在现代西文中通常指恶神恶鬼。歌德不承认《浮士德》里的恶魔是"精灵"，他显然只取这个词的积极意义，指施展好影响的小神。他举拿破仑为"天才"的例，也举他为"精灵"的例，可见精灵与天才有关。歌德既认为精灵不是知解力和理性所能解释，而又屡次加以解释，这就自相矛盾了。

②帕格尼尼（Paganini，1784—1840），意大利音乐家，擅长小提琴。

# 再谈“精灵”

（1831 年 3 月 8 日）

今天陪歌德吃晚饭。他首先告诉我，他正在读司各特的《艾凡赫》①。他说：“司各特是个才能很大的作家，目前还没有人比得上他，难怪他在读者群众中发生了非常大的影响。他触动我想了很多，我发现他那种艺术是崭新的，其中有它自己的规律。”

我们谈到歌德的自传②第四卷，我们无意中又碰到精灵问题。

歌德说：“精灵在诗里到处都显现，特别是在无意识状态中，这时一切知解力和理性都失去了作用，因此它超越一切概念而起作用。

“音乐里显出最高度的精灵，高到非知解力所可追攀，它所产生的影响可以压倒一切而且无法解释。所以宗教仪式离不开音乐，音乐是使人惊奇的首要手段。③

“精灵常在一些重要人物身上起作用，特别是身居高位的人，例如弗里德里希大帝和彼得大帝之类……

“精灵在拜伦身上大概是高度活跃的，所以他对广大群众有很大的吸引力，特别是能使妇女们一见倾倒。”

我探问他：“这种强大的力量，即我们所说的精灵，是否可以纳入我们所了解的‘神’的概念里去呢？”

歌德说：“亲爱的孩子，你懂得什么是神呢？凭我们的窄狭概念，对最高存在能说出什么呢？如果像土耳其人那样，我用一百个名字来称呼他，还远远不够，比起他的无限属性来，还是没有说出什么啊！”④

---

①旧译《撒克逊劫后英雄略》。

②即《诗与真》，爱克曼正在帮他编辑第四卷。

③“精灵”既不是知解力和理性所能解释而是下意识活动，那就是心理学家所说的“本能”。说“音乐里显出最高度的精灵”，就无异于说音乐的作用只是生理上本能的作用。这是“纯音乐论”的一种理论根据，其根本错误在于否定了艺术家的意识形态作用。

④歌德不敢公开抛弃神，只以“我不知道神是什么”了之，这就更把“神”神秘化了。

# 法国青年政治运动，法国文学发展与伏尔泰的影响

（1831年3月21日）

我们谈到政治问题、还在发展的巴黎骚动以及青年要参与国家大事的幻想。

我说："前几年英国大学生也向当局请愿，要求有机会能在对天主教这种重大问题作出决策时起作用。可是人们只报以讥笑，就不再理睬了。"

歌德说："拿破仑的榜样，特别使那批在他统治时期成长起来的法国青年养成了唯我主义。他们不会安定下来，除非等到他们中间又出现一个伟大的专制君主，使他们自己所想望做到的那种人做到登峰造极的地步。不幸的是，像拿破仑那样的人是不会很快出世的。我有点担心，大概还要牺牲几十万人，然后世界才有太平的希望。

"在若干年之内还谈不上文学的作用。人们现在丝毫不能有所作为，只有悄悄地为较平静的未来预备一些好作品。"①

我们谈到德文Geist②和法文 é sprit③在意义上的区别。

歌德说："法文 é sprit近似德文的Witz④。法国人大概要用 é sprit和âme⑤两个词来表达德文Geist这一个词，Geist包括'创造性'的意思，法文 é sprit却没有这个意思。"

我说："不过伏尔泰仍具有我们所说的Geist。é sprit既然不够，法国人用什么词呢？"

歌德说："用在伏尔泰那样高明的人身上时，法国人就用g é nie⑥这个词。"

我说："我现在正读狄德罗的一部著作，他的非凡才能使我惊异。多么渊博的知识！多么有力的语言！我们所看到的是个生动活泼的广阔世界，其中一环扣着一环，心智和性格都在不断地运用，使二者都必然显得灵活而又坚强。我看前一个世纪法国人在文学领域里出了些我认为非凡的人物，我只窥测一下就不得不感到惊奇。"

---

①由此可见歌德不赞成青年政治运动，而且认为革命不利于文艺创作。

②精神。

③心智，聪颖。

④巧智。

⑤灵魂，心灵。

⑥g é nie这个词一般译作"天才"，起初原有"天生"和"神赐"之类宗教迷信色彩，在近代英、德、法各国语言中大半已失去迷信色彩，只泛指"卓越才能"和"特性"。

歌德说："那是长达百年之久的演变的结果。这种演变从路易十四时代就开始蒸蒸日上，现在才达到繁荣期。但是激发狄德罗、达兰贝尔和博马舍[1]等人的心智的是伏尔泰，因为要追赶到能勉强和伏尔泰比肩，就须具有很多条件，还须孜孜不辍地努力才行。"……

微信扫码

- 阅读助手
- 名著精析
- 走近作者
- 读后练习

①达兰贝尔（D'Alembert，1717—1783）是百科全书派（即启蒙派）的领袖之一。博马舍是狄德罗的市民剧理论的信徒，其代表作为《费加罗的婚姻》。

# 剧本在顶点前须有介绍情节的预备阶段

（1831年3月27日）

……我告诉歌德，我已开始陪公子[1]读《明娜·封·巴尔赫姆》[2]，我觉得这部剧本很好。我说："人们说莱辛是个头脑冷静的人，不过我从这部剧本看到，作者是个爽朗新颖而活泼的人，具有人们所想望的热烈心肠、深挚情感，可爱的自然本色以及广阔的世界文化教养。"

歌德说："这部剧本最初出现在那个黑暗时期，对我们那一代青年人产生过多大影响，你也许想象得到。它真是一颗光芒四射的流星，使我们看到还有一种远比当时平庸文学所能想象的更高的境界。这部剧本的头两幕真是情节介绍的模范，人们已从此学得很多东西，它是永远值得学习的。

"现在没有哪个作家还理会什么情节介绍。过去一般人期待到第三幕才发生的那种效果[3]现在在第一幕就要产生了。他们不懂得作诗正如航海，先须推船下海，在海里航行一定路程之后，才扬满帆前驶。"……

---

①爱克曼当时兼任魏玛宫廷的教师。

②莱辛的代表作之一，新兴市民剧的范例。

③西方剧本中情节发展的顶点一般在第三幕，所以第三幕对观众所产生的效果也是顶点。参看《上演的剧本不同于只供阅读的剧本，备演剧目》注②。

# 歌德反对文艺为党派服务，赞扬贝朗瑞的“独立”品格

（1831年5月2日）

歌德告诉我，他最近快要把《浮士德》下卷第五幕中尚待补写的部分写完了，我听到很高兴。

他说：“补写的这几场的意思在我心中已酝酿三十多年之久了，因为意义很重要，我对它们一直没有失掉兴趣。但是写起来又很难，所以我一直怕动笔。近来通过各种办法，我又动起笔来了，如果运气好，我接着就要把第四幕写完。”

接着歌德提到某个有名的作家①说：“他这位有才能的作家利用党派仇恨作为同盟力量，假如不靠党派仇恨，他就不会起什么作用。在文学里我们常看到这样的例子，仇恨代替了才能，平凡的才能因为成了党派的喉舌，也就显得很重要。在实际生活里，情况也是这样，我们看到大批人没有足够的独立品格，就投靠到某一党派，因此自己腰杆就硬些，而且出了风头。

“贝朗瑞可不是这样。他这位有才能的作家凭自己的本领就够了，所以他从来不替哪个党派服务。他从自己内心生活就感到充分的满足，不需要世人给他什么或是让世人从他那里取走什么。”②

---

①据法译注，大概指路德维希·伯尔内（Ludwig Bürne）。按，伯尔内在当时是反对政府、鼓吹革命的进步作家，七月革命后移居法国，写了著名的《巴黎来信》。

②贝朗瑞在当时是明显的左派，同情法国革命。歌德对伯尔内和贝朗瑞都进行了歪曲，因为他自己愈来愈成了政治上的右派。

# 歌德立遗嘱，指定爱克曼编辑遗著

（1831 年 5 月 15 日）

陪歌德在他的书房里吃晚饭，就一些问题进行愉快的谈论之后，他终于把话题移到私事上。他站起来，从书桌上取了一张已写好的字据。

他说："像我这样年过八十的人，几乎没有再活下去的权利了，每天都要准备长辞人世，安排好家务。我已告诉过你，我在遗嘱里指定你编辑我的遗著。今天上午我预备了一张合同，一张小字据。现在请你和我一起来签字。"说完他就把字据摆在我面前。我看到其中把已完成和未完成的著作都开列出来，预备在他死后出版，还载明了具体安排和条件。我们双方就签了字。

这套材料是我早已随他编辑过的，我估计大约有十五卷。我们商谈了一些尚未完全决定的细节。

歌德说："有一种情况可能发生，出版商可能不愿超过规定的页数，那么，材料中有些部分就得删去。在这种情况下，你可以把《颜色学》中争论部分删去。我所特有的主张都在此书理论部分，历史部分却带有争论的性质，因为牛顿的颜色说的主要错误都是在这部分讨论的，有关的争论差不多就够了。我决不是要放弃对牛顿律的尖锐解剖，这在当时是必要的，而且在将来也还会有价值。不过我生性不爱争论，对争论没有多大兴趣。"

我们谈得比较详细的第二个问题，是附在《威廉·麦斯特的漫游时代》第二卷和第三卷末尾的《箴言和感想》如何处理……

我们商定，我应把凡是谈艺术的语录集成一卷，作为讨论艺术问题部分；凡是涉及自然界的语录集成一卷，作为讨论一般自然科学部分；至于谈伦理问题和文学问题的感想，则另集成一卷。

# 歌德对席勒的《华伦斯坦》的协助

（1831年5月25日）

我们谈到《华伦斯坦》中《阵营》①那一幕。我过去常听说歌德参加过这部剧本的写作，特别是托钵僧的布道词是他的手笔。今天吃饭时，我就向歌德提出这个问题。

歌德回答说："那基本上是席勒自己的作品。不过当时我们生活在一起，关系很亲密，席勒不仅把那部剧本的计划告诉过我，和我讨论过，而且在写作过程中把每天新写的部分都告诉了我，听取而且采用了我的意见，所以也可以说我对这部剧本出了一点力。他写到托钵僧的布道词之前，我曾把圣克拉拉修道院的亚伯拉罕的布道词集②送给他，他发挥了很大的才智，马上利用这部布道词集把托钵僧的布道词写出来了。

"至于说某些诗句是我写的，我已记不清楚，只记得两句：

被另一军官刺死的那位军官
曾遗留给我那对有好兆头的骰子。

因为我想把农民获得那对骰子的来由交代清楚，所以亲手在原稿上添了这两句。席勒没有想到这一点，就大胆地让农民获得那对骰子而不追问来由。我已说过，席勒对剧中情节的来龙去脉素来不大仔细考虑，也许就是因为这个缘故，他的剧本上演，效果反而更好。"

---

①参看《上演的剧本不同于只供阅读的剧本，备演剧目》注③。

②这位Abraham a Sankta Clara是17世纪奥古斯丁派的僧侣，他的布道词集在天主教僧侣中有些影响。

# 《浮士德》下卷脱稿，歌德说明借助宗教观念的理由

（1831年6月6日）

歌德今天把原来缺着而现已补写的《浮士德》第五幕的开头部分拿给我看。我读到菲勒蒙和包喀斯的茅庐失火，浮士德黑夜站在宫殿走廊里闻到微风吹来的烟火味那一段，就说："菲勒蒙和包喀斯这两个人名把我带到弗里基亚海岸，令我想起古希腊那两位老夫妇的有名的传说。不过本剧第一幕的场面是近代的，是基督教世界中的风景。"①

歌德说："我的菲勒蒙和包喀斯同那两位古代的老夫妇及其传说都毫不相干。我借用了他们的名字，用意不过借此提高剧中人物性格。剧中两位老夫妇及其相互关系和古代传说中的有些类似，所以宜于用同样的名字。"

接着我们谈到，浮士德到了老年，还没有丧失他得自遗传的那部分性格，即贪得无厌，尽管他已拥有全世界的财富和他自己建造的王国，但他看到有两棵菩提树、一座钟和一间茅屋还不属于他自己，他就感到不舒服。他像以色列国王亚哈那样，认为除非拿伯的葡萄园也归他所有，否则他就仿佛一无所有。②

歌德又说："按我的本意，浮士德在第五幕中出现时应该是整整一百岁了，我还拿不定是否应在某个地方点明一下比较好些。"

接着我们又谈到全剧的收尾部分，歌德叫我注意以下几行：

精神界这个生灵
已从孽海中超生。
谁肯不倦地奋斗，
我们就使他得救。

---

①菲勒蒙和包喀斯是古希腊传说中住在小亚细亚海岸的一对老夫妇。天神和交通神乔装凡人，游到他们的小茅庐时，他们盛情招待了这两位神。天神就把这小茅庐变成一座大庙，叫他们老夫妇当司祭。天神还答应他们想同时死去的要求，使他们变成两棵交枝树。中国也有类似的传说。《浮士德》下卷第五幕一开场就写了这对传说中的老夫妇。

②亚哈大约是公元前10世纪的以色列国王，很贪婪，因为贪图侵占拿伯的葡萄园，就把拿伯杀了。详见《旧约·列王记上》第二十一章。从这段谈话看，浮士德贪求无厌，正表现出近代资产阶级的阶级本质。

上界的爱也向他照临，
翩翩飞舞的仙童
结队对他热烈欢迎。①

歌德说："浮士德得救的秘诀就在这几行诗里。浮士德身上有一种活力，使他日益高尚化和纯洁化，到临死，他就获得了上界永恒之爱的拯救。这完全符合我们的宗教观念，因为根据这种宗教观念，我们单靠自己的努力还不能沐神福，还要加上神的恩宠才行。

"此外，你会承认，得救的灵魂升天这个结局是很难处理的。碰上这种超自然的事情，我头脑里连一点儿影子都没有。除非借助于基督教一些轮廓鲜明的图景和意象，来使我的诗意获得适当的、结实的具体形式，我就不免容易陷到一片迷惘里去了。"②

在此后数周中，歌德把所缺的第四幕也写完了。到八月，《浮士德》下卷的全部手稿就装订成册，算是完工了。长久奋斗的目标终于达到，歌德感到非常快活。他说："我这一生的今后岁月可以看作一种无偿的赠品，我是否还工作或做什么工作，事实上都无关宏旨了。"

---

①这段诗是在浮士德死后天使们抬着他的尸体上天时唱的。见原作第 11934 行以下数行。

②从古希腊时代起，西方文艺家一直在利用现成的民族神话。歌德对基督教本来是阳奉阴违的，在《浮士德》上下卷里都用基督教的犯罪、赎罪、神恩、灵魂升天之类神话作基础，其用意有二，一是沿袭文艺利用神话的旧传统，一是投合绝大多数都信基督教的读者群众。不过他的《浮士德》下卷的基本思想，是人须在为人民造福的实际行动中才获得拯救，这和基督教的忏悔和祈祷神恩的迷信是不同的。

这篇日记探讨了语言和新事物、新思想的关联。

# 论传统的语言不足以表达新生事物和新的思想认识

（1831 年 6 月 20 日）

今天午后在歌德家待了半个钟头，他还在吃饭。我们谈到一些自然科学的问题，特别谈到语言的不完善和不完备造成了错误和谬误观点的广泛流传，后来要克服这些错误和谬误观点就不大容易。

传统语言跟不上新事物的出现，无法适当地表达出来。

歌德说："问题本来很简单。一切语言都起于切近的人类需要、人类工作活动以及一般人类思想情感。如果高明人一旦窥见自然界活动和力量的秘密，用传统的语言来表达这种远离寻常人事的对象就不够了。他要有一种精神的语言才足以表达出他所特有的那种知觉。但是现在还找不到这种语言，所以他不得不用人们常用的表达手段来表达他所窥测到的那种不寻常的自然关系，这对他总是不完全称心如意的，他只得对他的对象'削足适履'，甚至歪曲或损毁了它。"

我说："这话由您说出来，当然有道理。因为您观察事物一向很周密，而且您深恨陈词滥调，您对事物的真知灼见，一向总是能找到最恰当的表达方式。不过我总认为在这方面我们德国人一般还是可以满意的。我们的语言非常丰富、完美，而且可以向前发展，所以我们尽管偶尔也不得不使用陈词滥调，总还可以做到距恰当的表达方式相差不远。法国人在这方面就不如我们这样便利。他们往往利用技艺方面的陈词滥调来表达一种新观察到的、较高深的自然关系，结果不免偏于形骸和庸俗，不能表达出那较高深的见解。"

歌德说："从我新近知道的顾维页和乔弗列·圣－希莱尔两人之间的争论中，我可以看出你这番话多么正确。乔弗列的确是个人物，他对自然界精神的统治和活动确实有一种高明见解，但是他不得不用传统的表达手段，他的法文往往使他束手无策。这不仅是对秘奥的精神对象，就连对完全可以眼见的有形的对象也是如此。他要是想表达一种有机物的个别部分，除掉表达物质形体的词汇之外，他就想不出恰当的词。例如他要想表达各种骨骼作为形成胳臂这种有机整体的同质部分，只得用表达木板、石块构造房子时所用的那一类语言。”

歌德接着又说：“法国人用 Komposition①来表达自然界的产品，也不恰当。我用一些零件来构成一部机器，对这样一种活动及其结果，我当然可以用 Komposition 这个词。但是如果我想到的是一个活的东西，它有一种共同的灵魂②贯穿各个部分，是一种有机整体，那么我就不能用 Komposition 这个词了。”

我说：“我认为对于真正的艺术和诗艺的产品，用 Komposition 这个词也不恰当，而且降低了这种产品的价值。”

歌德说：“这是我们从法文移植过来的一个很坏的字，我们应该尽快废掉不用。怎么能说莫扎特 compose③他的乐曲《唐·璜》呢？哼，构成！仿佛这部乐曲像一块糕点饼干，用鸡蛋、

对于表达新事物的方式，不能采用传统的机械观，要有有机整体意识。

当今社会生活变化很快，随着社会的发展，不断涌现大量的新词新语，对此，你有什么思考？

①原义是“把不同部分摆在一起，来构成一个整体”。作家作文，音乐家作曲，画家作画之类文艺创作活动往往都用这个词。参看《论艺术难关在掌握个别具体事物及其特征》。

②生命。

③构成。

面粉和糖掺和起来一搅就成了！它是一件精神创作，其中部分和整体都是从同一个精神熔炉中熔铸出来的，是由一种生命气息吹嘘过的。所以它的作者并不是在拼凑三合板，不是只凭偶然的幻想，而是由他的精灵去控制，听它的命令行事。”①

①这篇简短的谈话涉及两个意义重大的问题：

第一，从语言学的角度来看，它显示出语言和思想以及现实生活的紧密联系。生活不断发展，思想和语言亦必随之发展。过去的语言有变成陈词滥调的可能，不足以反映新生事物，包括新的思想见解。这就有了不断变革、不断更新的必要性。这里也涉及语言和思想的关系，语言必须和思想一致，即所谓“意内而言外”，但从发展过程看，思想认识却先于语言，正如客观存在先于思想认识。思想认识和客观存在不一致，或语言和思想认识不一致，便是促成事物不断前进的矛盾。哲学、文艺乃至一切生产实践的共同难题就在克服这种矛盾。

其次，从思想方法的角度来看，这篇谈话涉及18、19世纪西方科学界和哲学界由机械观转到有机观过程中的重大争论。近代西方科学和哲学大部分是从机械观出发的，特别是在化学、物理这些科学里。这种机械观把事物整体只看成是一些零星部分的拼凑，尽全力去分析各个孤立部分。其结果是“只见树木，不见森林”，只见死的，不见活的。在启蒙运动中，机械观引起有机观的强烈反抗。有机观从生物学开始，强调事物的整体和其中各个部分互相依存的有机联系。所以这场争论实质上还是形而上学与辩证法之争的继续。歌德把它叫作“分析法”和“综合法”之争（参看《歌德对法国七月革命很冷淡，而更关心一次科学辩论：科学上分析法与综合法的对立》注④），他是拥护综合法的，用Komposition（构成）这个词来说明他的理由。

# 反对雨果在小说中写丑恶和恐怖

（1831年6月27日）

我们谈到雨果。歌德说："他有很好的才能，但是完全陷入当时邪恶的浪漫派倾向，因而除美的事物之外，他还描绘了一些最丑恶不堪的事物。我最近读了他的《巴黎圣母院》，真要有很大的耐心才忍受得住我在阅读中所感到的恐怖。没有什么书能比这部小说更可恶了！即使对人的本性和人物性格的忠实描绘可能使人感到一点乐趣，那也不足以弥补读者所受的苦痛。何况这部书是完全违反自然本性，毫不真实的！他写的所谓剧中角色都不是有血有肉的活人，而是一些由他任意摆布的木偶。他让这些木偶作出种种丑脸怪相，来达到所指望的效果。这个时代不仅产生这样的坏书，让它出版，而且人们还觉得它不坏，读得津津有味，这究竟是一个什么样的时代啊！"①

歌德似乎对雨果一直存在不满，对雨果批判现实、揭示现实丑恶不满，对雨果文学多产不满。

请你从深层次来思考一下，歌德为什么对雨果不满？

①歌德反对写丑恶和生活的阴暗面，亦即反对揭露性文艺，这就是从根本上反对批判现实主义。

# 评雨果的多产和粗制滥造

（1831 年 12 月 1 日）

接着我们谈到雨果，认为他过度多产，对他的才能起了损害作用。

歌德说："他那样大胆，在一年之内居然写出两部悲剧和一部小说，这怎么能不愈写愈坏，糟蹋了他那很好的才能呢！而且他像是为挣得大笔钱而工作。我并不责怪他想发财和贪图眼前的名声，不过他如果指望将来长享盛名，就得少写些，多做些工作才行。"

歌德接着就分析《玛利安·德洛姆》①，让我明白所用的题材只够写一幕真正好的悲剧性的台词，但是作者出于某种次要的考虑，竟错误地把它拉成冗长的五幕。歌德说："在这种情况下，我们只能看出一个优点，就是作者对描绘细节很擅长，这当然还是一种不应小看的成就。"②

---

①《玛利安·德洛姆》，雨果在 1831 年出版的一部颇享盛名的剧本，上文提到的《巴黎圣母院》也是同年写的。歌德没有来得及看到雨果的《悲惨世界》和《九三年》。

②歌德对雨果屡次表示不满，可能是由于雨果在当时所代表的算是进步的民主倾向，不合歌德的口味。至于雨果在描绘细节上花了过多的功夫，行文不够简练，这确实是他的毛病。

## 1832 年

# 歌德以米拉波和他自己为例，说明伟大人物的卓越成就都不是靠天才而是靠群众

（1832 年 2 月 17 日）

我把一座在英国雕刻的杜蒙半身像送给歌德看，他像是很感兴趣。

我们接着就谈论杜蒙[①]，特别谈到他的《米拉波回忆录》[②]。在这部书里，杜蒙揭露了米拉波设法采用种种方便法门并且煽动和利用一些有才能的人来达到他自己的目的。歌德说："我还没有见过一部比这本回忆录更富于教益的书。我们从这部书中可以洞察到当时最幽秘的角落，感到米拉波这个奇迹其实也很自然，而这并不降低他的伟大。不过最近法国报刊上有一些评论家却对这个看法持异议，他们认为杜蒙有意要给他们的米拉波抹黑，因为他揭穿了米拉波的超人的活动才能，而且让当时其他人物也分享到向来由米拉波独占的那份功勋。

"法国人把米拉波看成他们自己的赫拉克勒斯。他们本来很对，但是忘记了就连一座巨像也要由许多部分构成。古代赫拉克勒斯也是个集体性人物，既代表他自己的功绩，也代表许多人的功绩。

"事实上我们全都是些集体性人物，不管我们愿意把自己摆在什么地位。严格地说，可以看成我们自己所特有的东西是微乎其微的，就像我们个人是微乎其微的一样。我们全都要从前辈和同辈学习到一些东西。就连最大的天才，如果想单凭他所特有的内在自我去对付一切，他也绝不会有多大成就。可是有许多本来很高明的人却不懂这个道理。他们醉心于独创性这种空想，在昏暗中摸索，虚度了半生光阴。我认识过一些艺术家，都自夸没有依傍什么名师，一切都要归功于自己的天才。这班人真蠢！好像世间竟有这种可能似的！好像他们不是在每走一步时都由世界推动着他们，而且尽管他们愚蠢，还是把他们造就成了这样或那样的人物！对，我敢说，这样的艺术家如果巡视这间房子的墙壁，浏览一下我在墙壁上挂的那些大画家的素描，只要他真有一点天才，他离开这间

---

①杜蒙，见《歌德讥诮边沁老年时还变成过激派，说他自己属改良派》注①。

②杜蒙写的《米拉波回忆录》本年才出版，歌德是通过梭瑞借来手稿阅读的。米拉波（Mirabeau，1749—1791）在法国大革命初期以自由派贵族身份，被第三等级选为代表参加三级会议，是制宪议会中的积极活动家，但暗中和宫廷勾结，是个两面派人物。杜蒙当时在巴黎，成了米拉波的亲信，所以对米拉波的阴谋诡计知道得很清楚。

房子时就必然已成了另一个人，一个较高明的人了。

“一般说来，我们身上有什么真正的好东西呢？无非是一种要把外界资源吸收进来，为自己的高尚目的服务的能力和志愿！我可以谈谈自己，尽量谦虚地把自己的体会说出来。在我的漫长的一生中我确实做了很多工作，获得了我可以自豪的成就。但是说句老实话，我有什么真正要归功于我自己的呢？我只不过有一种能力和志愿，去看去听，去区分和选择，用自己的心智灌注生命于所见所闻，然后以适当的技巧把它再现出来，如此而已。我不应把我的作品全归功于自己的智慧，还应归功于我以外向我提供素材的成千成万的事情和人物。我所接触的人之中有蠢人也有聪明人，有胸怀开朗的人也有心地狭隘的人，有儿童，有青年，也有成年人，他们都把他们的情感和思想、生活方式和工作方式以及所积累的经验告诉了我。我要做的事，不过是伸手去收割旁人替我播种的庄稼而已。

“如果追问某人的某种成就是得力于自己还是得力于旁人，他是全凭自己工作还是利用旁人工作，这实在是个愚蠢的问题。关键在于要有坚强的意志、卓越的能力以及坚持要达到目的的恒心，此外都是细节。所以米拉波尽量利用外在世界的各种力量，是完全做得对的。他具有识别才能的才能，有才能的人被他那种雄强性格的魔力吸引住，愿意听从他的指挥和受他领导。所以他有一大批既有卓越才能又有势力的人围绕在他的身边，为他的热情所鼓舞，被他动员起来为他的高尚目的服务。他懂得怎样和旁人合作，怎样利用旁人去替他工作，这就是他的天才，这就是他的独创性，这也就是他的伟大处。”①

①歌德临死前一个月的这篇谈话提出一个极重要的论点：伟大人物的伟大成就不应归功于他个人的所谓“天才”，而应归功于当时社会动态和他接触到的前辈和同辈的教益，他只不过是伸手去收割旁人替他播种的庄稼。在这个意义上，每个人都是个“集体性人物”，都代表当时社会中的群众和文化教养。这个观点在两点上很重要：

第一，歌德在“天才”问题上向来是有矛盾的。他有时似乎很相信天才，特别是他多次认真地谈论过“精灵”。但他有时又似乎怀疑天才，把学习和工作实践看得比自然资禀更重要，这篇谈话便是明证。他是摸索了很久到临死时才把问题弄清楚的。

其次，歌德一向轻视群众，这篇谈话却把个人看成“集体性人物”，不能是脱离社会、脱离群众的人，这在认识上也大大前进了一步。不过他在政治上持保守立场，因而同人民群众相结合的问题在他就不可能得到彻底解决。

# 歌德对《圣经》和基督教会的批判

（1832 年 3 月 11 日）

今晚在歌德家待了个把钟头，就各种问题谈得很畅快。我近来买到一部英文版《圣经》，里面找不到“经外书”，我感到遗憾。“经外书”没有收入，据说是伪书，并非来自上帝。我想看到而看不到的有托比阿斯（Tobias）这个过着极高尚的虔诚生活的模范人物、《所罗门的箴言》和《西拉克之子耶稣的箴言》，这些书都有其他各经很少能比得上的高度宗教伦理意义。我向歌德表明了我的遗憾，认为不应该从狭隘观点出发，把《旧约》中某些书看作直接来自上帝，其他同样好的书则不是上帝的：仿佛以为任何高尚伟大的东西竟然有可能不来自上帝，或不是上帝影响的果实。①

歌德回答说：“我完全赞成你的意见，不过理解《圣经》的问题有两种不同的观点。一种是原始宗教的观点，也就是来自上帝的完全符合自然和理性的观点。只要得到上帝恩宠的生灵还存在，这种观点就永远存在，永远有效。但是这种观点太高尚尊贵，只有少数优选者才会有，不易普遍流行。此外还有教会的一种比较平易近人的观点，它是脆弱的，可以变更而且在永远变更中存在，只要世间还有脆弱的人们。未经污染的上帝启示的光辉太纯洁太强烈，对这些可怜的脆弱人是不适合而且不能忍受的。于是教会就作为中间和事佬插足进来，把这种纯洁的光辉冲淡一些，弄暗一些，使一切人都获得帮助，使不少人获得利益。通过基督教会作为基督继承人能解除人类罪孽这种信仰，基督教会获得了巨大权力。基督教僧侣的主要目的就是要维持这种权力，来巩固基督教会的结构。

“所以基督教会很少追问《圣经》中这部经或那部经是否大有助于启发人类心灵，是否含有关于高尚伦理和尊严人性方面的教义，而是更多地着眼于摩西五经②中突出人类犯罪的故事③以及要有赎罪者④来临的必要性。接着在‘先知书’中要突出所期待的赎罪者终于会来临的多次预兆。最后在几部‘福音书’中就只把耶稣降临人世、在十字

---

①犹太教的《旧约》各书包括在《圣经》里，天主教和新教不一致，而同属新教的英、德也不一致。

②《圣经》中头五篇即《创世记》《出埃及记》《利未记》《民数记》《申命记》，统称“摩西五经”。

③“人类犯罪”或“人类罪孽”指《创世记》中所记的“原始罪孽”，据说人类世世代代要为它受苦，直到基督牺牲自己为人类赎罪之后，再临人世做最后审判为止。

④赎罪者就是耶稣基督，亦称“救世主”。

架上钉死看成是为人类赎罪。[1]你看，抱着这样的目的，从这种角度看问题，无论是高尚的托比阿斯，还是所罗门和西拉克的箴言，都不很重要了。

“此外，关于《圣经》中各书孰真孰伪的问题提得很奇怪。什么是真经，无非是真正好，符合自然和理性，而在今天还能促进人类最高度发展的！什么是伪经，无非是荒谬空洞愚蠢，不能产生结果，至少不能产生好结果的！如果单凭留传下来的书是否有某些真理这样一个标准，来断定《圣经》中某一部经的真伪，我们就有很多理由怀疑某些‘福音’是否是真经。因为《马可福音》和《路加福音》都不是根据亲身经验，而是许久以后根据口头传说写出来的，最后一部‘福音’即青年约翰的‘福音’也只是到他垂暮之年才写出来的[2]。尽管如此，我还认为四‘福音书’完全是真经，因为其中反映了基督的人格伟大，世上过去从来没有见过那样神圣的品质。如果你问我，按我的本性，是否对基督表示虔敬，我就回答说，当然，我对他无限虔敬！在他面前我鞠躬俯首，把他看作最高道德的神圣体现。如果你问我，按我的本性，对太阳是否表示崇敬，我也回答说，当然，我对太阳无限崇敬！因为太阳也是最高存在的体现，是我们这些凡人所能认识到的最强大的威力。我崇拜太阳的光和神圣的生育力。靠太阳我们才能生活，才能活动，才能存在。不但我们，植物和动物也都是如此。但是如果你问我，我对着使徒彼得和保罗的手指骨[3]是否也要鞠躬，我就回答说，请饶了我吧，让那些迷信玩艺儿去见鬼吧！

“使徒说过：‘切莫熄灭精神！’[4]

“教会规章中有许多是荒谬的。但是教会要想统治，就要有一批目光短浅的群众向它鞠躬，甘心受它统治。拥有巨资的高级僧侣最害怕的莫过于让下层大众受到启蒙，他

---

①《旧约》是犹太的民族史，犹太教的“圣书”。《新约》才是基督教的历史和教义，与《旧约》本不相干。基督教会把《旧约》也收在《圣经》里，因为第一，它认为有了《旧约》中的犯罪，才有《新约》中的赎罪；其次，它捏造了《旧约》中一些预报耶稣来临的征兆。这一切神话都是要抬高教会的身价。

②四部“福音”之中只有《马太福音》不在怀疑之列。约翰在使徒中最年轻，他的“福音”是到晚年根据回忆写成的。

③彼得和保罗是基督的两大传教的使徒，据近代学者研究，《新约》大半是保罗伪造的。天主教会用所谓“圣迹”惑众聚财，如同佛庙中的“舍利”和“佛牙”。

④“使徒”指保罗。引文见《新约·帖撒罗尼迦前书》第五章第十九段。过去“官话”本《圣经》译作“不要消灭圣灵的感动”，查英、法译文均作“切莫熄灭精神”，似较正确。因为歌德引此文，意在斥责基督教会的愚民政策。

们长久禁止人民大众亲自阅读《圣经》，能禁止多久，就禁止多久。①可怜的教众面对拥有巨资的大主教们会怎样想，如果他们从‘福音书’中看到基督那样穷困，他和他的门徒们都是步行，态度极谦卑，而高级僧侣们却乘六匹马的轿车，招摇过市，神气十足？”

歌德接着说："我们还没有认识到路德和一般宗教改革给我们带来的一切好处。我们从捆得紧紧的精神枷锁中解放出来，由于日益进展的文化教养，我们已能够探本求原，从基督教原来的纯洁形式去理解基督教了。我们又有勇气把脚跟牢牢地站在上帝的大地上，感觉到自己拥有上帝赋予的人的性格了。无论精神文化教养怎样不断向前迈进，自然科学在广度和深度上怎样不断进展，人类心灵怎样尽量扩张，它也不会超越‘福音书’中所闪耀的那种基督教的崇高和道德修养！

"我们新教徒向高尚的目标进展，天主教徒也会很快地跟上我们。他们一旦受到现时代日益扩展的伟大启蒙运动的影响，势必要跟上来，不管他们愿不愿，直到有朝一日天主教和新教终于合而为一。

"不幸的新教派系纷争将会停止，父与子以及兄弟和姊妹之间的仇恨和敌对也将会随之停止。因为等到人们一旦按其本来真相去理解并且实行基督的纯洁教义和博爱，他们就会认识到自己伟大而自由，不再特别重视这一派或那一派的宗教仪式的浮文末节了。那时我们都会从一种只讲文字信条的基督教逐渐转到一种重情感思想和行动的基督教了。"

话题转到基督以前生活在中国、印度、波斯和古希腊的一些伟大人物，提到神力在他们身上起作用，也正如在旧约时代某些伟大犹太人物身上起作用一样。于是又转到在我们生活其中的今日世界里，神力对伟大人物所起的作用如何。

歌德说："听到一般人的言论，我们几乎会相信：从远古以来，上帝早已退位，寂然无声了，人们现在仿佛都要立在自己的脚跟上，要考虑自己在上帝寂然无声的情况下如何生活下去了。在宗教和道德的领域里，也许还承认神的某种作用；但是在科学和艺术的领域里，人们都相信这里完全是尘世间事，一切都只是人力的果实。

"让每个人都凭人的意志和力量，去创造比得上用莫扎特、拉斐尔和莎士比亚来题名的那种作品吧！我知道得很清楚，这三位高明人物并不是世间所仅有的。就拿艺术领域来说，还有无数卓越人物作出了可以和这三人媲美的作品。但是他们如果和这三人一样伟大，他们也就和这三人一样超越寻常人的自然资禀，一样具有上帝的特赐。

"归根到底，这事情本来是怎样，又应该是怎样的呢？——上帝自从人所共知的凭空虚构的六天创世工作之后，并不曾退隐去休息，而是一直和开始一样在继续起作用。用一些单纯元素来建造这个笨重的世界，让它年复一年地在阳光里运转，这对上帝也许

①天主教会一向只重僧侣布道宣讲，反对教众亲自阅读《圣经》。《圣经》只有希腊文和拉丁文的译本，也只有僧侣才能阅读。到了马丁·路德反抗天主教而创新教，《圣经》才开始译成近代各民族语言。

并没有多大意思，如果他不是按预定计划还要在这种物质基础上替精神世界建造一个苗圃的话。所以上帝现在仍继续不断地在一些较高明的人物身上起作用，以便引导较落后的人跟上来。”

歌德说完就默默无语了。我把这番教导铭刻在心中。①

---

①歌德死于1832年3月22日，享年83岁。这是他临死前十天的谈话，是他对基督教，特别对基督教会的批判。这种批判现在看来是羞羞答答、很不彻底的，而在当时历史情况下却具有进步意义。基督教在西方流行近两千年，它起源于奴隶社会，后来渗透到封建社会和资本主义社会的各个领域里，引起了一些重大历史事变。可以说，不懂得基督教和基督教会的产生和演变，就很难了解西方文化各个方面乃至整个历史。马克思主义创始人在他们的终生不懈的革命理论建设中，曾费过很大的力量对宗教，特别对基督教进行深刻批判，树立了这方面的批判的准绳，有待我们深入学习和发扬。

基督教本来是奴隶的宗教，起初是反对犹太旧教和罗马帝国政权的一种奴隶革命运动。它在历史上有功也有过，但过大于功。功在于它配合奴隶起义颠覆了罗马帝国奴隶主政权及其所代表的旧文化，在欧洲民族大迁徙时期（所谓“黑暗时期”）形成了政治上的统一力量，开化了新兴民族（所谓“蛮族”）。资产阶级上台时它提供了自由、平等、博爱这些反封建的思想武器，具体地体现在法国资产阶级革命的《人权宣言》里。但是它的功掩盖不了它的过。它的政治机构是基督教会。在封建时代，天主教会对人民是最大、最残酷的剥削者和压迫者，是当时反动统治的帮凶。像一切宗教一样，基督教也是“人民的鸦片”（见《马克思恩格斯选集》第一卷），它麻痹人民的革命斗志，所以一切反动统治都利用它来推行愚民政策。近代帝国主义在进行文化侵略和殖民统治时，总是利用基督教陪着炮舰打先锋。马克思主义者是最彻底的无神论者，所以决不宣扬宗教，但也不因此就不研究宗教。研究它就是为着更彻底地批判它、抛弃它。

歌德这篇谈话对这种研究和批判可能有些帮助。歌德是近代西方资产阶级文化高峰中一个卓越的代表人物，从他这篇自白中可以看出，当时知识分子怎样仍须在基督教问题上绞尽脑汁，他们的矛盾何在，以及基督教在近代走向瓦解的情况。

歌德和席勒都是继承文艺复兴的余绪，竭力宣扬回到希腊古典文化，也就是回到与基督教对立的异教文化。歌德实际上是个“异教徒”。当时自然科学日趋繁荣，启蒙运动使唯物主义和无神论日占上风；另一方面，加尔文和马丁·路德所掀起的宗教改革给了罗马教廷和天主教沉重的打击。于是流行一千几百年之久的基督教开始瓦解。路德的新教是妥协的、改良主义的（参看恩格斯的《德国农民战争》第二部分，《马克思恩格斯全集》第七卷）。作为一个德国公民，歌德是站在路德一边的。但这不等于说他就是一个新教徒，他只是在表面上敷衍妥协，实际上是不信基督教的。爱克曼和歌德相处九年之久，对他的日常活动和言论都记载得很详细，可是在这九年之中不曾记载过他进礼拜堂做礼拜。他的文学作品中违反基督教义的很多。所以他的《少年维特》遭到旧教和新教两面夹攻，意大利天主教僧侣用收买全部意大利文译本的诡计来防止其流行，英国新教的一位主教又当他的面骂它是“一部极不道德的该受天谴的书”（见1830年3月17日谈话）。

但是歌德如果完全抛弃基督教，也不会写出他的许多杰作，特别是他的最大的代表作《浮士德》上下卷。灵魂和恶魔、犯罪和赎罪之类迷信都是从基督教来的。歌德自己也承认浮士德“获得了上界永恒之爱的拯救”，“这完全符合我们的宗教观念”（见1831年6月6日谈话）。但是他又解释说，灵魂升天不易处理，借助于基督教的神话和形象，才较易避免抽象。可见基督教在他手里成为一种材料和方便法门，正如古希腊文艺借助于古希腊神话一样。这种神话是家喻户晓的，一般听众较易接受的。

这篇谈话除公开怀疑《旧约》和《新约》的真伪并揭露基督教僧侣的愚民政策之外，特别值得注意的是，歌德心目中的“上帝”并不是基督教的上帝，而是最高道德准则的体现，理性和自然的化身。从启蒙运动以后，把上帝加以理性化是西方思想界的一般倾向，莱布尼茨、康德和黑格尔等人都是如此。歌德作为一个多方面都有独创的自然科学家，于“理性”之外又加上“自然”，作为上帝的本质。这就应从根本上否定基督教所宣扬的“超自然”的上帝。但是歌德并没有认识到除自然的必然性之外，“理性”并不存在。他和近代一般西方哲学家所理解的“理性”都是先验的、先天的、神所赋予的，只有自然的必然性或规律才是客观存在的，凭实践经验来认识的。“自然”外加超自然的“理性”这个基本矛盾，说明了歌德以及许多西方近代哲学家何以没有完全摆脱有神论、人性论、唯心论、天才论和人道主义之类宗教迷信的遗迹。马克思主义以前的资产阶级思想家们哪怕是最进步的，也终于是妥协的、改良主义的，不能真正解决矛盾的，歌德就是个典型的例证。

歌德认为政治会影响文艺，主张应当将文艺和政治割裂开来。从深层次来看，这也是他后来反对革命的体现。

毛泽东主席也是一位诗人，可以阅读毛主席《在延安文艺座谈会上的讲话》，了解毛主席对文艺和政治的看法。

## 歌德谈近代以政治代替了古希腊人的命运观，他竭力反对诗人过问政治

（几天以后①）

我们谈到古希腊人的悲剧命运观。

歌德说："这类观点已陈旧过时，不符合我们今天的思想方式，和我们的宗教观念也是互相矛盾的。近代诗人如果把这种旧观念用在剧本里，那就显得装腔作势了。那就像古罗马人的宽袍那样久已不时髦的服装，不能吻称我们的身材了。

"我们现在最好赞成拿破仑的话：'政治就是命运'，但是不应赞同最近某些文人所说的政治就是诗，认为政治是诗人的恰当题材。英国诗人汤姆逊②用一年四季为题写过一篇好诗，但是他写的《自由》却是一篇坏诗，这并不是因为诗人没有诗才，而是因为这个题目没有诗意。

"一个诗人如果想要搞政治活动，他就必须加入一个政党。一旦加入政党，他就失其为诗人了，就必须同他的自由精神和公正见解告别，把褊狭和盲目仇恨这顶帽子拉下来蒙住耳朵了。

"作为一个人和一个公民，诗人会爱他的祖国。但他在其中发挥诗的才能和效用的祖国，却是不限于某个特殊地区或国度的那种善、高尚和美。无论在哪里遇到这种品质，他都要把它们先掌握住，然后描绘出来。他像一只凌空巡视全境的老鹰，见野兔就抓，不管野兔奔跑的地方是普鲁士还是萨克森。

"还有一点，什么叫作爱国，什么才是爱国行动呢？一个诗人只要能毕生和有害的偏见进行斗争，排斥狭隘观点，启发

①未译的前一篇标明"三月早期"，这篇标明"几天以后"，在这篇后面，爱克曼就记下歌德的死和他去瞻仰遗容的哀痛。

②汤姆逊（J.Thomson，1700—1748），英国早期浪漫派诗人，《四季》和《自由》都是他的较著名的作品。

人民的心智，使他们有纯洁的鉴赏力和高尚的思想情感，此外他还能做出什么更好的事吗？还有比这更好的爱国行动吗？向一位诗人提出这样白费力的不恰当的要求，正像要求一个军团的统帅为着真正爱国，就要放弃他的专门职责，去卷入政治纠纷。一个统帅的祖国就是他所统率的那个军团。他只要管直接与他那个军团有关的政治，此外一切都不管，专心致志地去领导他那个军团，训练士兵养成良好的秩序和纪律，以便在祖国处于危险时成为英勇的战士，那么，他就是一个卓越的爱国者了。

“我把一切马虎敷衍的作风，特别是政治方面的，当作罪孽来痛恨，因为政治方面的马虎敷衍会造成千百万人的灾难。

“你知道我从来不大关心旁人写了什么关于我的话，不过有些话毕竟传到我耳里来，使我清楚地认识到，尽管我辛辛苦苦地工作了一生，某些人还是把我的全部劳动成果看得一文不值，就因为我不屑和政党纠缠在一起。如果我要讨好这批人，我就得参加一个雅各宾俱乐部，宣传屠杀和流血。且不谈这个讨厌的问题吧，免得在对无理性的东西做斗争中我自己也变成无理性的。”

歌德以同样的口气指责旁人大加赞赏的乌兰德①的政治倾向。他说：“请你注意看，作为政治家的乌兰德终会把作为诗人的乌兰德吞噬掉。当议会议员，整天在争吵和激动中过活，这对诗人的温柔性格是不相宜的。他的歌声将会停止，而这是很可惜的。施瓦本那个地区有足够的受过良好教育、心肠好、又能干又会说话的人去当议员，但是那里高明的诗人只有乌兰德一个。”②

---

①乌兰德（J.L.Uhland，1787—1862），比歌德后起的德国重要诗人，曾以自由派的身份参加符滕堡的邦议会。他是德国施瓦本地区人，是施瓦本派诗人的领袖。

②这是歌德生前最后一篇谈话，像前两篇谈话一样，所谈的都是歌德毕生关心、至死不忘的大问题。这篇的主旨是要把文艺和政治割裂开来，宣扬在西方资产阶级中流行的“为文艺而文艺”的错误观点。他之所以坚持这种错误观点，毕竟还是要为资产阶级政治服务。在政治上他本来是保守的、妥协的、反对暴力革命的，所以他和资产阶级当权者一样，生怕文艺变成宣传革命的武器。况且他大半生都在忙魏玛小朝廷的政治，从他的谈话和许多作品看，他对当时欧洲政治动态也十分关心。可见他的话不但错误，而且是虚伪的。他所钦佩的同时代诗人，在法国是贝朗瑞，在英国是拜伦，在意大利是曼佐尼。这几位诗人都有明显的进步政治倾向。难道在这几位诗人身上，政治家身份都已“吞噬”了诗人品质吗？从这篇谈话也可以看出，当时德国文艺界的政治斗争已相当激烈了。歌德因政治上保守而为当时进步人士所冷落甚至抨击，他到临死前还耿耿于怀。这也体现了伟大诗人和德国庸俗市民这两重性格的矛盾。

# 附录

## 爱克曼的自我介绍

爱克曼（J.P.Eckermann，1792—1854）发表《歌德谈话录》时，曾在卷首附了长篇自我介绍，现在撮译大意如下：

爱克曼出生在德国吕讷堡和汉堡之间的荒原上一个贫农家庭。家里只有一间小茅棚、一块小菜园和一头奶牛。父亲是个背着箩筐，奔走城乡做点小买卖的货郎，母亲做些针线活。他自己幼时帮着拾粪、拾柴和看牛，偶尔也跟着父亲当货郎。家庭就靠此为生，极贫苦，他当然受不到正式教育，到了十四岁还不会看书写字。一天，他看见父亲的烟叶荷包的商标上画着一匹马，很感兴趣。旁人在灯下谈天，他却试着用铅笔临摹下一张马的素描，临得很像，自己很高兴，亲邻都大为赞赏。从此他就借来一本画册，有空就临摹。他临摹的素描传来传去，传到当地一位要人手里。这位要人看他很有才能，就资助他上学，学了一点德文、拉丁文和音乐。但是他同时还要在当地法院里做些抄写和记录的工作来糊口。

到了 1813 年，德国各地民间纷纷组织反对法军占领的志愿军，爱克曼也报名参加，随军在家乡附近打游击。后来又随军跨过莱茵河，转到荷兰。这对他影响很大。用他自己的话来说："看到一些伟大的荷兰画，一个新世界在我眼前展开了。我整天在教堂[①]和画馆里度过一些日子。这是我生平第一次看到的画。"他又开始临摹。1814 年志愿军解散，他舍不得丢开画艺，就在寒冬腊月步行一百几十里路到汉堡去，求教于当地一位小有名气的画家兰贝格[②]。兰贝格教他从素描的基本功学起。由于贫病交加，到了第二年暑天，他不得不放弃画艺，在军服部门谋得一个小差事来糊口。他还同兰贝格门下一位同学往来很密。这位同学介绍他读了温克尔曼论古代艺术的著作以及当代一些文学作品，其中有克洛卜施托克、席勒和歌德。他特别爱读歌德的短诗。他说："我好像才觉醒过来……好像我前此连自己也没有认识到的最深刻的灵魂在这些诗歌里反映出来了。"从此他沉浸在诗艺里，读了歌德谈到的莎士比亚和古希腊悲剧诗人的主要作品，自己也尝试写了一些诗。他感到有学文化的必要，于是又回到过去半工半读的生活，在 1821 年进格廷根大学学法律，把法律看作一种"饭碗学科"。但他对法律毫不感兴趣，听课时偷着写剧本。离开大学后，他写了一部诗论，题为《论诗，特别引歌德为证》。他把这本稿子

---

①西方许多名画都与基督教有关，陈列在教堂里。

②兰贝格（1763—1840），德国画书籍插图的画家。

和一些诗寄给歌德，想要这位已享盛名的诗人替他写信介绍给出版商。他接着于1823年夏到魏玛去拜访歌德。

爱克曼的自我介绍到此为止。到了魏玛，歌德留他住下。从1823年6月到1832年3月这九年里，除了陪歌德的长子到意大利短期旅游以外，他经常到歌德家去请教。每逢听到值得注意的歌德谈话，他就记录下来，后来才根据笔记编辑成书。第一部和第二部于1836年出版于莱比锡。由于大受读者欢迎，他又根据自己的和歌德好友瑞士人梭瑞的笔记，编了第三部作为补编。

爱克曼在魏玛的生活还是半工半读。他从歌德那里学到不少的东西，也给歌德做了不少的编辑工作，并且有时还提了有益的意见。从他的提问和反驳看，他这位参加过解放斗争的青年，在思想上比歌德进步。他还抽空给旅游魏玛的英国青年教德文，自己也从他们那里学会了英文。由于歌德的介绍，他当上了魏玛大公爵的家庭教师和大公爵夫人的图书馆员。歌德死前曾立遗嘱请爱克曼编辑他的遗著。爱克曼在德国和在世界闻名，全靠《歌德谈话录》这一部书。他的诗和诗论虽已出版，却没有引人注意。

# 第一、二两部①的作者原序（摘译）

这一辑歌德谈话录大半起源于我所固有的一种自然冲动，要把我觉得有价值和值得注意的生活经历记录下来，使它成为自己的东西。

自从我初次和这位非凡人物会见，以后又和他在一起生活过几年，我一直都想从他那里得到教益，所以乐意掌握他的谈话内容，记下来，以备将来终生受用。

可是想到歌德的谈话多么丰富多彩，在和他相处的九年之中我感到多么幸福，而我所记录下来的却只是一鳞半爪，就自觉仿佛一个小孩，伸着两个巴掌去接使人神怡气爽的春雨，雨水却多半从手指缝中漏掉了……

我认为这些谈话不仅就生活、艺术和科学作了大量阐明，而且这种根据实际生活的直接素描，特别有助于使人们从阅读歌德的许多作品中所形成的歌德其人的形象更为完备。

不过我也远不认为这些谈话已描绘出歌德的全部内心生活。这位非凡人物及其精神可以比作一个多棱形的金刚石，每转一个方向就现出一种不同的色彩。歌德在不同的情境对不同的人所显现的形象也是不同的，所以就我这方面来说，我只能谦逊地说，这里所显现的是我的歌德。

---

① 1823年6月至1827年底为第一部，1828年至1832年3月歌德去世时为第二部，两部合成一卷出版。

这句话不仅适用于歌德怎样把自己显现给我看的方式，而且也适用于我怎样了解他和再现他的方式。这里呈现出来的是一个经过反映的形象，一个人的形象通过另一个人反映出来，总不免要丢掉某些特征，掺进某些外来因素。替歌德造像的有劳赫、施蒂勒和达维①。他们的作品都极真实，但也多少都显出作者本人的个性。体形既然如此，变化多端、不易捉摸的精神形象就更是如此了。不过，不管我个人在这一点上表现如何，我希望凡是凭精神力量能了解歌德，或是与歌德有直接来往，而且有能力在这方面作出判断的人，都不会看不出我在力求做到尽量忠实……

# 第三部②的作者原序（摘译）

我终于看到我的《歌德谈话录》第三部编完了，心里感到战胜巨大困难后的快慰。

我的任务是很艰巨的。好像行船还没有遇到顺风，今天风还在吹，但是要遇到过去年代那样的顺风，还得耐心等待好几个星期甚至好几个月。当初我写头两部时，我幸好是顺风扬帆，因为刚谈过的话还在耳里响着，和那位伟大人物的亲切交往也使我受到鼓舞，所以我感到仿佛是振翼飞到目的地似的。

但是歌德音沉响绝已经多年，过去和他亲切晤谈的乐趣也如过眼云烟了。今天要想受到必要的鼓舞，只有当在内心中沉思默想时，才会使过去的经历仍然带着新鲜色彩活跃在眼前。这时歌德的伟大思想和伟大性格特征才复现在面前，好像一个山峰，虽然在远处，但在白天的阳光照耀下，轮廓仍是鲜明的。

这时来自欢欣的鼓舞就复活了，思想过程和语言表情的细节历历在目，就像我昨天才经历过似的。活的歌德又显现在目前，他所特有的无与伦比的可爱的声音又在我耳里震响了。我又在晚间在他的明亮的书房里看到他，穿着佩上勋章的黑色服装，杂在座客之中谈笑风生。在其他的风和景明的日子里，我陪他乘马车出游，他穿着棕色上衣，戴着蓝布帽，把浅灰大衣铺在膝盖上。他的面孔晒成棕色，显得健康，蔼如清风。他的隽妙语言的声音流播原野，比车轮滚滚声还更洪亮。有时我又回想起他坐在书斋的书桌旁，在烛光下看到他穿着白法兰绒外衣，过了一天好日子，心情显得和蔼。我们谈着一些伟

①劳赫（Rauch，1777—1857），德国雕塑家，名作有弗里德里希大帝、布柳肖、歌德、席勒诸人的雕像。歌德的像是全身坐像，在法兰克福的歌德纪念坊。施蒂勒（Stieler，1781—1858），德国画家，替歌德画过像。达维，见1830年3月14日谈话注①。歌德的雕像和画像很多，不止这里所提的三种。

②即“补编”部分。

大的和美好的事物。他向我展示出他性格中最高贵的品质，他的精神点燃了我的精神。两人心心相印，他伸手到桌子这边来给我握。我就举起放在身旁的满满一杯酒向他祝福，默然无语，只是我的眼光透过酒杯盯住他的眼睛。

这样我就完全回到他还在世时那种生活，他的话音也和过去一样在我耳里震响起来了……

# 译后记

## 关于本书的性质

爱克曼的《歌德谈话录》流行很广，它记录了歌德晚年有关文艺、美学、哲学、自然科学、政治、宗教以及一般文化的言论和活动，在图书目录里通常列入传记类，也有时列入文学类。爱读这部书的人不只有文艺史家和文艺批评家、自然科学家、哲学家和文化史家，还有关心一般文化的普通读者。一般爱好者多半把它作为传记来看。歌德这个人是值得注意和研究的。他是近代资产阶级文化高峰时期的一个典型代表，在西方产生过深广的影响，《谈话录》对他这个人作了细致亲切而大体忠实的描绘。读了这部书，对于恩格斯屡次评论过的“伟大的诗人”和德国“庸俗市民”的两面性格可以有较具体的认识。对于文艺、自然科学和哲学的专门学者来说，《谈话录》是研究歌德的重要的第一手资料，特别是在文艺方面，它记录了歌德晚年的最成熟的思想和实践经验。《谈话录》时期正是歌德最大的剧作《浮士德》第二部的完成时期，歌德自己多次谈过他关于这部剧本苦心经营的情况，对于理解这部剧本本身乃至一般文艺创作问题都是富于启发性的。

## 歌德时代的德国文化背景

在歌德时代，德国作为统一的国家还不存在，存在的只是一些封建割据的小邦，工商业还未发达，政治和经济都很落后。拿破仑战争中德国被占领，诸小邦各自独立、互相倾轧的局面才受到冲击，为将来的统一开辟了道路。但是拿破仑失败后，1815 年维也纳分赃会议，把德国三十几个小邦组织成为松散的“德意志联邦”，归奥地利帝国控制，在政治上是一次倒退。后来德国各小邦以普鲁士为中心形成一个自主的统一的国家是在 19 世纪 60 年代，当时歌德逝世已三十多年了。歌德时代的德国是个多灾多难的地方。恩格斯为英国刊物《北极星报》撰写的《德国状况》一文中曾作过简明扼要的论述。在描述政治经济落后之后，恩格斯还说到当时德国文学的繁荣：

只有在我国的文学中才能看出美好的未来。这个时代在政治和社会方面是可耻的，但是在德国文学方面却是伟大的。1750 年左右，德国所有的伟大思想家——诗人歌德和席勒、哲学家康德和费希特都诞生了；过了不到二十年，最近的一个伟大的德国形而上学家①黑格尔诞生了。这个时代的每一部杰作都渗透了反抗当时德国社会的叛逆的精神。歌德写了《葛兹·封·伯利欣根》，他在这本书里通过戏剧的形式向一个叛逆者表示哀悼和敬意。席勒写了《强盗》一书，他在这本书中歌颂一个向全社会公开宣战的豪侠的青年。但是，这些都是他们青年时代的作品。他们年纪一大，便丧失了一切希望……②

在另一篇描述当时德国状况的文章里，恩格斯又说：

这个最屈辱的对外依赖时期，正是文学和哲学领域最辉煌的时期，是以贝多芬为代表的音乐最兴盛的时期。③

这种情况正是马克思在《〈政治经济学批判〉导言》里所提到的文艺发展和社会物质基础的不平衡，马克思举了古希腊为例。④歌德时代的德国是一个近代的例子。

怎样解释这种不平衡呢？这是马克思主义文艺理论中一个长久争论的重大问题。社会经济基础决定上层建筑，其中包括文艺和哲学之类意识形态，这是历史唯物主义的基本原则。上述发展不平衡是否就要推翻这个基本原则呢？决不能推翻。歌德的例子最便于说明这个问题。恩格斯在上引《德国状况》中那段文字的末尾，提到歌德和席勒到晚年都丧失了早年的叛逆精神。在《诗歌和散文中的德国社会主义》一文第二部分《卡尔·格律恩的〈从人的观点论歌德〉》中，恩格斯对歌德的两面性作了最精辟的批判：

在他心中经常进行着天才诗人和法兰克福市议员的谨慎的儿子、可敬的魏玛的枢密顾问之间的斗争；前者厌恶周围环境的鄙俗气，而后者却不得不对这种鄙俗气妥协、迁就。因此，歌德有时非常伟大，有时极为渺小；有时是叛逆的、爱嘲笑的、鄙视世界的天才，有时则是谨小慎微、事事知足、胸襟狭隘的庸人⑤……他的气质、他的精力、他的全部精神意向都把他推向实际生活，而他所接触的实际生活却是很可怜的……我们并不像白

---

①形而上学一词在这里是指研究经验以外的问题的哲学。——原编者注

②《马克思恩格斯全集》第二卷。

③《马克思恩格斯论文艺》德文本第二卷。

④见《马克思恩格斯选集》第二卷。

⑤“庸人”，德文原文是 Philister。这个词原是古代犹太教徒对异教人的鄙称。在德文中最早是大学生对没有文化的市民的鄙称，后来指一般文化低、见解窄狭、唯利是图的庸俗市民。所以这个词标志一定阶层人物的一定性格。过去在中译中有时是“市侩”，嫌稍重；有时是“庸人”，嫌太泛；应改为“庸俗市民”。

尔尼和门采尔那样责备歌德不是自由主义者，我们是嫌他有时居然是个庸人①；我们并不是责备他没有热心争取德国的自由，而是嫌他由于对当代一切伟大的历史浪潮所产生的庸人②的恐惧心理而牺牲了自己有时从心底出现的较正确的美感；我们并不是责备他做过宫臣，而是嫌他在拿破仑清扫德国这个庞大的奥吉亚斯的牛圈的时候，竟能郑重其事地替德意志的一个微不足道的小宫廷做些毫无意义的事情和寻找 menus Plaisirs③……④

接着恩格斯举歌德的一些名著为例，驳斥了格律恩赞扬歌德代表“真正的人”的说法。“真正的人”指的是“人道主义者”，实即德国小市民思想意识的体现者。恩格斯在写此文之前曾于 1847 年 1 月 15 日写信给马克思说：

……格律恩把歌德的一切庸俗市民习气看作人道的而加以赞扬，他把作为法兰克福市民和官吏的歌德称为“真正的人”，而把歌德的全部巨大天才方面都忽略了或玷污了。结果这部书就以最明显的方式证明了人 = 德国小市民。

· · · · · · · ·

由此可见，歌德的两面性格中德国“庸俗市民”的一面，正反映出当时封建割据的德国各小邦的社会经济基础和歌德作为小朝廷臣僚的政治地位，所以才足以证明意识形态反映经济基础这个马克思主义的基本原则。

德国庸俗市民何以竟能成为伟大诗人呢？对这个问题单从社会经济基础本身的范围来看还不够，还要从意识形态的影响来看。考察意识形态与社会经济基础的关系，也决不应只着眼于同一社会中某个孤立的地区，还要着眼到这一地区与其他互相往来和互相依存的各个地区的总的局势，在世界市场已形成的资本主义时代尤其如此。《共产党宣言》里有一段话，是研究文化史的人必须牢记在心的：

……过去那种地方的和民族的自给自足和闭关自守状态，被各民族的各方面的互相往来和各方面的互相依赖所代替了。物质的生产是如此，精神的生产也是如此。各民族的精神产品成了公共的财产。民族的片面性和局限性日益成为不可能，于是由许多种民族的和地方的文学形成了一种世界的文学。⑤

---

①②这两个“庸人”，德文原文是 Bürgelish，与上文 Philister 较近，但贬义较轻，应直译为“市民”，表明阶级地位。“市民”在欧洲是资产阶级的胚胎。

③这一句中译与原文小有出入，原意是：“竟能认真卖力，替一个德国小朝廷在最微不足道的场合寻找一些无聊的欢乐。”

④马克思恩格斯全集》第四卷。

⑤《马克思恩格斯选集》第一卷。“文学”一词，原文是 Literatur，这里取广义，指“文献”，包括科学、哲学和历史，也包括文学和艺术。

因此，歌德所反映的社会经济基础，决不应单从德国乃至其中一个小邦来看，还应从与德国有密切来往的欧洲各国整体来看。歌德时代是近代欧洲大变革、大动荡的时代。歌德亲眼看到1789年开始的法国资产阶级革命的全部过程。对这次资产阶级反封建的大搏斗，歌德像当时许多著名的资产阶级知识分子代表一样，先是热情欢迎，到了雅各宾专政时代，就产生了恩格斯所说的对“当代一切伟大的历史浪潮”的庸俗市民的“恐惧心理”，阶级本性决定了他们厌恶暴力革命。但是法国革命这样一场大变革毕竟使歌德不由自主地受到了深刻影响。这场大变革在欧洲经济基础方面促进了生产方式的改革，具体地说，即产业革命；而在文艺乃至一般文化上所产生的总的影响则是浪漫运动，歌德本人就是德国浪漫运动的主要推动者。从早期标志“狂飙突进”的《葛兹·封·伯利欣根》，中经《威廉·麦斯特》，到临死前才完成的《浮士德》第二部，无一不贯穿着浪漫运动的基本精神。恩格斯所说的歌德的叛逆性和对环境鄙俗气的厌恶这个进步的一面，不能不归功于法国革命。①

接着法国革命便是震动全欧的拿破仑战争。拿破仑占领了德国，德国受到外国的统治和掠夺。当时一般德国人出于爱国热忱，掀起了爱克曼也参加过的1813年至1815年的“光荣的解放战争”。歌德不但没有写过反对法国侵略者的诗歌，而且始终把拿破仑当作一个伟大英雄来崇拜，在埃尔富特和魏玛两次受到拿破仑的接见。他经常津津乐道拿破仑在远征埃及时携带的书籍之中有他的《少年维特》，并以此为荣。当时德国人对歌德这种态度极为不满，连爱克曼也有微词。歌德在《谈话录》里进行过多次自辩，说他身受法国文化的熏陶，对法国人恨不起来。我们对歌德的这种态度应该如何评价呢？恩格斯在《德国状况》里对拿破仑也有所肯定，因为拿破仑“在德国是革命的代表，是革命原理的传播者，是旧的封建社会的摧毁人”。他“摧毁了神圣罗马帝国，并以并小邦为大邦的办法减少了德国的小邦的数目”，还“把他的法典带到被他征服的国家里”。恩格斯是就对历史发展的效果来看本来具有侵略性的拿破仑战争，肯定它对推动欧洲革命的功绩的。歌德当然不可能站在恩格斯的高度来看历史发展。他崇拜拿破仑，毋宁说是像当时法国大诗人贝朗瑞一样②，希望有一个强有力的铁腕人物来澄清当时混乱的政治局面。所以他特别推崇拿破仑活力旺盛，当机立断，一个行动接着一个行动，从不停止或休息。

法国革命和拿破仑战争的巨大骚动在歌德身上孕育了崇尚实践和行动的种子，造成了由《浮士德》第一部到第二部的转变，即由“太初有言”到“太初有为”③的转变，由苦思冥索、向恶魔出卖灵魂的学究到开垦海滨荒滩为人类谋幸福的领导者的转变④。

①参看1824年2月4日的歌德谈话。

②参看1830年3月14日谈话中关于贝朗瑞的部分。

③参看《浮士德》第一部原文第1224—1237行。

④参看《浮士德》第二部最后一幕。

这种从造福人类的实践活动中得到灵魂解放的思想，在当时社会情况下还是值得称道的。

其次，歌德作为伟大诗人的发展和形成也显然得力于对文化遗产的批判继承。在一般资产阶级文化史家以及修正主义文化史家之中，流行过意识形态在历史上有独立发展线索，即“纯思想”线索的说法。考茨基是个显著的代表。①这种说法当然是违反历史唯物主义基本原则的。不过只用社会经济基础来说明意识形态的发展而讳言文化遗产的作用，也并不符合马克思主义。恩格斯在给梅林的信里说得很明白：

> 与此有关的还有思想家们的一个荒谬观念。这就是：因为我们否认在历史上起作用的各种思想领域有独立的历史发展，所以我们也否认它们②对历史有任何影响。这是由于把原因和结果刻板地、非辩证地看作永恒对立的两极，完全忽略了相互作用……

马克思主义者并不否认意识形态的制造须利用过去已有的“思想材料”。马克思主义创始人在《德意志意识形态》《社会主义从空想到科学的发展》和《费尔巴哈和德国古典哲学的终结》一系列经典著作中，都仔细追溯各种思想的历史渊源和发展线索，尽管在这些事例中他们都强调“归根到底是经济的原因造成的”③。毛主席在一系列关于文化的指示中都强调“古为今用，洋为中用”，“我们必须继承一切优秀的文学艺术遗产”，“决不能割断历史”，“尊重历史的辩证发展”，这也给我们研究文艺史的人指出了正确的马克思主义的观点。

从这个观点来看歌德作为伟大诗人的形成和发展，我们就必须充分估计到各时代、各民族文化遗产对歌德的影响。在文化思想方面，歌德是文艺复兴的继承者和启蒙运动的直接参加者。作为文艺复兴的继承者，他特别推崇希腊古典以及表现出文艺复兴时代精神的莎士比亚。作为启蒙运动的直接参加者，他和他的前辈莱辛和赫尔德尔一样，受到英国和法国一些启蒙运动领袖的深刻影响。从英国经验主义哲学那里，歌德接受了重视感性经验的基本原则。法国百科全书派（即法国启蒙运动的领袖们）中有不少的科学家是倾向唯物主义和无神论的。在他们影响之下，歌德作为一个诗人而毕生致力于自然科学，这就使他的世界观颇接近唯物主义和无神论，文艺观侧重现实主义，这一点我们在下文还要谈到。在文艺观点方面，他特别推崇百科全书派领袖狄德罗，亲自译出狄德罗的《画论》《谈演剧》和《拉摩的侄儿》。在德国启蒙运动的前辈中，歌德特别推崇莱辛和赫尔德尔，这两人帮助他开阔视野，使他接触到德国乃至东方的民间文学，尤其是继狄德罗之后莱辛所提倡的市民剧。由于歌德对古代希腊悲剧和莎士比亚有深湛的研究，知道真正的古典主义是怎么回事。他对 17 世纪法国的所谓古典主义（亦称“新古典主义”

①参看《马克思恩格斯论文艺》法文本 1954 年版序言第 124—129 页。

②指“各种思想”。

③《马克思恩格斯选集》第四卷。重点为引用者所加。

或“假古典主义”)不大重视,对18世纪它的德国追随者高特舍特派更是鄙视,骂他们是“学究派”,因为他们虽挂着“古典主义”的招牌,而实际上内容浅薄,矫揉造作,是与真正的古典主义背道而驰的。不过法国古典主义三大剧作家之中,喜剧家莫里哀却是歌德十分佩服、毕生钻研不休的,这是因为莫里哀是从现实出发的,他的作品颇有些市民剧色彩。歌德特别推尊希腊古典、莎士比亚和莫里哀,其用意就是针对学究派的新古典主义,提出一个补偏救弊的方剂。

歌德尊崇古希腊,“厚古”是事实,却不因此就“薄今”。而且他明确地反对复辟倒退,他鄙视学究派的新古典主义就是一个明证。从《谈话录》可以看出,歌德对当时欧洲文艺动态是经常密切注视的。一部值得注意的刚出版的新书他往往立即阅读,有时还没有出版他就托人借得原稿来阅读,例如杜蒙的《回忆录》和英国功利主义开山祖边沁的著作就是这样到达他手里的。他不仅多次高度评价和他同年辈的席勒、法国诗人贝朗瑞、英国诗人拜伦和小说家司各特以及意大利诗人曼佐尼,而且还注意到年辈较晚的法国作家梅里美、司汤达、巴尔扎克和雨果,以及德国青年诗人海涅和普拉顿之间的论争。这里还没有谈到他同样关心的哲学、科学、建筑、绘画、音乐等方面;也没有谈到他对印度、波斯和中国这些东方国家文艺的向往。例如他的《西东胡床集》就曾受到波斯诗人哈菲兹的启发。

总之,歌德的文化教养来源是极广泛的。他不只是个魏玛市民,也不只是个德国人,他主要是资产阶级上升时期的一个欧洲人。他之所以成为伟大诗人,也正因为他从多方面反映出资产阶级上升时期的欧洲文化。

## 歌德《谈话录》中一些基本的主题思想

恩格斯所指出的伟大诗人和德国庸俗市民的矛盾是歌德性格中的基本矛盾,这一矛盾反映在《谈话录》中一些多次出现的基本主题思想上面。现在撮要介绍如下:

### 世界观和思想方法

歌德深受英国经验派哲学和法国百科全书派的思想影响,除文艺之外,他还毕生孜孜不辍地钻研各种自然科学,从生物学到物理学、地质学、天文学和气象学。在达尔文之前,他根据头盖骨空隙的研究,提出了生物由低级演变到高级的进化论。所以他的世界观基本上是唯物主义的。但是他也受到当时德国古典哲学的唯心主义的影响。他很推崇康德的《纯粹理性批判》,承认有先验的和超验的纯理性,单凭感性经验的知解力不能窥透自然界的秘奥。但是他又认为康德之后,德国哲学还有一件大事要做,这就是“感觉和人类知解力的批判”,其实这正是英、法启蒙运动中洛克、休谟、霍尔巴赫之类唯物主义倾向较明显的学者们所已做了的事,他们都是反对超验理性的。一方面肯定超验理性，另一方面又强调要研究根据感性经验的知解力，歌德始终没有解决这个基本矛盾。从他坚持文艺要从具体客观现实出发，反对从理念或抽象观念出发来看，他的唯物主义倾向的比重显然较大。

歌德关心思想方法，首先从自然科学出发。他反对当时流行的以牛顿为代表的“分析法”，即把整体看成是由其中各部分因素拼凑成的机械观，而提出他所说的“综合法”来代替。综合法就是根据“有机观”，不去孤立地分析个别因素，而要考察全体中各个因素互相依存的关系。这实际上就是辩证法。根据这种辩证法，他见出文艺与自然（即客观现实）的对立统一的关系，反对将 Komposition（构成）这个词用在文艺创作上。提起辩证法，不免要想到黑格尔。歌德和黑格尔有些私人来往，在魏玛接待过他。歌德赞扬黑格尔作为批判者的判断，却反对他从理念出发的辩证法和应用这种辩证法的悲剧理论（参看 1827 年 10 月 18 日歌德和黑格尔的谈话）。

歌德对宗教的看法是和他的世界观分不开的。我们在 1832 年 3 月 11 日谈话的总注里已详细说明他并不相信超自然而主宰自然的神，他仇视基督教会特别是天主教会，他的泛神论（即自然中到处有神，没有在自然之外的神）正如黑格尔把最高理念看成神一样，实际上是一种羞羞答答的不彻底的无神论。我们这种看法可能会引起异议：歌德最大的诗剧《浮士德》第一部和第二部的主题，不正是基督教中灵魂、天堂、地狱、天使、恶魔、犯罪、赎罪之类迷信观念吗？歌德曾在 1831 年 6 月 6 日的谈话里对这一问题进行辩护，说他运用基督教神话的具体形象，只是作为一种避免抽象的方便法门。古希腊文艺，像马克思所指出的，植根于古希腊神话。此后西方文艺运用神话和传说有过长久的传统，因为神话和传说有深广的民族基础，是人民所喜见乐闻的。中国诗“用典”，也包括神话和传说。从屈原、李白到毛泽东，都是运用神话和传说的辉煌的范例。文艺要用想象或形象思维，不能根据某个诗人或艺术家运用过神话，就断定他是个有神论者。就歌德来说，科学的训练使他明确地主张在科学领域里排除目的论（即神造一切事物时都有一个预先安排的目的），这也是他反对有神论的一个证据。但这并不等于说歌德就已是一个彻底的无神论者。

## 天才论

歌德并不是一个彻底的无神论者，这特别表现在他对天才问题摇摆不定的态度上。“天才”在西方浪漫运动中是个普遍流行的信念。康德肯定了天才，他说：“在一切艺术之中占首位的是诗，诗的根源完全在于天才，”又说：“天才是一种天生的心理功能，通过它，自然替艺术制定法律。”[①]歌德在《谈话录》里也多次肯定了天才，特别在 1828 年 3 月 11 日的谈话里。他把天才看作超自然的天生的才能，举拿破仑和一些著名的诗人和艺术家为例来论证这个观点说：

---

①分别见康德《判断力批判》第五十三节、四十六节。

每种最高级的创造、每种重要的发明、每种产生后果的伟大思想，都不是人力所能达到的，都是超越一切尘世力量之上的。人应该把它看作来自上界、喜出望外的礼物，看作纯是上帝的婴儿……它接近精灵或守护神，能任意操纵人，使人不自觉地听它指使，而同时却自以为在凭自己的动机行事……

这是天才论的全部要义，可以证明歌德没有割掉有神论的尾巴。

不过歌德对于天才也有许多自相矛盾的说法，例如说发挥天才要有健康身体的基础和令人心旷神怡的环境气氛，甚至不完全排除酒的刺激力。他教导青年，一般不强调天才而强调勤学苦练。特别值得注意的是他在 1832 年 2 月 17 日临死前不久的一次谈话，他举法国革命中著名的政治家米拉波和他自己为例，说明凭个人的天才不能成就大事业，要成就大事业，必须靠集体，靠虚心向群众学习。他说：

事实上我们全都是些集体性人物，不管我们愿意把自己摆在什么地位。严格地说，可以看成我们自己所特有的东西是微乎其微的，就像我们个人是微乎其微的一样。我们全都要从前辈和同辈学习到一些东西。就连最大的天才，如果想单凭他所特有的内在自我去对付一切，他也绝不会有多大成就……说句老实话，我有什么真正要归功于我自己的呢……我不应把我的作品全归功于自己的智慧，还应归功于我以外向我提供素材的成千成万的事情和人物。我所接触的人之中有蠢人也有聪明人，有胸怀开朗的人也有心地狭隘的人，有儿童、有青年，也有成年人，他们都把他们的情感和思想、生活方式和工作方式以及所积累的经验告诉了我。我要做的事，不过是伸手去收割旁人替我播种的庄稼而已。

歌德在这段话里对天才论作了当时所能作出的最中肯的批判，他多少认识到一个人“所特有的内在自我”（才能和内心生活）是不足凭的，认识到个人智慧的最后根源是群众智慧而不是天或神。在这个意义上他说每个人都是“集体性人物”，也就是社会生活的产物。这实际上不但否定了天才论，也否定了有神论。

“天才”这个词在德文中是 Genie（英文 genius），在起源时指人、地方或职业的守护神，确实带有宗教迷信性质。不过语言在发展中往往逐渐失去了某些词汇的原始的、带有宗教迷信性质的意义，而只表达近代流行的意义。例证甚多，Genie 便是其中之一，它在近代流行的意义上已不是“天赋”或“神赐”的才能，而只是“卓越的才能”。歌德有时用原始意义（例如在 1828 年 3 月 11 日的谈话里），到后来却侧重流行的意义（例如在 1832 年 2 月 17 日的谈话里）。由此也可见这个词的演变痕迹。

## 文艺观

一般人对歌德《谈话录》最感兴趣的是其中关于文艺创作实践和理论的部分。译者过去在《西方美学史》下卷第十三章专论歌德的部分曾试图根据歌德的几种文艺论著，作出比较概括的总结。这里为帮助读者理解《谈话录》起见，只举出几个要点。

歌德的文艺观中最基本的一条就是：文艺须从客观现实出发。爱克曼初到魏玛第一年（1823年），歌德就根据这个基本原则向他进行了多次恳切的忠告，劝他不要学席勒那样从抽象理念出发，而要先抓住亲身经历的具体个别的客观现实事物的特征。特别是在1823年9月18日的谈话里，他说：

> 世界是那样广阔丰富，生活是那样丰富多彩，你不会缺乏作诗的动因。但是写出来的必须全是应景即兴的诗，也就是说，现实生活必须既提供诗的机缘，又提供诗的材料。一个特殊具体的情境通过诗人的处理，就变成带有普遍性和诗意的东西。我的全部诗都是应景即兴的诗，来自现实生活，从现实生活中获得坚实的基础。我一向瞧不起空中楼阁的诗。
>
> 不要说现实生活没有诗意。诗人的本领，正在于他有足够的智慧，能从惯见的平凡事物中见出引人入胜的一个侧面。必须由现实生活提供作诗的动机，这就是要表现的要点，也就是诗的真正核心；但是据此来熔铸成一个优美的、生气灌注的整体，这却是诗人的事了。

趁便说一句，德文的“诗人”（Dichter）指一般文学创作者，不限于诗歌作者。这段引文除强调文艺应从客观现实出发这个基本原则之外，还提出了两个要点：

首先是特殊与一般的辩证统一。一个特殊具体事物经过诗人的处理就带有普遍性，普遍性就是事物的特征或本质。歌德经常强调“特征”这个概念。他在编辑他和席勒的通信集时曾写出一段感想：“诗人究竟为一般而找特殊，还是在特殊中显出一般，这中间有一个很大的分别。”他还指出这就是席勒和他自己的分别所在，席勒从“一般”出发，创作出来的是寓意诗，其中“特殊”只是用来作为“一般”的一种例证；而他自己的诗则是从“特殊”入手，在“特殊”中显出“一般”，他认为这种程序才“符合诗的本质”。1825年6月11日他对爱克曼也说：“诗人应该抓住特殊，如果其中有些健康的因素，他就会从这特殊中表现出一般。”这“一般”就是普遍性，也就是“特征”或本质。在“特殊中表现出一般”这个原则后来经过黑格尔发挥，在马克思、恩格斯著作里，就发展成为“典型”的基本理论。马克思写信给拉萨尔说：“这样，你就得更加莎士比亚化，而我认为，你的最大缺点就是席勒式地把个人变成时代精神的单纯的传声筒。”这里强调的也正是歌德所指出的分别。

其次是文艺与自然的辩证统一。歌德认为诗人的任务是根据自然“来熔铸成一个优美的、生气贯注的整体”（即艺术作品），所以文艺对自然不应无所剪裁和熔铸，流于自然主义。歌德在1827年4月18日谈话里说得最透辟。他根据对吕邦斯一幅貌似违反自然的风景画的分析，得出如下的结论：

艺术家对于自然有着双重关系：他既是自然的主宰，又是自然的奴隶。他是自然的奴隶。因为他必须用人世间的材料来进行工作，才能使人理解；同时他又是自然的主宰，因为他使这种人世间的材料服从他的较高的意旨，并且为这较高的意旨服务。

这里有两点值得注意。首先是经过诗人对自然材料加工而“熔铸成一个优美的、生气贯注的整体”，这是生糙的自然原来所没有的，所以歌德有时把艺术作品称为“第二自然”。其次，更重要的是诗人须有“较高的意旨，并且为这较高的意旨服务”，这就戳穿了“为文艺而文艺”的荒谬观点。我们说文艺应为政治服务，歌德反对这一点，他所说的“较高的意旨”当然只能指诗人的理想，即他要从特殊中显出的一般、世界观和人生观。他还说：“艺术应该是自然事物的道德的表现，”要求艺术所处理的自然“在道德上使人喜爱”。因此，他经常强调诗人和艺术家应具有伟大的、健全的人格和魄力，认为近代文艺的通病在软弱，其根源在于作家缺乏伟大的人格（1831 年 2 月 13 日的谈话）。由此可见，艺术不但要反映客观现实，而且要反映作者的主观世界或内心生活，这二者还必须融会统一起来，成为“优美的、生气贯注的整体”。歌德在上引 1827 年 4 月 18 日的一段谈话之后又说：

艺术要通过一种完整体向世界说话。但这种完整体不是他在自然中所能找到的，而是他自己的心智的果实。

这种“心智”正是作者内心生活的一个组成部分。他具有这种心智，才关心到“较高的意旨”，才能使艺术成为“自然事物的道德的表现”。歌德所说的“道德的”（Sittlich）指人与人的伦理关系，实际上还是“政治”范围里的事。但他所了解的“政治”是狭义的，即官僚政客们所干的勾当，因此他鄙视“政治”而重视“道德”，这是西方资产阶级知识分子中相当普遍的倾向。根据他的道德观点，他要求美与善的统一，主张文艺所表现的应该限于健全的、光明的、对人类有益的东西，反对写消极的、软弱的、阴暗的方面。他反对雨果，就因为雨果爱写社会中的丑恶现象。这就抹杀了揭露性文艺推动变革的积极作用，对于资产阶级社会来说，就是歪曲现实，粉饰太平。不过他侧重健全、刚强，能鼓舞人心、振奋精神的文艺这个基本主张却是值得赞扬的。

### 古典主义、浪漫主义和现实主义

这三种文艺创作方法的关系和区别是近三百年来经常争论的问题。作为历史上的流派，这三者是顺序出现的，而后一种总是对前一种的反抗和变革。作为创作方法的实质，三者既有分别而又互相关联，单纯地、生硬地采用其中任何一种都不免有流弊，所以给文艺作品贴上一个简单的标签总是不妥的。歌德和席勒是首先提出古典主义与浪漫主义这两种创作方法的区别的。歌德在1830年3月21日的谈话里说过下面一段很重要的话：

> 古典诗和浪漫诗的概念现已传遍全世界，引起许多争执和分歧。这个概念起源于席勒和我两人。我主张诗应采取从客观世界出发的原则，认为只有这种创作方法才可取。但是席勒却用完全主观的方法去写作，认为只有他那种创作方法才是正确的。为了针对我来为他自己辩护，席勒写了一篇论文，题为《论素朴的诗和感伤的诗》。他想向我证明，我违反了自己的意志，实在是浪漫的，说我的《伊菲革涅亚》由于情感占优势，并不是古典的或符合古代精神的，如某些人所相信的那样。施莱格尔弟兄抓住这个看法把它加以发挥，因此它就在世界传遍了，目前人人都在谈古典主义和浪漫主义，这是五十年前没有人想得到的区别。①

这段引文主要只提出古典主义和浪漫主义的一个基本分别，即前者从客观世界出发，后者从主观世界出发，席勒把前者称为“素朴的”，后者称为“感伤的”。在这段引文之前，歌德还指出古典主义着重“鲜明的轮廓”，而浪漫主义则不免“暧昧模糊”。在1829年4月2日的谈话里，歌德又指出一些分别：

> ……我把“古典的”叫作“健康的”，把“浪漫的”叫作“病态的”。这样看，《尼伯龙根之歌》就和荷马史诗一样是古典的，因为这两部诗都是健康的、有生命力的。最近一些作品之所以是浪漫的，并不是因为新，而是因为病态、软弱；古代作品之所以是古典的，也并不是因为古老，而是因为强壮、新鲜、愉快、健康。如果我们按照这些品质来区分古典的和浪漫的，就会知所适从了。

这里所说的“健康的”和“病态的”，其实就是我们现在所说的“积极的”和“消极的”的分别，这种分别在任何文艺流派中都是存在的。值得注意的是，歌德在这里专就实质来谈古典和浪漫的分别，指出这与时代的古今无关。

如论时代古今，西方文艺流派的演变确实是从古典主义转到浪漫主义，又转到现实主义。在歌德时代，“现实主义”这个名称才初露头角。实际上，歌德所推尊的从客观现实出发的古典主义就是现实主义。归根到底，文艺上基本区分只有从客观现实出发和从作者主观内心生活出发这两种。歌德认为这种区分与时代无关，这是不正确的。文艺只能反映一定时代的社会生活。浪漫运动在西方是资产阶级在上升时期强烈要求个性自由、以自我为中心驰骋热情幻想的产物，它有鲜明的时代性和阶级性。歌德把自己摆在古典主义一边，席勒则说他不是古典的而是浪漫的，这个论断是正确的。例如他反对文艺从主观世界出发，而他的一些主要作品，从《葛兹》《威廉·麦斯特》到《浮士德》，

---

①耶拿派浪漫派文艺理论家和文学史家施莱格尔弟兄先把这个区别在德国传开来，后传到英、法、北欧和俄国。拿这种标签来标志文艺时代和流派，遂成为一时风气。

差不多全是利用书中人物来写精神方面的自传，所以基本上还是从主观世界出发的。再如他反对“病态的”和“软弱的”而推崇“健康的”和“有生命力的”，这是考虑到文艺的教育作用，在认识上他是正确的。可是在实践上并没有做到，他的《少年维特》就是“软弱”“感伤”和“病态”的典型代表。在当时诗人中，歌德特别赞赏拜伦，可以说是同病相怜。西方资产阶级在上升时期就已开始暴露弱点和病态。在多数诗人心中悲观失望很突出，颓废主义已在萌芽。浪漫主义在德国初出现，很快就转变为消极的、病态的，耶拿派诗人和理论家便是明证。我们还应记起颓废派祖师爷霍夫曼就是歌德的同时代人。上文已提到的施莱格尔还公开宣扬滑稽玩世，把一切看成儿戏。歌德对这种消极的浪漫主义是深恶痛疾的，所以他提出健康的、从客观世界出发的古典艺术作为一种补偏救弊的方剂，用心是可嘉的，尽管他自己没有完全做到。文艺必须从客观世界出发，也必须渗透着作者的思想情感，这就是现实主义（歌德所说的“古典主义”）和浪漫主义应该结合起来。歌德在《浮士德》第二部让浮士德（代表浪漫主义）和海伦后（代表古典主义）结了婚，就暗示着这种结合。

# 关于选、译、注

关于选：《谈话录》全书有 40 万字左右，这里选译的不到全书的一半。选的标准是内容比较健康，易为我国一般读者所理解，足资参考和借鉴。原书有许多关于应酬、游览和个人恋爱之类家常琐事，也有些涉及连译者自己也不甚了然的专门知识，例如关于颜色、植物变形、地质、气象之类自然科学方面的争论以及一般人不常读的歌德自己作品和旁人作品的评论。凡此种种，都只略选少数样品，其余就只得割爱了。译者个人的知识和见解在选择中也起了作用，所以涉及哲学、美学、文艺创作实践和文艺理论乃至当时欧洲一般文化动态的就选得比较多些。译者把这项翻译工作当作自己的一种学习和研究。这部书原属传记类，所选的部分应有助于了解歌德其人的精神面貌。歌德的活动是多方面的，思想上也有很多矛盾。选择中译者力求忠实，在歌德脸上不贴金也不抹黑，尽量还他伟大诗人和德国庸俗市民的本来面目。

关于译：这部书是译者译完黑格尔的全部《美学》之后开始译的。所以接受这项任务，也有一部分是因为黑格尔在《美学》里经常提到歌德的文艺创作实践和理论，由此译者认识到歌德对近代美学和文艺思潮所起的重要作用。从译黑格尔转到译歌德，对于译者来说，是从九霄云雾中转到脚踏实地，呼吸着尘世间的新鲜空气，是一种乐趣和精神上的大解脱。歌德在思想上和语言表达上都是亲切具体、平易近人的，所以译他比译黑格尔远为容易。这不是说，译者在工作中没有遇到困难。困难首先在于歌德学识渊博，思想上有多方面的联系，译者经常感到知识有限，不能完全掌握。语言倒不像黑格尔的那样抽象，但因为是当时实际谈话的记录，虽然经过爱克曼的润色，有些地方用的还是口语，译者在这方面对德文的掌握更差。译者依据的德文本有两种，一种是1918年汉斯·克洛博（Hans T.Kroeber）编辑的，一种是弗朗茨·达伯尔（Franz Deibel）编辑的。前者附有插图，正编和补编分成两册；后者合成一册，附有详细引得，阅读较为方便。翻译时主要是根据后者。此书在西方各国大半都有译本，有时还不止一种。译者遇到语言上的困难时，参考了约翰·奥克生福德（John Oxenford）1850年的英译本和姜·秀兹维伊（Jean Chuzevill）的法译本。这两种译本都流畅易读而有时不尽忠实于原文。译者所悬的目标只有两条，一是忠实于原文，二是流畅易读。实际做到的当然和理想还有些差距。

关于注：原文版没有注，英、法文版只偶有简注，书尾附有详略不同的专名和专题的索引。本译本是选译，不便译索引，所以为着一般读者的方便，在必要时加了一些注释。注释有时只限于解释正文，也有时就歌德的某些意见或倾向提出译者个人的看法，错误在所不免，敬求读者指正。

这部选译本的部分译文和译后记请北京大学西语系几位搞文学史和德文的同事校阅过，校改时吸取了他们所提的宝贵意见，趁此表示谢意。

**图书在版编目（CIP）数据**

歌德谈话录 / （德）爱克曼著 ; 朱光潜译 ; 湖北省教育科学研究院组织编写. -- 武汉 : 长江文艺出版社, 2020.6（2024.6 重印）

ISBN 978-7-5702-1557-7

Ⅰ. ①歌… Ⅱ. ①爱… ②朱… ③湖… Ⅲ. ①歌德（Goethe，Johann Wolfgang Von 1749-1832）－语录 Ⅳ. ①I516.64

中国版本图书馆 CIP 数据核字（2020）第 067345 号

责任编辑：秦文苑　　责任校对：毛季慧

封面设计：博悦阁　　责任印制：邱　莉　王光兴

---

出版：长江出版传媒 | 长江文艺出版社

地址：武汉市雄楚大街 268 号　　邮编：430070

发行：长江文艺出版社

http://www.cjlap.com

印刷：湖北新华印务有限公司

---

开本：787 毫米×1092 毫米　1/16　印张：17.375

版次：2020 年 6 月第 1 版　　2024 年 6 月第 2 次印刷

字数：342 千字

---

定价：88.00 元

---

中学生
文学天地
提升名著阅读能力，
品味文学之美
扫码进入
题·读后练习
读书挑战，
掌握名著常见考题。
阅·走近作者
阅读充电，
看文学名家的传奇人生。
课·名著精析
名著拆解，
精细化解读名著经典。
AI·阅读助手
在线答疑，
助你搞定名著。